目次

ブルー・ボックス見取り図

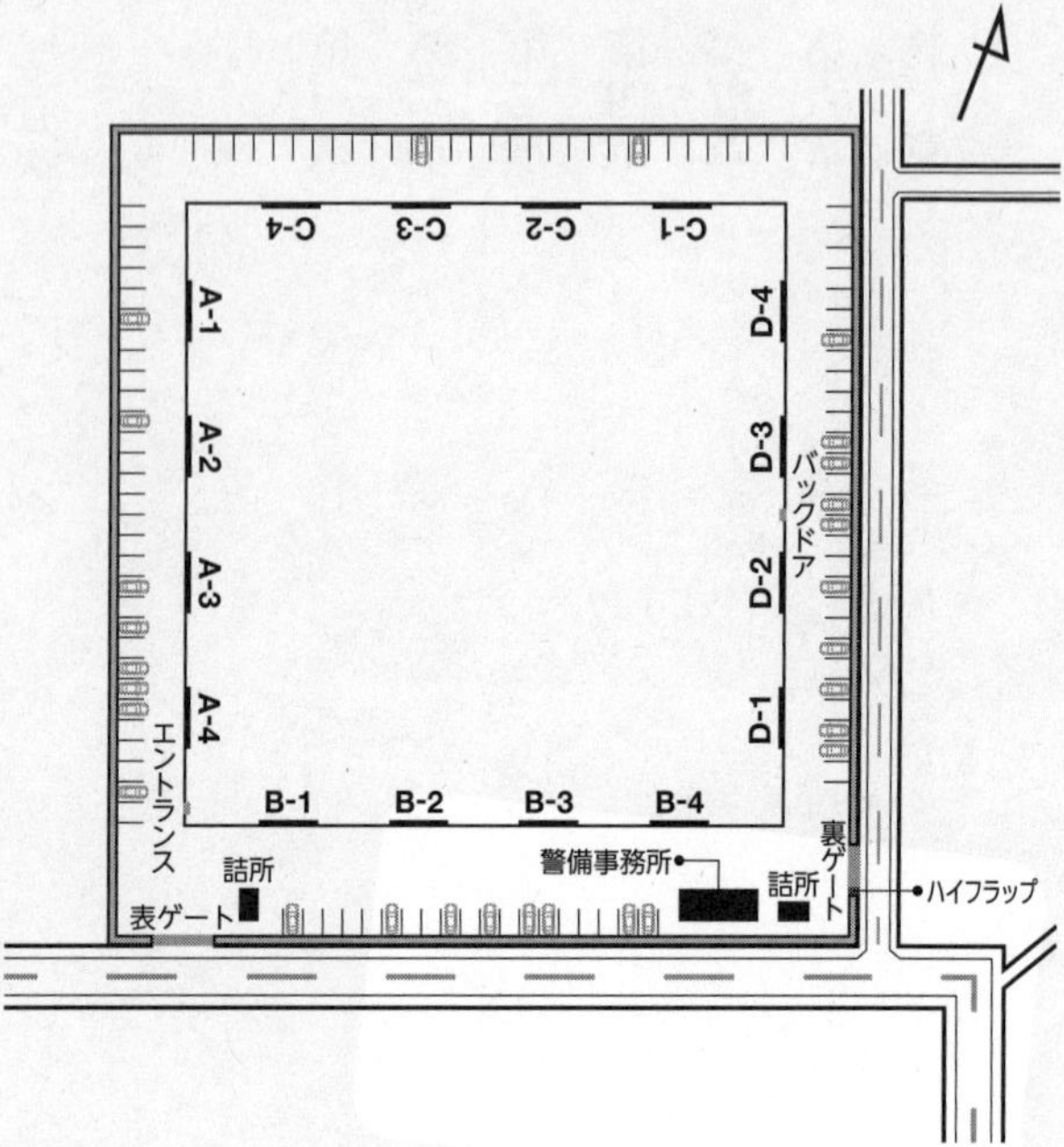

警視庁監察官Q
ストレイドッグ

序

《やあ、ミィちゃん。どうだい？　受け取ってもらったかな。そう、僕からのささやかなプレゼント。ブルー・ボックス、A-190の段ボール。

え、あれはなんだって？　ふふっ。さすがにそれは言えない。商慣習上の守秘義務ってやつかな。それこそ、僕がビジネス上で最も大事に思うところだからね。――ただ、そう、この前、あの若宮八幡《わかみやはちまん》神社の境内《けいだい》でも言ったけど、僕の今回の仕事は、あの小さな目薬状のEXEに〈道〉をつけることだけだよ。当然、直接の売買なんかには関与しない。

僕はね、他の誰かにしわ寄せの行くような商売はしたことがないと、これだけはミィちゃん、断言するよ。

商売というものは、なにものかの売り買いによって、その売り買いする誰かの人生を豊かにするものでなければいけない。僕は常にそう思っている。人生は一炊《いっすい》の夢ではあるけれど、一炊の夢と人生を引き換えるなど、これは商慣習以前に、僕の商道徳にまったく反することだ。

何？　詭弁《きべん》だって？　そう捉えられるのは悲しいけど。——たとえば、火薬に販路を付けたら、必ず爆発で人が死ぬだろうか。いや、これは遠いかな。そう。ナイフの納入にルートを模索したら、必ず刺されて人が死ぬだろうか。うん。いいね。そう。僕の中ではこの間に、厳然たる境界があるのだけれど。

えっ。ＥＸＥは火薬やナイフと同じ危険物なのかって？　いや、それはだね。——ふっ。これは少し口が滑ったかな。

少しの歪《ゆが》み、ささやかな油断。自分で自分のことも、こうしてままならない。だから揚げ足や言質《げんち》を取られたりもする。——やがてそれが大きな破断を生み、寄せて返せぬ波、戻って再び還《かえ》らぬ波となり、破滅への序曲を奏でる。それもまた人生かもね。ケセラセラ、だ。

——。

いや、別に何を誤魔化しているわけではないけどね。ははっ。ミィちゃん。そう責めるものでもないよ。参ったな。

それにしても、あの日は井辺《いべ》さんの命が終わった。ミィちゃんの日にかすかなりと涙があった。僕にとっては大いに慮外だった。これもまた、人生でままならなかったことの一つだ。井辺さんには出来るならもう少し手伝ってもらいたかったけれど、すでに命ギリギリだったとは、卓抜した鉄鋼マン、いや、柔術家の凄《すご》さを読み違えた。ミィちゃんの感情を揺すり、扱えるのは僕だけだと思っていたのは結局、思い上がりでしかなかった。

まったく、バリでは信仰の山、アグンのご機嫌が斜めのようだし——。

ん？　なんの話かって？

噴火警戒レベルが最高位に上げられたと聞いたものでね。——ああ、ミィちゃんにだけは特別だよ。僕はね、そのすぐ近くのアムラプラに、隠れ家のような別荘を持っているんだ。だからといって、別にバリ・ヒンドゥーに信仰を持つわけではないよ。ただなんというか、姿が日本の霊峰、富士山に似ていてね。アムラプラの古都然とした佇《たたず》まいとアグンの姿に、僕は南半球から日本を思うんだ。僕は日本、特に紀《き》ノ川《かわ》の滔々《とうとう》とした流れの果てに広がる〈木の国〉、和歌山が大好きだってね。ミィちゃんと一緒さ。故郷だと思っているよ。そう。いくつ目の故郷かは数えたこともないけれど。

えっ。いつまで話すのか、長いって？

ミィちゃん。そう辟易《へきえき》したものでもないよ。まあ、たしかに少し、おしゃべりが過ぎたようだ。——暫《しばら》く日本には足を踏み入れない。そんな郷愁が、ミィちゃんの前から去り難くさせたのかもしれない。僕はリー・ジェインではあるけど、磯部《いそべ》桃李《とうり》であったこともまた、僕の中では紛れもない事実だ。とある不思議な少女や、雄々しき鉄鋼マン達と出会ったこと、和歌浦《わかのうら》の見事な夕景に涙したこともね。

さて、そろそろ通信を終わろうか。さっきも言ったけど、僕は暫く日本には足を踏み入れない。ダニエルの指示で、次は当分の間、中国に腰を落ち着けることになりそうでね。主に武漢《ぶかん》だとは聞いているが、またぞろ、何をさせられることやら。その前に少し、命の洗濯と洒落込《しゃれこ》むつもりだ。

――えっ。なら今、どこにいるのかって？　さぁて。どこだと思う？　噴火警戒のバリ、夢のカリフォルニア。いや、もしかしたら吐息が掛かるほど、君のすぐ後ろかもしれないよ》

第一章

一

快晴の月曜日の、朝八時前だった。

小田垣《おだがき》観月《みづき》は東京メトロ葛西《かさい》駅から、職場であるブルー・ボックスへ向かう都バスに乗った。

葛西駅からブルー・ボックスまでは、道延べで約一・八キロメートルある。遠いと思うか近いと取るかは難しいところだ。

観月は遠いというか、時間の節約だと考えるから都バスに乗るが、〈文武両道〉が骨の髄にまで染み込んでいる係長の牧瀬《まきせ》広大《こうだい》警部は、考える前に走り出す。

時間を取るか鍛錬を選ぶか。それはそれで、一長一短の話だ。鍛錬を取って実務の時間が足りなければ、牧瀬は徹夜も辞さない。観月も時間のバランスは考えるが、時にブルー・ボックスの中をマラソン並みに走る。どちらがいいということではない。

葛西駅からバスの乗車時間は日によるが、平均すればおよそ十分前後だ。南葛西三丁目の停留所で降りる。

「今日は暑いわね」

通常出勤なので、観月のこの日の服装は黒のパンツスーツにソリッドカラーのスリム・タイで、靴はこげ茶のパンプスだった。これも観月にとっては時間と思考力の節約の一環だ。制服だと思えば毎朝の面倒事からも、衣服の〈買い出し〉という雑事からも解放される。だから同じ組み合わせで数着を常備している。

一六七センチの上背に長い手足のバランスはどうやらモデル体型というやつで、何を着てもそこそこになる。このそこそこというのが厄介でもあり楽でもあり、結果なんでもいいか、という思考に観月の場合は落ち着く。

〈蛍《ほと》ちゃんカット〉だと他人は口を揃《そろ》えるマッシュボブの髪型の定着も、切っ掛けは別にして、不変なのは同じ理由かもしれない。

洗ったままにしておけば勝手に乾き、勝手に出来上がるのは、なんといっても便利だ。

肩に掛けたココアカラーのトートバッグを揺すり上げ、観月は足を振り出した。

停留所のある大通りからブルー・ボックスまでは百メートルほどだ。生活道路然とした都道に入り、突き当りを左に折れればいきなり偉容が出現する。

ブルー・ボックスは各フロア面積こそ二ヘクタール超と膨大だが、高さはさほどない。三階建てだ。周囲にはそれ以上の建物がいくらでもある。

だから景観に溶け込むというか、直近にならないとわからない。本当にいきなり現れる。

それもまた、ブルー・ボックスの特徴の一つだった。

「あら?」

観月は前方に目を凝らした。

突き当りは都道としての突き当りという意味で、路地のような区道は右方にも走っている。

その区道から、ワンショルダーのメッセンジャーバッグを背負ったジョギングスタイルの、馬場《ばば》猛《たけし》巡査部長が走って出てきたからだ。

特に声は掛けなかった。汗だくなのが見て取れた。

馬場はこれまでバス通勤で、しかもいつも定時ギリギリだったはずだ。身体を鍛えるために走るのは牧瀬の専売特許だと思っていたが、少しはやる気が出たものか。取り敢《あ》えず、悪いことではない。

それにしても――。

「なんだってこんなに暑っついのよ」

観月は雲一つない空を睨《にら》んだ。黒のジャケットを脱ぎ、綿シャツを袖捲《そでまく》りにする。

そのままジャケットを手に持ち、陽炎《かげろう》さえ揺れる道を曲がると、奥行約百五十メートルの長方体はほぼ目の前だ。

RC構造の三階建て。外壁のブライトグレーの鋼板パネルに、目に染みるような青いホリゾンタル・ストライプ。

それが警視庁の決断にして英断、証拠品及び押収品の超巨大集中保管庫、通称〈ブルー・ボックス〉だった。民間企業のロジスティクスとセキュリティの最新技術を導入し、この年の一月から本稼働が開始されたばかりの外部倉庫だ。

ブルー・ボックスは、増え続ける一方の証拠品や押収品の保管・管理に関し、警視庁が出した一つの解答でもあった。正解かどうかの判断は別にして、各方面からの反応は絶大といえた。本稼働からこの方、搬入される証拠品や押収品は引きも切らず、つい最近まで辺り一帯には常時、〈ブルー・ボックス渋滞〉が起こるほどだった。

そんな喧騒《けんそう》は、インフラだけではなく人の心にも埃《ほこり》を舞い立て、小波《さざなみ》を起こすものか。

――証拠品や押収品は、ある者たちの剝《む》き出しの欲望だ。触れる人間を腐らせる。あるいは壊す。

いみじくも、警察庁長官官房首席監察官・長島敏郎《ながしまとしろう》警視監は、かつて観月を前にしてそう断言した。それがまるで予言であったかのように、ブルー・ボックスでは収蔵品を巡る悲喜こもごもの事々がいくつもあった。重なった。

警察内部からも立ち上る腐臭はあり、警備委託のキング・ガードにも不祥事はあった。

そのために、あるいはそれを盾に、ブルー・ボックスの実権はそれまでの刑事部刑事総務課から警務部監察官室に勤務する〈アイス・クイーン〉、小田垣観月警視の手に移った。

――ブルー・ボックスは、お前の城でいい。君臨しろ。それでこそQ、クイーンの面目躍如だろう。

そう命じたのもまた、警察庁の長島首席監察官だ。

ほぼ時を同じくして、警備委託は監視カメラの補強増設工事を皮切りに、この十月一日から完全に、アップタウン警備保障に移行していた。

すでに裏ゲート及び警備事務所も、同じくアップタウン警備保障主導によって完成し、運用も始まっている。これらはどちらも君臨するに当たり、観月が提案したものだ。

警備事務所は契約書に一部二十四時間の巡回警備が明記されている上は、人員の待合や交代要員の労働環境改善のために不可欠であり、裏ゲートは一系統だった搬入搬出路を二系統にして、渋滞を緩和するために間違いなく必要だった。

ただし、車両でのブルー・ボックスへの入場はやはり、基本的には正面玄関がある表ゲート側になる。面している道路の幅員が明らかに違うからだ。

ブルー・ボックスは四角形の四辺にそれぞれAからDのアルファベットが割り振られ、各面に四カ所ずつ切られた大型シャッタには、左から順に1から4のナンバリングがされている。表ゲートは位置的には広めの都道に面したB辺の1とブルー・ボックス二階以上への出入口であるエントランスがあるA辺の4の角方向にある。Cシャッタ辺は一方通行が基本の敷地内周回道路でAシャッタ辺を過ぎて右に曲がった方向であり、Dはその向こうで当然、A及びエントランスの真裏だ。

裏ゲートは、そちらからなら真正面になって荷捌《にさば》きが便利なDシャッタ用で、表が混雑して搬出入が滞ったときだけ、Cシャッタの分を一時的に流すに留《とど》める予定だった。

とはいえ、表ゲートより管理が甘いというわけではない。スライドゲートもボラード、車止めも表と同じ物を使っている。ゲートは電動で、守衛詰所の中からでないと開閉は不可能であり、このゲートが開かなければ車両は入場することが出来ない。

ただ、人流に関しては緩やかというか、表ゲートとは違ったシステムを導入した。主要な駅である葛西からのバスや徒歩だと、こちらの方がはるかに近く、人流が多くなることは目に見えていたからだ。

大掛かりなスライドゲートを開けなくとも、徒歩の来場者に限っては二十四時間入場可能な、自動開閉のハイフラップ門扉をゲートの詰所側に一基設置した。

もちろん、守衛詰所からの操作も可能だが、出退勤や、場内システムや機器のメンテナンスなど、昼夜を問わない日常的・恒常的な出入りを考慮し、暗証番号やICカードでの通行も出来るようにした。門扉の内側は車道から一旦逃げるように延びる歩道になっており、守衛詰所へはそのまま左側から回り込むようにして十五メートルもない。

さらにブルー・ボックスには一連の増強に伴い、アップタウン警備保障が開発中の広範囲無線アクセスポイントを導入し、建屋内だけでなく守衛詰所や警備事務所、場内循環道路全体までを含めた敷地内LANを構築した。テストも兼ねたということで格安だが、2・4GHz帯で無線を実現し、長距離Wi-Fi・四百メートルの優れモノだ。

――あんたさ。基地が欲しいわけ？

これは観月の学友でもあり、現アップタウン警備保障の営業統括本部長としてブルー・ボックスも担当する早川《はやかわ》真紀《まき》の言葉だ。

言い得て妙、で、反論はまったくなかった。

歩く観月のはるか先で、ブルー・ボックスに到着した馬場がまず、裏ゲート脇のハイフラップ門扉にカード・キーを使った。

高性能門扉は専用のICカードの他に、ブルー・ボックス本体のカード・キーにも対応させた。非接触でもブルーのLEDランプが点灯し、ハイフラップはレスポンスよく開き、一定の時間間隔で閉まる。

人感センサーの導入も検討されたが、過度のセキュリティは混雑と混乱を招くだけだとして却下された。したのは観月だ。

裏ゲート側から徒歩でやってくるのは通勤の警視庁職員とアップタウンの社員、それに軽設備のメンテナンス作業員くらいのものだろう。用があって来場する所轄や本庁の刑事はデータ的にも警察車両で来ることがほとんどで、電車やバス等の公共交通機関が動いていない夜間の来場者は今のところゼロだ。

当初から各セキュリティは、セキュリティとは名ばかりで、実はどれだけ収蔵物の搬入搬出をスムーズに、安全にこなすかに重点が置かれていた。警備員も警備というより誘導と、一階に搬入される重量物の据え置きまでを担当する作業員の側面が強かった。そしておそらく、これからもそれは変わらないだろう。

なぜなら収蔵物はすべて、外部に設置した保管庫に収めるものとはいえ、警視庁が〈保管・管理〉すべき証拠品と押収品であり、その取扱いまでは〈委託〉されないからだ。

当然、その〈保管・管理〉に警視庁を代表して全責任を持つからこそ、観月はクイーンとして君臨することを許されている。

馬場に遅れること数分で、観月もカード・キーでハイフラップ門扉から入り、守衛詰所に寄って行った。

表も裏もゲート脇には守衛詰所があり、入場者は全員記帳が原則だった。

「あ、管理官。お早うございます」

初老の守衛がにこやかに声を掛けてきた。

もう交代も含めた全守衛と顔馴染みだったが、観月も記帳は必須だ。たとえ警視総監が来てもそうするようにと、この〈城〉を預かるクイーンとして徹底していた。

馬場がちょうど、ブルー・ボックスの一階に入って行くところだった。中を通って中二階への階段を上がり、そこからカード・キーで二階に向かうのだろう。

警備事務所がある場所からの移動の利便を考慮し、警備事務所の真正面に当たるDシャッタ側に裏ゲートを設営すると同時に、D－2とD－3シャッタの間にカード・キーで開閉する〈バックドア〉も整えた。

要するに、警備事務所から場内作業や巡回に向かう警備員用の通用口で、それが今、馬場が入って行った場所だった。

それまで警備員は、開いているシャッタから入るか、全部が閉まっている場合、特に夜間などは中二階、刑事総務課の夜勤当番に連絡をし、D－1シャッタを開けてもらう決まりになっていた。

二十四時間眠らないブラック企業、警視庁及び警察機構ならではだ。

――夜間の定時巡回なんて、その都度いちいち電動シャッタを開けてもらうのも面倒でしょ。開ける方もきちんと寝られないし。この際、相乗りでどさくさ紛れで作っちゃえば？

一旦保留したが、結果的にはこの真紀のひと言が観月の背を押した。

入る方、だけでなく、開ける方も楽になるというのは魅力的だった。

少なくともこの〈バックドア〉の設置で、中二階における刑事総務課員の夜勤も、取り敢えず交番並みの労働環境には格上げになるだろう。

一階には重量物の証拠品、たとえば損壊車両の一部やコンクリート片などが一定期間安置されることになっている。重量物は運搬・据え置きに技術も労力も掛かり、危険も伴う。慣れた者達に任せるに如《し》くはない。

例を挙げるなら、吊《つ》り上げ荷重が一トン以上のクレーンの玉掛作業を行うには資格が必要だ。中二階の全員は技能講習を受け、その修了証を所持していた。中でも責任者である高橋直純《たかはしなおずみ》警部などは、その他にクレーンに関するいくつかの講習も修了していた。

だから、観月達監察官室員は一階の管理、運用には手も口も出さない。というか出せない。刑事総務課に任せている。

一階の管理、運用は今のところ、それで至極順調だった。

二

観月はDシャッタ側の周回路を通って表ゲート方面、Aシャッタ側にある、ブルー・ボックスのエントランスに向かった。

エントランス前の警備は前月までは葛西署の地域課の受け持ちだったが、十月からは完全に所轄の手を離れた。

無言の敬礼で迎える立ち番も、今ではアップタウン警備保障の警備員が担当している。なので、警察官の制服ではなく、赤が基調のジャンパーとスラックスに、同系色のキャップを被《かぶ》っている。

「今日も暑いわね。気を付けてね」

警備員に敬礼を返し、観月はカード・キーをエントランスの扉に使った。

馬場はDシャッタ側のバックドアからブルー・ボックスに入ったが、二階以上への直通路は、今もAシャッタ側のエントランスしかない。こちらが正規だ。

扉の内側は狭い閉鎖空間で、壁際に据えつけられた軽鉄製の武骨な階段以外何もない。

観月は真《ま》っ直《す》ぐ二階に上がった。

少し照度を落としたLED照明の下、どこまでも続くキャビネットの列、また列。

初めて上がってきたときには息を飲んだものだが、今となっては日常の光景だ。

そのままAシャッタ方向に進めば突き当りが、観月達の職場である〈警視庁警務部監察官室分室〉だった。

入ってまず誰しもの目に飛び込んでくるのは、真正面に設《しつら》えられた四段重ねの五十インチデュアルディスプレイ・クアッドモニタだろう。一画面をさらに六分割して、二、三階の内部をメインに時間単位で切り替わりながら、ブルー・ボックス全体の今を映す。

その両サイドから流れ出るようにして壁際の内周をほぼ埋めるのは、緩やかなカーブを描く白い長デスクだ。部屋のど真ん中に一枚木の円卓が鎮座し、奥側にささやかな応接セットが配され、その向こうには何故《なぜ》かファミリータイプの冷蔵庫が設置されていた。

これが〈警視庁警務部　監察官室分室〉、ブルー・ボックスの心臓部とも言える総合管理室の全容だった。

「あ、お早うございます」

入室した観月に、主任の時田《ときた》健吾《けんご》が声を掛けてきた。時田は四十五歳の警部補で、牧瀬班では最年長だが、三十一歳の牧瀬と同じくらいにも見える男だ。警視庁内の猛者《もさ》を相手にする監察官室には元公安マンや公安講習受講者が多く配属になるが、時田は観月が管理官として指揮下に置く牧瀬班、横内《よこうち》班の中で、もっとも公安上がりらしい男だった。

「おはよ。主任、一人？」

観月は応接セットの近くに一脚だけある、両肘掛けが付いたキャスタチェアに上着を掛けた。

それが観月の椅子であり、定位置だった。椅子は別にみんなと同じ物で良かったが、

——誰が職長かってことの、目印みたいなもんですから。

と牧瀬が言い、全員が同意を示したので、お言葉に甘えた格好《かっこう》だ。

「いえ。今さっき馬場が来ましたが」

「あ、シャワー室ね。来る途中で見掛けたけど、近寄らなかった。汗が背中から湯気みたいだったから」

観月の言葉通り、ブルー・ボックスの二階にはシャワー室や仮眠室が複数室、完備されていた。給湯設備の付いた広い休憩室も三室あった。つまり、いいか悪いかは別にして、〈宿泊〉が可能だった。ブラック企業なら住まわせるところか。

そんな環境にめでたくこの度、観月は最新型の洗濯機を導入した。

裏ゲート及び警備事務所の新築中、総管理・監修を請け負って常駐するアップタウン警備保障の現場事務所に最新型の洗濯機が二台導入されていた。

工事が終了した現在、一台はそのまま裏ゲートの警備事務所に移設されたが、もう一台を危うく持って帰られそうになるところを、観月が真紀に掛け合って強引にブルー・

ボックスの二階に上げた。

これも観月が上司として考える福利厚生の一つだと、導入時には自画自賛したものだが、

——これで、本当に暮らせちゃいますね。

と言う馬場の呟《つぶや》きが、実相を言い当てていたかもしれない。

「頑張ってるみたいですよ」

時田が言いながら席を立った。

「それ誰が？　係長？　それとも組対の」

牧瀬は馬場を鍛えようと頑張っている。それは知っている。組対、の東堂絆《とうどうきずな》には、牧瀬が頼んでときどき馬場を鍛えてもらっているようだ。それも知っている。

「いえ。本人です」

「え？　あ、馬場君本人。へえ」

一番意外な答えだが、今朝も観月の前を一心不乱に走っていたのは、たしかに事実だ。

妙に納得しながら、観月は周囲を見回した。

「で、係長は？」

「まだです」

観月は二班を受け持つ管理官で、この朝は先週までの予定なら本庁のはずだった。

ただ昨日、夕方になって牧瀬班の森島《もりしま》から連絡があった。観月は公休日で、森島がブルー・ボックスに詰めていた。

——係長が、明日には戻るそうです。

——そう。わかった。

だから急遽《きゆうきよ》、この朝はブルー・ボックスに来たのだ。

先月二十二日のことだった。紀州和歌浦に沈む夕陽の中で、新ちゃんこと井辺新太《しんた》が眠るように観月の腕の中で死んだ。新ちゃんは磯部桃李の差し伸べる手を取り、海を渡ったはずの愛すべき鉄鋼マンだった。

——千変万化する状況の一つとして、僕もプレゼントを用意しておいたよ。お詫《わ》び、じゃないけどね。そう思ってもらえたら有り難い。

そう、リー・ジェインは言った。

——ブルー・ボックス三階の角、A-190だったかな？　そこの段ボールを開けてごらん。面白いものが入っているよ。

そう、磯部桃李は言った。

——僕が請け負った本筋の〈商品〉だ。あげるよ。僕の仕事は道をつけることで、商売じゃないからね。

リー・ジェインこと磯部桃李は、夕闇に溶けながらそうも言った。

果たして、本当にプレゼントはあった。それがＥＸＥだった。

ストーリーに筋道はすぐにつけられた。

酔った東京竜神会《りゅうじんかい》の五条国光《ごじょうくにみつ》が、エグゼというワードを口にしていたと、観月は東大Ｊファン倶楽部ＯＧ会、〈魔女の寄合〉の席で宝生聡子《ほうしょうさとこ》からそんな話を聞いていた。

ＥＸＥが言葉通りエグゼで同じ物なら、さすがに監察官室で扱える代物ではなかった。

帰庁してすぐ、紀州和歌山銘菓、福菱《ふくびし》の柚《ゆず》もなか（柚子皮入りの柚子餡《あん》）と共に組対特捜の東堂絆に渡した。というか、押し付けた。

ただし、ＥＸＥは押し付けたが、このことはさておき、無償で福菱の柚もなかを渡すほど観月は甘くはない。

柚もなかの、いや、東堂の徹底的な追尾を、観月は牧瀬に振った。

前日に森島から聞いた牧瀬の帰還は、そのことに関する一つの結果を意味した。

「どうぞ」

時田が緑茶を運んでくれた。

湯飲みは各自で決まっていて、観月の物は現工の有田焼だ。さほど高価な物ではないが、手に馴染みがいい。

「ありがと」

受け取ってひと口飲む。

香ばしさが味覚を刺激した。

「主任。土曜のあれを食べるけど、主任も食べる？　賞味期限、今日までだし」

「えっ。あ、いえ。まだ朝の内ですから」

時田は何故か遠慮する。観月にとってはいつものことだが、不思議だ。

「朝の内だからいいんじゃない。そんなに重くないわよ。さらさらだもの」

この〈土曜のあれ〉とは、アップタウンの早川真紀に貰った〈黒豆さらさら〉のことを指す。黒豆と、その煮汁だけで作った寒天にたっぷりの黒蜜を掛ける、広尾の名店・果匠　正庵《しょうあん》の逸品だ。

ちなみに、アップタウン警備保障の本社は広尾にある。

「そりゃ商品名ですしね、その通りでしょうけど。なんにせよ食い物には、食うタイミングと加減ってものがありますからね」

と、時田はさらに不思議なことを言う。

まあ、たしかに観月は、甘くはないが甘い物には目がない。

観月は故郷の和歌山で育った時代、些細《ささい》なアクシデントによって喜と哀の感情にバイアスが掛かってしまった。不幸な出来事ではあったけれど、引き換えるように超記憶の能力を獲得した。

意識を傾注したモノを、おそらく生きている限り記憶する、それが超記憶だ。

間違いなく余人にはない稀有《けう》な力だが、この能力は普段の生活においても、特に視覚から入る情報に記憶の傾向は顕著だった。脳は絶え間ない情報の処理に他人より多くの燃料、つまりエネルギーとなる糖分を希求した。燃料切れになると、ひどい偏頭痛が起こった。

偏頭痛は〈脳疲労〉のサインであり、度を超すと〈脳過労〉となり、ひどいと脳神経が焼き切れると医者は言う。

それで観月は昔から、手軽に糖分が補給できる和菓子が大好物だった。

甘味専用大型冷蔵庫から〈黒豆さらさら〉を十個ほど取り出し、応接テーブルの上に並べる。壮観とも眼福ともいう、至福の時間だ。

黒蜜を掛けて四つ目をさらさらと流し込んでいると、馬場が頭をタオルで拭きながら入ってきた。

「あ、管理官。お早うございます」

「お早う。馬場君も食べる?」

「うげ。——いえ、結構です。土曜の分がまだ胃の中にたっぷりっす」

馬場は時田よりはっきりと物を言う。それが嫌味にならないのが馬場の持ち味だろう。

彼《か》の日、リーのプレゼントを段ボールから実際に発見し、取り出したのは当番勤務の馬場だった。棚の段ボールの中に、目薬のような小さなパッケージが一つ、余分らしかった。ＥＸＥという文字が浮かんだパッケージだ。

――えっ。なんで。

馬場の報告に対する、それが観月の率直な感想、疑問だった。

なぜならほぼ一週間に一度、観月はブルー・ボックスの二階か三階を走った。

〈クイーンの城内巡察〉と牧瀬達が称する、観月だけに可能な収蔵物の確認作業だった。

全棚の配置は一週間前が二週間前、たとえ一年前だとしても、ミリ単位の誤差も許さない絶対記憶として頭の中にあった。

三階の角、Ａ－１９０に異物混入の痕跡など絶対になかった。あれば観月の超記憶は必ずアラートを発動する。

監察官室分室の案件として、この件はそのまま馬場に任せた。ＥＸＥそのものではない。ブルー・ボックス内へのルートの解明だ。

馬場は二十九歳のわりに幼く見えるが、間違いなく優秀ではあった。週明けの二十五日中には、ルートに早くも当たりを付けた。

――えっ。防災訓練？

思わずそう聞き返したものだ。

――そうっす。二十二日の。

ＫＯＢＩＸ鉄鋼和歌山製鉄所新第二高炉の火入れと新ちゃんを目指してブルー・ボッ

クスを飛び出したが、たしかに中二階の高橋係長からはくれぐれもと言われていた。

——ああ。あの、消防のやつ。

——それっすね。間違いなく。

高橋以下、一階の搬出入を担当する刑事部刑事総務課員やアップタウン警備保障の面々、葛西消防署員、地元町会からも有志の消防団員が、総勢で百三十名は集合したらしい。

——そんなに？

——それでも足りないんじゃないっすか？　それくらいここはデカいんすから。

そんな人数で基本的な消防訓練から収蔵品の運び出しまで、消防マニュアルに則《のっと》って忠実にこなしたようだ。

——消防マニュアル。ああ。

観月の脳裏に、一瞬にして細かい文字の並びが鮮明に現れた。

〈収蔵品の運び出しは、各階の四隅から六スパンまでを最大量のサンプルとし、速やかに一階へのリフトに運ぶ〉

この運び出しの過程で、リー・ジェインの配下がＥＸＥを紛れ込ませたようだ。どさくさ紛れのように、辿《たど》れば身元不明の男が二人ほど判明したらしい。

どこでどう、この消防訓練の予定を知ったのかまではさすがに馬場も追い切れなかったようだが、観月も深追いは指示しなかった。

相手は世界的最重要警戒人物、ダニエル・ガロアを首魁《しゅかい》とする組織、サーティ・サタンのメンバーだ。ひとまず、観月のセンサーに掛からなかった理由が分かればそれでいい。

そんなことを回想しながら〈黒豆さらさら〉の十個目に手を掛けると、

「お早うございます」

精悍《せいかん》な顔つきの、一八〇を超える筋肉質な男が入ってきた。それが牧瀬だった。

「遅いわよ。もう十個目だから、あと五個しかないんだけど」

「それはいいですけど」

牧瀬は苦笑した。

「遅くなったのはすいません。成田から直行なんですが、外国人観光客のチェックアウトラッシュに嵌《はま》りまして、出発に手間取りました」

「そう」

観月は何気なく視線を下げた。

牧瀬の手に紙袋があった。

「まっ」

思わず声になった。

伝統と革新の円を重ねた〈和＋味〉は、米屋《よねや》のロゴマークだ。

米屋は日本で最初に栗羊羹《くりようかん》を売り出した、明治三十二年創業の老舗だった。中でも伝統の味を今に伝える〈極上大棹羊羹《おおざお》 栗〉は、絶品という認識が観月にはあった。

「それ、何？」

「〈極上大棹羊羹 栗〉、ですが」

「いくつ」

「ええと。ひと箱三棹入りをですね。三箱です」

「上出来ね」

内心では飛び上がるほど喜びつつ、観月は真顔で指を鳴らした。

三

牧瀬が組対特捜の東堂とＥＸＥの追尾を開始したのは、観月とともに和歌山から戻って後の最初の月曜日、つまり前月の二十五日だった。

馬場が観月からＥＸＥの混入ルートの探索を命じられた二日後であり、ＥＸＥそのものが組対の東堂絆の手に渡った日でもある。

携帯に掛かってきた観月からの連絡は、ちょうど到着した葛西駅からブルー・ボックスに向けて走り出そうとしたときだった。朝の八時前のことだ。

なんでも、前夜から渋谷署の組対が主導した裏カジノの摘発に借り出された東堂絆が、現行犯の逃走を阻止すべくちょっとした立ち回りを演じ、テレ朝通りにある狐坂交差点の信号機を壊したらしい。

ちょっとした立ち回りでどうやったら信号機を損壊出来るのかは疑問だが、本庁監察官室の番号から掛かってきた観月の電話は、そんな話で始まった。

また、名古屋のとあるゴルフ場では、岐阜では各務原《かがみはら》に本拠を構える竜神会二次組織の六車組《ろくしゃぐみ》の組長が惨殺されたとも聞いたが、これは組対の話で、監察とはまったく管轄を異にする別の話だ。

が――。

なんにせよヤクザ社会は、東京の沖田組《おきたぐみ》が消滅し、大阪では五条源太郎《げんたろう》が死去して後、またぞろ騒がしく血腥《ちなまぐさ》い。

――係長。これからすぐに動ける？

動けるかと聞かれれば、どうとでも動くことは出来た。そもそも走るつもりだったし、ブルー・ボックスに行っても仕事は搬入搬出のチェック及び管理作業だ。雑事とは言わないが、緊急性には乏しい。

問題ないと答えると、観月は前述の件で東堂を、これから監察官室に呼び付けるという。現在、東堂は摘発の後始末で渋谷署にいるらしい。

——本庁に来たら、彼にEXEを直《じか》に渡すわ。そこから先をお願い。

お願いとしつつも、これは上司からの指示だ。一も二もなく牧瀬は了解した。

これが、思うより長くなった追尾のスタートだった。

午前九時半過ぎには、東堂の手にEXEは委ねられたようだ。本庁一階で待機していた牧瀬に、観月からそんな連絡が入った。

——今、持って帰ったわ。彼って馬鹿みたいに凄腕のくせに、同程度の振れ幅でもの凄く鈍いのね。それとなく押し付けるのに、主任も森島さんも巻き込んで手間取っちゃったわ。まったく、危うく監察官に感づかれるところだった。

監察官とはこの場合、警視庁警務部監察官室首席監察官の、手代木《てしろぎ》耕次《こうじ》警視正のことだ。監察官室内で首席という言葉は滅多に使わない。使うときは警察庁長官官房の首席監察官のことを指し、現在は長島敏郎警視監ということになる。

手代木監察官は知らないと観月は言うが、おそらく感づいているだろうと牧瀬は思いつつ口にはしない。ひと通りの様子を聞いて通話を終え、そのまま東堂とEXEの追尾に入る。

それにしても——。

組対特捜の東堂絆は本当に忙しい男で、本物の化け物だった。

この本庁を出た直後、日比谷公園前でひと塊りになった暴走集団の襲撃を受けた。

東堂は襲い来るバイクや改造車の間に立ち、ただ立つだけに見えた。

いきなりの事態に物陰から牧瀬の足は出掛けた。がしかし、激突の一瞬も現実としてはなく、何事もなかったかのように集団は東堂を擦り抜けた。

実際にはただ立つだけでなく、集団が擦り抜けたわけでもなく、おそらくギリギリの見切りで東堂が動いたのだろうが牧瀬にはまったく、何もわからなかった。

東堂はまるで、残暑に燃え立つ陽炎のようだった。

集団が行き過ぎて後、気が付けばうっそりと立つ東堂が、こちらを見ている気が牧瀬にはした。慌てて日比谷公園内の物陰に身を隠し直した。

翌火曜だけは何事もなかった。

水曜には、今度は東堂は渋谷のスクランブル交差点でまた車群の襲撃を受けた。月曜とは別の集団のようだった。これも軽くあしらうように見えたが、場所とタイミングが悪かった。歩行者信号に関係なくバイクが突っ込んできたのだ。

東堂が仕掛けたのかもしれないが、人と車両が入り乱れ、辺りは騒然となった。

後で知ることだが、このことは民放キー局の夕方のニュースにもなったようだ。本庁の広報も一時、殺到する問い合わせでパンク寸前だったという。

襲撃を受けた後、東堂は池袋の組対特捜本部に戻った。

そして、出てこなかった。いや、そうではない。が、とにかく消息を絶った。牧瀬がどうということではなく、後を絶たない襲撃者やマスコミへの対策としてだったろうが、実に鮮やかなものだった。

撒《ま》かれたと牧瀬が気が付いたのは、翌日になってからだった。

金曜になって、池袋の組対本部にもいないことを確認した。本庁廻しの伝手《つて》を辿ってもわからなかった。

ただし、本気で追おうとすれば探す場所はいくつかに限定される。

観月も電話口で似たようなことを言っていたが、馬鹿みたいに凄腕のくせに、同程度の振れ幅でもの凄く抜けている奴の考えそうなことはたかが知れている。

成田に狙いを定め、これが当たった。東堂は成田の実家にいた。暇を持て余すように、愛用らしいロードバイクを漕《こ》いでいた。

これが土曜日のことだった。

そのまま独断で行確に入った。いわゆる草の根活動だ。

観月は管轄を越えての追尾までは強いなかったが、ある意味、都内で撒かれた牧瀬の意地だった。興味でもある。

逆境、強敵に当たっては闘志が湧く。牧瀬も根っこは格闘家だ。大学時代は柔道で、七十三キロ級の国際強化選手でもあった。胆《きも》の据え方は骨の髄まで染み込んでいる。

しかも、牧瀬は数年前にひと通りの公安講習を受けていた。警部補で所轄から警察庁警備局に出向になったときだ。

三十一歳にして警部、警務部監察官室勤務は、能力も実績も認められているという自負でもあり証拠でもある。

なぜなら警務部監察官室は、警視庁内のあらゆる〈猛者〉を相手にする、警察の中の警察なのだ。

海千山千には、一騎当千で当たる。

これは上司である小田垣観月警視のテーマにして、監察官室全体のモットーでもある。

だが――。

その牧瀬の能力や実績を以《もっ》てしても、果たして組対特捜の化け物に通用するものかは、はなはだ心許《こころもと》ないものだった。通常であれば細心の注意を払っても二十メートルほどの間隔とする対象との限界距離を、三倍に取ってもまだ安心出来なかった。

なにせ東堂はしばしば、ふとした仕草で振り返ったときに、真っ直ぐ牧瀬の、しかも目に射込むような視線を向けてくるような気がした。と、そんな危うい感覚がどうにも拭い切れなかった。

成田では、一《いち》か八《ばち》かでさらに距離を取った。

それでようやく、東堂の剣気の領域から脱したような感じだった。

落ち着いて観察する成田の実家には、警視庁にも武術教練の師として招聘《しょうへい》され、警視総監である古畑正興《ふるはたまさおき》も弟子だという今剣聖・東堂典明《てんめい》その人を始め、老若男女・善男善女が大勢出入りした。中にはまあ、怪しい日本語を堂々としゃべるアラブ系の外国人や、どう見ても地場のテキヤにしか見えない連中や、どうにも口の減らない老婆の集団なども見られた。

隣家の若い女性は、東堂の彼女だろうか。それにしては間に一枚、透明の薄いビニルでも挟まった感じだが。

全体、東堂典明以外は東堂の取り巻きとして、職権を行使して調べてみようか、などと思っていると、日曜になって驚天動地の出来事が起こった。

東堂と外国人とテキヤの親方然とした男が向かった、東関東自動車道沿いの〈ジャンク置き場〉らしき場所に、二台の乗用車が滑り込んだ。黒塗りのベンツと奇妙な色のミニクーパーだった。

奇妙なミニクーパーの方は牧瀬も強烈な印象と共に周知だった。警視庁組織犯罪対策部長、大河原正平《おおがわらしょうへい》の趣味の車だ。果たして車内からは、大河原部長その人が降りてきた。

ただ、ここまではいい。

牧瀬が目を見張ったのは、ベンツの方だ。双眼鏡越しに姿を現した男を見て、牧瀬は低く唸《うな》った。

男は東京竜神会代表、五条国光で間違いなかった。

完全に越境で職務範囲すれすれの状況では、この案件は警視庁警務部の係長である牧瀬には処理し切れなかった。この日の夕方までは近くで粘り、夕陽の頃になって頭を切り換えた。

対東堂絆及びEXE、あるいは五条国光のことより、大河原部長が出てきた以上、事態は完全に組対の職責内のことだ。これ以上、行確を続けようとするなら監察官室の長である手代木首席監察官、いや、道重《みちしげ》警務部長の裁可がいるだろう。

ここまでのことをほうれんそう、報連相《ほうれんそう》だ。

ひとまずは退くと決める。決めればしなければならないことがある。

――取り敢えず、当番勤務のモリさんに連絡して、それから参道の米屋総本店に行くか。

これが前日までの、東堂とEXEを追った牧瀬の行動のすべてだった。

ブルー・ボックスの総合管理室に〈戻った〉牧瀬は、上司である観月に一連の説明をした。

この戻ったという表現は、九月に入ってから牧瀬以下班員は全員、ブルー・ボックス専従となったからだ。

とはいえ、全員の主な出勤場所が葛西のブルー・ボックスになり、証拠品・押収品の保管作業が最優先になるということであって、監察官室員としての業務を放棄するということではない。ときには本庁十一階の監察官室にも顔を出せば、そちらで仕事をすることもある。そのためにデスクも椅子も、全員の分がそのままだった。

「ふぅん。東堂君も東堂君で、ずいぶんとまた忙しいことね」

観月が棹を六つに切った羊羹のひと切れに爪楊枝《つまようじ》を刺した。

たしか〈黒豆さらさら〉を賞味期限にかこつけて十個食べたと言っていたが、すでに牧瀬が買ってきた羊羹もふた棹と三切れが観月の胃の中に消えている。

いや、消えたのは甘味好きだけに備わるという、別腹の中だろう。

牧瀬は馬場と時田と三人で、押し付けられるように食したふた切れずつでもう十分だった。

包装にたしか、ひと棹八〇〇グラムと書いてあった気がする。

とすると、観月は羊羹だけで二キログラム……。

「ここまでかな。ちょっと惜しいけど」

観月は爪楊枝を置いた。

惜しいのはさて、成田の案件か、切りたての〈極上大棹羊羹 栗〉の残りか。

考えただけで何か、別腹のない牧瀬は胸中に熱いモノがせり上がってくる気がした。

（止《や》め止め）

牧瀬は頭を振り、思考を切り替えた。

ちょうど、そんなときだった。

監視モニタの、一番下の一カ所が仄《ほの》かに赤く明滅した。警備事務所や表裏の守衛詰所との通話の際に、映像が切り替わる部分だ。

「はいっと」

馬場がヘッドセットを付け、マウスをクリックして通信を繋《つな》いだ。

家庭用にも、無線ＬＡＮのインターホンが手ごろな値段になり始めていた。まだまだ脆弱《ぜいじゃく》な部分もあるが、いずれはすべてが無線、乃至《ないし》は非接触の時代になるだろう。

「あれ。管理官」

ヘッドセットを付けた馬場が、爪楊枝を噛《か》みながら観月を呼んだ。

「えっとですね。表ゲートの詰所からなんですけど」

「ん？　けどって、何？」

「なんか、困ってるみたいっす。アポ無しの人が車で来て、入場許可が出ないなら乗り越えるって」

「乗り越える？」

「このくらいのボラードなら、車載のタイヤストッパーに百キロで乗り上げれば越えられるって豪語してるみたいっす」

「ええっ。ちょっと、何それ。表の詰所前のカメラ、固定で出して」

「了解っす」

馬場がキーボードを叩き、その間に観月がモニタに寄り、すぐに溜息《ためいき》をついた。

諦念、そんな溜息だった。

「ああ。やるわね。あの人達なら、きっと」

「なんです？」

牧瀬もモニタに寄り、すぐに眉根を寄せた。

「なるほど」

総じて中東の風を思わせる小日向純也《こひなたじゅんや》警視正、白髪の混じった角刈りの鳥居洋輔《とりいようすけ》警部、無精髭もワイルドな猿丸俊彦《さるまるとしひこ》警部補。

モニタの中では、守衛詰所前に三者三様なJ分室の面々が立ち、中でも小日向警視正がカメラアイに、レトロなピースサインを向けていた。

四

モニタ越しとはいえ、警視正にピースサインまで出されて断るわけにもいかず、観月は一行の入場を許可した。

J分室の三人は、迎えに出た馬場を巻き込んで、半ば強引に一階の見学を始めた。

その後、中二階の旧総合管理室から二階へと上がり、鳥居と猿丸はそのまま二階フロアを勝手にうろつき始めた。馬場は鳥居に付いたが、猿丸はフリーだった。

「俺も行きます」

モニタを見て牧瀬が出て行った。二階から三階の収蔵物の、こと〈維持保管〉に関しては、その全責任を監察官室牧瀬班、ひいては管理官である観月が負う。他人の勝手は、よほどの場合でないと許されないいし、許さない。

移設や修繕、導入。思いつく勝手はそんなところか。

フロアに部下二名を振り撒き、純也が〈警視庁警務部　監察官室分室〉でもある、現総合管理室に入ってきた。

「やあ」

とは言ったが言っただけで、真っ直ぐ奥に歩いてモニタの前に立った。警視正の自由な行動に、時田が慌てて場を譲る格好だ。

「うん。いい感度だね」

モニタを見詰め、鳥居・馬場組と猿丸・牧瀬組の様子を眺めて目を細める。

少し、というか大いに癪《しゃく》に障《さわ》った。〈城内〉に土足で踏み入られた感じがした。せめて靴は脱いで欲しいところだ。

「いきなりですね。そんなに暇ですか」

と、いきなり聞いてみた。

「手土産は持ってきたよ」

純也は顔も動かさず、動じもしなかった。

「手土産？　甘味ですか？」

「悪いね。それはまた今度」

やおら、純也がジャケットの内ポケットから取り出したのは、長三サイズの封筒だった。

「これは？」

「開けてみればいい」

開けると、二枚の折り畳まれた紙片が入っていた。一枚は何かの資料だった。

「科捜研？」

ＥＸＥの分析結果、と純也は言った。

「気になると思ってね。本来はお前のものだ」

「別に私の物じゃありませんし、特に気にもしてませんけど」

「本当に？」

「だって、組対の領分じゃないですか」

紙面の日付を見る。前日午前の物だった。

「へえ。よく手に入りましたね」

「まあ。僕と違って、僕の部下は庁内に親身になってくれる友達が多いからね」

冗談なのだろうが、冗談の最後は聞いていなかった。

観月の目が一点で留まった。

〈致死量0・04㎖〉

「えっ。致死量って」

「そう、わずか目薬の一滴以下。そう考えると、人生など呆気ないものだ」

「簡単に言わないでください」

肩を竦《すく》めるだけで、純也は何も言わなかった。

観月は分析結果を戻し、もう一枚を広げた。

目を落とせば、悔しいがぐうの音も出なかった。

「牧瀬君が動いていたよね。やっぱり気になるのかな」

観月は努めて純也の方を見なかった。口調からしておそらく純也は、いつものチェシャ猫めいた微笑みを浮かべているはずだった。

天使と悪魔の、間《あわい》の笑みだ。その笑みがたまらないという女子は多いが、観月は特には惹《ひ》かれない。

「成田だって？」

かえって、笑いに潜む感情が怖い。

「東堂君は東堂君で、なかなか面白い事態に嵌り込んでいるみたいじゃないか。東京竜神会の五条国光だっけ」

さすがだ。いや、さすが過ぎて当たり前に近い、という感想が正解か。

純也は公安だ。公安の中でも、闇の部分だ。

「それで、これですか」

「そう。特にこの先、お前に関わりがあるとは思わないけれど。一応ね」

ゴルダ・アルテルマンの会社の登記簿謄本と綿貫蘇鉄《わたぬきそてつ》以下の大利根《おおとね》組の資料。大利根組に関してはおそらく、管轄警察署の内部資料だ。

「これって絶対、非合法ですよね」

紙片をヒラヒラと動かせば、どうだろう、と純也は空惚《そらとぼ》ける感じで腕を組んだ。

「一体どこから手に入れるんです？」

「秘密、と言いたいが、かわいい後輩のためだ。教えてあげようか」

空港に勤めてる知り合いがいる。その娘が成田のキャバクラでアルバイトしている。そこに様々な筋の客が来る。娘が、機転が利いて勤勉。

とかなんとか。おそらく自慢話で、間違いなく実のない話だ。席を譲る格好で立ったままの時田が少し不憫《ふびん》に思えた。

純也を促し、総合管理室を出て、場を二階の場内に移した。

「それにしても、成田ですか。ご発展ですね。広域というか、手広いというか」

「え、いやぁ」

僕と同期の押畑《おしはた》。増山《ますやま》女史の後輩。印西《いんざい》警察署で副署長だったとき。馴染みのキャバクラ。成田の駅前は便利だ。そんな関係。

とかなんとか。

やはり、時田に席を返してよかったと思う。

「どの関係だか」

「どの関係だろうと、使えるものはなんでも使う。公安だからね」

公安。魔法の言葉。

ちちんぷいぷい、のようなものか――。

考えるのも馬鹿らしい。

「なんにせよ、これは」

観月は手に持った封筒を振った。

「頂いておきます。折角ですから」

「そうしてくれ。僕にとっても、これは今のところ関係がない。別の話だ」

純也は顔をフロアの、キャビネットの並びに向けた。

「それにしても、壮観だ」

馬場や牧瀬がなにやら説明している声が聞こえた。手前から二十番目の列のどこかか。へえ、ほう、と鳥居が感嘆しきりのようだ。デケぇなあ、とこちらは猿丸だ。

観月も純也と並び、フロアに目を向けた。

「もっと早く来ると思ってましたけど、なかなか来なかったですね」

「おや。待っててくれてたのかな？　嬉しい限りだね」

「口先だけのことは措《お》きましょう。腹の探り合いは苦手です」

「そうは見えないけどね」

「先に進めます」

「いいよ。なんだっけ」

「なかなか来なかったと。組対の東堂君なんかはもう、ずいぶん前に見ていきましたけど」

「ああ。そうだね。——いろいろと忙しくて。俗物の悪意は周囲に幾つも渦を巻くけれど、赤心と真心の在処《ありか》は遠い。南スーダンも、白ナイルも」

「はあ」

純也は腕を虚空に伸ばし、少し暗い顔をした。

少しでも純也の場合、陰が差し、闇に沈む。

「小田垣。僕はね、手を伸ばすなら握る。すべての手を。これこそ千手観音《せんじゅかんのん》の手法だ。そう。だから忙しい。けれど、情念と無念。僕の千手からも悲しみと絶望はこぼれる。人はなかなか、神にはなれない」

観念的な言葉だった。

観月は知らず、一歩引いた。深く思考したら、それこそ観月も観念の海にどっぷりと浸《つ》かる。

これは、小日向純也という男と付き合う上での、観月なりの距離の取り方だった。

純也は伸ばした腕で拳を握った。

小田垣、と観月を呼んだ。

「お前も、必要なら手を伸ばせばいい。僕は何を措いても真っ先につかむよ。可愛い後輩の手だものね」

「それは引き上げようとしてくれるものですか。それとも、引き摺《ず》り込もうとするもの」

「さて、どうだろう。興味があるなら今度、話してあげよう。不忍池《しのばずのいけ》近くに、美味《うま》い中華料理屋があるそうだ」

「不忍池？　上野ですか」

そうだ、と言って純也は頷いた。

「なんでも美味くてリーズナブルらしいが、芝麻球《チーマーチュー》なども絶品らしい」

柔らかい純也の表情から、陰が消えていた。ならば多分に、陽の差す表の話だ。

デートのお誘いですか、と聞こうと思ったが、機先を制された。

「小田垣は、湯島の東堂君の拠点、知ってるかい」

「あ、はい。場所くらいは」

「うちの婆ちゃんの持ち物でね。そこの三階に、この十月から正式に、一人の武骨な男が住み着いた。ちょうど引っ越し祝いと思っていたところだったんだ。実は、その中華料理屋のことも、その人物から教えてもらった。なんでも、東堂君の行きつけでもあるようだ」

「えっ。ああ、そうなんですか」

「仲町通り近くにビルを構える、ノガミのチャイニーズもね」

観月は一瞬、息を飲んだ。

仲町通り近くの、ノガミのチャイニーズ。

魏老五《ぎろうご》のことだ。

――覚悟が見えません。だから、止めた方がいい。

かつて乗り込もうとして、東堂にそんな言葉で止められた。殺すか殺されるかの覚悟、死生の間を歩く覚悟。

——守るの。何もかも。それが、私たちの仕事よ。

そんなニュアンスの言葉を返した気がするが。

「ふふっ。これも情報、手土産の一つだ」

チェシャ猫めかして、また純也は笑った。J分室の二人を従え、牧瀬と馬場が帰ってきた。

「メイさん、セリさん。もういいのかい」

「ええ。腹一杯ですわ」

そう答えたのは鳥居で、

「ま、そんなに回ったたって代わり映えするもんじゃねえしね」

と余計なことを言って猿丸は鳥居に脇腹を小突かれた。

「じゃ、退散しようか」

観月の前を横切り、純也は先に立って階段室の扉に向かった。

J分室の一行が続き、観月以下監察官室の面々が続く。

「じゃ、僕がまた先導で降りまぁす」

扉の前で、首からカード・キーをぶら下げた馬場が前に出た。

ブルー・ボックス本体の扉はすべて、カード・キーを使わなければ内外どちらからも開かないシステムだ。

観月と牧瀬は二階から見送る格好になった。

「ああ。そうだ」

カード・リーダーが青く点滅したところで、ふと思い出したように純也が振り返った。

ジャケットの内側からもう一枚の封筒を取り出し、無言で観月に差し出す。

リーフレットだった。

霊園の案内、のようだ。

市内新堀の住所があった。和歌山だ。

「そこに井辺新太さんは眠っている」

ああ。

——小田垣。そちらの亡骸《なきがら》の処理は、せめて僕のルートの方から、和歌山県警に頼んでおくよ。

若宮八幡の境内でたしかに純也はそう言ってくれたが——。

素早いことだ。

色々と口実をつけながら、これが到来の、本当の目的だったのかもしれない。

思わず、頬が攣《つ》れた。痙攣《けいれん》する感じだった。

「どうも」

慌ててマッシュボブの頭を下げた。

純也達一行の靴音が階下へ去った。

牧瀬が見ていた。

「何？」

「管理官。笑ってますか」

「笑う？」

電磁パルスの信号のような感覚にして、小刻みな痙攣が果たしてそうなのか。

そうなのだとしたら、笑っていたのだろう。

いや――。

「係長が見てそう思うのなら、笑ってたのかもね」

ことさらに反論することもない。

笑っていたのならそれでいい。

今度純也にお礼として、米屋の〈極上ひとくち羊羹〉でも送ろうか。十五個詰にしても、三人ならその場でなくなるだろう。

閉まった扉を見ながら、取り敢えず観月はそう決めた。

五

十月九日、祝日の夜だった。

この夜は恒例も吉例も、そう思うのは本人達だけのはた迷惑な、魔女の寄合が駒込《こまごめ》の高級料亭で開催された。

店はJR駒込駅のすぐ近くで、名園・六義園《りくぎえん》とは真向かいと言っていい場所にあったが、本郷通《ほんごうどお》りを挟み、なおひと筋裏に入っている関係上、都心にしてはずいぶんと閑静だった。

駒込はその昔は植木職人が多く住んだ町で、彼らがソメイヨシノを生み出したことで有名な場所だ。その他、霧島ツツジの栽培も盛んだったようで、JR駒込駅の線路沿いに今も咲くツツジは春の風物詩にして、その名残だという。

この日の寄合も、いつも通り一人として欠けることなく開催の運びとなった。

というか、もうこれ以上欠けるわけもない。魔女の寄合は東大Jファン倶楽部OG会における、〈パートナー運〉のない最終的生き残りの五人、クインテット《Quintette》だ。

――ファウックシュン！　でぁっ。

アンティークな椅子席で、和洋折衷の創作料理が楽しめると評判の店の離れから、あられもない豪快なくしゃみが外にまで響いた。

　年長者にして厚労省キャリアの、大島楓《おおしまかえで》のいつもながらの粗相だが、誰一人として反応しない。すでに恒例になった感もあるが、今回に関しては寄合の開始に先立ち、聞いていたからだ。

――ところで楓。ブタクサの時期だけど、花粉症は大丈夫？

　全員が揃ったところで、代表して声を上げたのは楓と同い歳の宝生聡子だった。

――わははっ。後のお楽しみに我慢しようとしてたんだけど、バレたか。全然ダメ。

――やっぱりね。

――うわぁっ。楓先輩。後のお楽しみってなんですか。

　聡子の溜息に続き、そう文句を言ったのは会の最年少に当たる、杉下穂乃果《すぎしたほのか》だ。見た目は本人曰《いわ》く〈キュート〉だが、業界大手の大日新聞政治社会部に在籍し、豪腕として名高い。

　その他、観月と、観月とは同学年の早川真紀で、この会の総勢の五人になる。

　真紀は父親が社長を務めるアップタウン警備保障の営業統括本部長で、観月とは現在もブルー・ボックスを通じ、何かと付き合いの多い関係だ。

――後のお楽しみは後のお楽しみさ。ただ食べて呑んだってつまらないじゃんか。

――ちょっとっ。

楓が悪戯気《いたずらげ》に笑い、聡子の目が吊り上がったところで会が始まった。

聡子の目が吊り上がるのは、この店を予約したのが、こちらも恒例になりつつある聡子だからだ。

高級料亭は値段も高いが敷居も高いのが相場だ。たとえ都内の繁華街にビルを二十棟も持つ宝生グループのオーナー、信一郎《しんいちろう》の名を出しても、その程度のバリューは老舗の暖簾《のれん》の前には弾《はじ》き返される。

今回聡子が予約出来たのは、この料亭の土地付き一戸建て、いや、一人息子と見合いをするからだ。

たしか同じような理由で七月の下旬に神楽坂《かぐらざか》の料亭の息子、その前にも谷中《やなか》の老舗割烹《かっぽう》の息子と見合いをしたはずだが、そのことについては楓のくしゃみと一緒で誰も聞かない。

新たな見合いが敢行されるということは、そういうことだ。

鱧《はも》の飯蒸《いいむ》し、ぐじと若竹の小鍋、カマンベールの味噌漬け焼き、短角牛グリル、天草《あまくさ》産真鯛《まだい》のアーモンド揚げ、etc.

なるほど、お任せで聡子がまずひと通りのコースを頼んだらしいが、バリエーションに富んだ料理が並んだ。ポテトの素揚げ、が観月の真向かいの真紀の席にだけあるが、それは下戸《げこ》の大食いだからという理由にも、単にジャガイモ好きという理由にも拠《よ》る。

――体育の日はさ、やっぱり十月十日の方がしっくりくるよな。

と先程からしつこいくらい楓が騒いでいたが、くしゃみ一発で収まった。

「そう言えばさ。成田の例の騒ぎだけど」

静かにはなったが、話題は一気に変わった。

呑める者は各々、清酒に換算して二升を超えた時分だった。酒にも話題にも苦さを感じ難くなった頃だ。そろそろラスト・オーダーの声が掛かるかもしれない。

成田の例の騒ぎ。

それだけで話題の苦さは明白だった。内容は、牧瀬がつかんできた東堂絆と五条国光に関わる案件のその結末だ。

掻い摘《つ》まめば、上海からの渡航者である郭英林《かくえいりん》と部下の劉博文《りゅうはくぶん》が、帰国を前にした成田で仲間割れを起こしてどちらも死亡し、この死傷事件に東堂典明も巻き込まれて負傷した、というのが表向きの発表だ。

現千葉県警警備部長、藤田進《ふじたすすむ》警視長主導で為《な》された公式発表のようだと、観月もそこまではすぐに知った。キャリアにはキャリアの、特にキャリア女子にはキャリア女子の情報網がある。

藤田はこの五月末日まで、手代木の前任者として警視庁警務部人事一課監察官室の首席監察官だった。つまり観月の直属の上司だ。

観月には、発表の内容に五条が不在なことも、実際には五条が存在したにも拘《かかわ》らず主導が組対ではなく警備であることも大いに不審だった。それで藤田に連絡を取った。

――小田垣。何をどこまで知っているかは知らないし聞かないけど、何をどこまで知っていようと、そのすべては間違いなく君の職域外のことだよ。

藤田にはハッキリと会話を遮断された。

けれど、警視庁のマルヒ扱いであったはずのブルー・ボックスの情報も、間抜けなほどに民間にあっという間に流布《るふ》した。

同様に、現実にある物、現実に起こった現象に関する人の口に戸は立てようもない。実際、大日新聞千葉支局上がりの情報もあり、楓の厚労省絡みのパイプを利用した情報もあった。

東堂典明が左腕を断ち割られたという壮絶は、大日新聞千葉支局の情報網から周辺住民の目撃談として穂乃果が入手し、地域の中核病院で緊急手術で切断に至ったとは、厚労省絡みのパイプを利用した医局の情報で分かっていた。楓は厚労省の医薬・生活衛生局に勤務する課長補佐だった。

「明日から、東堂君は池袋の隊に戻るみたいですよ」

と、観月が楓の言葉を継いだ。酒は倦《う》むほどにして飽き、すでにデザートに移っている。

抹茶ぜんざい、小豆豆腐、イチゴのティラミス仕立て、イチゴのエスプーマとわらび餅、etc.

移っているというか、呑みながら食べてすでに四周目に入っている。これは呑む席での観月の恒例だ。

「そうかい。戻るってことは、そうかい。いや、戻れるってことかい」

やけにしんみりと、楓がビールグラスに顔をうずめた。

東堂典明は一命を取り留めたもののいまだＩＣＵの中だった。暫くは面会も謝絶で、ならばいても出来ることは何もない。

と、東堂絆なら考えるだろう。

「ええ。こっちに戻ったら、電話くらい掛けてみようかと思ってますけど」

「あら。そんな心遣いが出来るようになったんだ？　ねえ、楓」

聡子が振った。

下を向いて楓が揺れていた。際限なくビールを呑み、泣きながら寝るという特技を楓は持つ。

今回もそうかと思っていたら、楓が赤い顔をゆっくりと上げた。

「ファウックシュン！　でぁっ」

いきなりだった。全員が油断していた。

吹き上がったビールがかすかな虹を描く。

「うわっ」

「きゃっ」

「わははっ。ごめん。我慢しようと思ったんだけど、無理だったわ。わははっ」

特技を生かす以前で、楓はまだ好きに酔っている状態だったようだ。

「くおらぁっ。楓ぇっ」

聡子が吼《ほ》えて修羅場、になり掛けたところで、異変は起こった。

それぞれの携帯がほぼ一斉に耳障りなアラームを発したのだ。

緊急地震速報だった。

「なになに？」

真紀が無事だったポテトの五皿目を抱え、天井を見上げたところでグラリと来た。

速報が鳴っても震度二か三程度かと高を括《くく》っていたが、思ったより大きく、それ以上に感覚として小刻みな揺れが長かった。

酒ビンが倒れ、店全体が軋《きし》むように鳴いた。

震度五は間違いなくあった。六はどうか。

店の中が大いにざわつく気配があった。

「ん？　なんだ？　私、酔ったかな？」

「最初から酔ってるでしょ」

目を吊り上げ聡子が立ち上がった。

「でも、揺れてるぜ」

「地震だからよ」

「自信？　まあ、なきゃ生きていられないけど」

「あんたはあり過ぎっ」

こんな状況でも聡子は突っ込んだ。

地震動は、高層ビルほどではないにしろ長く感じられた。三分は揺れが続いたか。十一階の監察官室にいたら、長周期地震動で倍は揺れたかもしれない。

さすがに穂乃果は新聞記者だけあって、揺れ始めた瞬間から携帯を開き、どこかと連絡を取り始めた。

観月は揺れが収まって後、携帯でウェブ・ニュースを探し、聡子や真紀も同様だった。

楓はこの期に及んでも、抱えたビンからビールを呑んでいた。

〈震源地は福島県沖、最大震度六弱、震源の深さは約五十五キロ、地震の規模を表すマグニチュードは７・０。津波の心配は無し〉

なかなか大きな地震だった。

「ま、それでも六弱なら、大災害にはならないかな」

携帯を閉じ、聡子が呟いた。

どの程度から大災害と呼ぶかは定義というより、感情にも拠るだろう。ただ、震度五強で建物に損傷が無く、震度六強から七で倒壊・崩壊無しが、一九八一年以降の改正建築基準法に拠るところの新耐震基準だ。

さすがに穂乃果は各方面との連絡・連携で、揺れが収まった後も忙しそうだったが、他はホッと一息ついた感じだった。

と、観月の携帯が鳴った。今度は通常の呼び出し音だ。

馬場からだった。この日のブルー・ボックスの当直になる。

「はい」

――あ。か、管理官っ。良かった。あ、あのですね。

慌てている。ある意味珍しい。

「どうしたの。馬場君。落ち着いて」

電話に出た観月の声に、一同の目が集まる。ビール瓶を唇に押し当てたままの楓もだ。

その後、およそ三十秒は全員が口を閉じ、意識だけが観月の耳元に集まった。

「そう。わかった」

通話を終えた観月は、わらび餅を口に放り込んで、積み上げた皿の向こうにいる真紀を呼んだ。

「また、あんたのお仕事発生だわ」

「え？　何？」

「ブルー・ボックスのキャビネットが、今の地震で倒れたって」

「ああ。——あのさ、それって、収蔵物のってこと」

聞いてきたのは真紀だが、楓もテーブルに肘をついて、興味津々に身を乗り出す。

「そう」

「二階？」

「二階も三階も、らしい」

「へえ。どのくらい？」

「半分以上、だって」

一瞬、誰からも声はなかった。

よく理解出来なかったようだ。

「半分って」

真紀がまた天井を見上げた。

三十八行百九十列のキャビネットの、半分以上でツーフロア分。

七二二〇基以上。

「うわぁっ。どんだけだよっ。お前さ、表情に出ないから余計ビックリ」

最初に楓が仰《の》け反《ぞ》った。

取り敢えず、観月は残ったデザートを平らげた。

「なんか、とてつもなく忙しくなる気がするわね」

少なくとも、陣中見舞いで東堂に電話してみる、どころでないことだけは確実だった。

第二章

一

せめてアルコールの匂いだけは飛ばしてから、観月はブルー・ボックスに向かった。

それで、到着は黎明《れいめい》の頃になった。

目視だけだが、ひとまずブルー・ボックスの外見にはなんの問題もなかった。外観や外構だけでなく、スライドゲートや電動ボラードの作動にも不具合はないようだ。

守衛詰所では、

「地震、久し振りに大きかったですね。場内の点検ですか。お疲れ様です」

と、担当警備員はのんびりしたものだった。

次いで、中二階の管理室に立ち寄った。この夜は、刑事総務課から最近になって配属になった、若い中田《なかた》巡査部長が当番のはずだった。

揚重機と足元灯の主電源及び非常灯を除き、天井灯を含むライトのスイッチは中二階の管理室内にある。

一階のライトはすべて点《つ》いていたが、管理室に中田の姿はなかった。中二階からの目視だけでなく、自ら一階に下りたようだ。

ちょうど点検を終えたようで、一階からの内部階段を上がってきた。

「お疲れ様です。マニュアルに則った確認作業、終了です。――それにしても管理官。こんな時間にどうされました?」

仮眠中に地震が起こったようだ。服装はジャージだった。

外にしろ一階及び中二階にしろ、その程度のことで、地震による影響は何もなかった。ただし――。

二階に上がった観月は、総合管理室の前に腕を組んで立った。

「まあ、なんていうか。壮観って言えば壮観だけど」

感情が乗らない。

バイアスが掛かっているからとか、そういうことではない。いや、まったくないかと言えばそんなこともないが、とにかく、目の前に広がる光景は通常の事態から乖離《かいり》して見えた。

あまりに、現実感に乏しかった。

かえって、人並みの感情表現を有していれば笑いも出たかもしれない。

当然、失笑、苦笑、そんな類だ。

「壮観って言うか、圧巻だね。こりゃあ大変だわ」

隣に立つ真紀も、ひとまず眺め回して頭を掻いた。

基本的に、地震は波だ。そのことが痛切に実感出来るほど、奥側から手前、便宜的にAシャッタ側と呼ぶ、総合管理室がある方へとキャビネットが、なんとも一瞬で諦めがつくほどに倒れていた。手前から逆に、奥に向かって倒れている箇所もあるにはあったが数は少ない。その辺りは揺り戻しによる影響だったのだろうか。

歯の欠けた櫛《くし》のように、部分的には総合管理室の前から奥側、Dシャッタ側の壁がかすかに見通せた。

エアコンはどうやら正常に作動しているようだった。その温度調整の気流に舞い立つ埃が、LEDライトに浮かび霧のように渦を巻いた。舞う埃の量が膨大過ぎて、エアコンはただ埃を掻き混ぜるようだった。

そう言えば、数分立っているだけで喉も少しヒリつくようで、フロアは今や、なんの防護もなく長くはいられない場所だった。

「なんか、モニタで見ても危うかったんです。バランスが悪いって言うか、グラグラし出して」

埃にまみれた馬場が説明を始めた。

傾き始めたと思ったら、それでもう止まらなかったらしい。ドミノ倒しというやつだ。

「なるほどね。言われればわかるけど」

基本的に、キャビネットは順番に埋めていく手筈《てはず》になっていたが、埋めたところでそのままマニュアル通りで済むものではない。

押収品はまだしも、未決事件の証拠品や資料は、確認に来る担当刑事らが持ち出すことも追加することもある。事件に目鼻が付いて以降は、処分・返却を以て棚自体に新たなスペースが生まれることさえあった。

馬場が言うバランスとは、要はそんなバランスだ。

桁外れの収蔵能力を持つブルー・ボックスはまだ半分強が埋まったばかりだが、新規の棚を埋めるだけでなく、埋まった棚の〈安定〉にも注意を払わなければならなかったのだ。

話を聞けば、観月の脳裏にはすべての棚の直近の映像が瞬時に浮かんだ。

(二階の、あ－155、せ－184……)

正式なナンバリングで言えば、№2－A－155、№2－SE－184。

№2が二階のことで、A、KAなどは三十八行を五十音で示すアルファベット表記だ。

そして末尾の数字が、裏表で百九十ある棚の列を指す。総合管理室があるAシャッタ側の一番奥、Cシャッタ側の角が№2－A－01で、Dシャッタ側の一番手前、Bシャッタ側の角が№2－YA－190となる。

（三階でも、て－48、も－172……）

二段に積んで二四〇〇センチにした棚高の、一番上にだけ段ボールの置かれたキャビネットはいくつもあった。有り過ぎるほどだ。

超記憶。

アナログとハイテクのハブにして、ブルー・ボックスに君臨するに相応《ふさわ》しい能力が、今は空《むな》しい。溜息も出ない。

「抜かったかな。盲点って言えば盲点だったけど」

観月は呟いた。

そうね、と同意を示して真紀は手近で倒れているキャビネットに寄った。

「これだものね。傾き始めたら保《も》たないよ」

キャビネットの底面が露《あら》わだった。スチールの薄い板を成型した底面が千切られるようになっている物や、床面から強引に引き抜かれた細い止めアンカーがそのままになっている物もあった。

「底面の鋼板もアンカーも、ちゃちな代物だもの。もっとも、基準を満たしていないとは思わないけど。こうなって初めてわかるってとこね」

「初めてわかるって、何が？」

「使う場所、使い方」

「ああ」

納得だ。

牧瀬や森島の声がした。到着したようだ。

招集を掛けたのは観月だが、火災がないとは馬場から聞いていたから特段に急がせはしなかった。こういうときに慌てると、かえって被害拡大を誘発することもある。まずは落ち着いて冷静でいることが肝要だ。

だから考え、時田一人はこちらには呼ばず、朝になってからの本庁回りを指示した。

全員が雁首《がんくび》揃えても、現状出来ることは数少ない。

二階は最初から馬場がいたから大した確認もなく上がってこられた。

三階に関してはモニタで見る限り、二階よりも視認性に乏しく、細かな状況確認すらもこれからだった。

そもそも危険物は上階、三階の方が多かった。小部屋やシャワー室、仮眠室も備える二階より、ほぼ無人の三階にそういった物は集約するようにとマニュアルにもあったのだ。

少なくとも八月下旬の、現役警官による押収品等の横流し事件後に収蔵された物品はある。

トカレフや黒星《ヘイシン》の銃本体、それらの実包、数十種類もの〈粉〉や〈リキッド〉の類、だけではなく、スタングレネード、フラッシュバン、etc.

もちろん安全性は確保してあるが、粉の類は万が一にも袋が破けていれば埃に紛れて宙を舞っているかもしれず、リキッドは床を濡らしているかもしれない。

収蔵物の劣化を防ぐため、ブルー・ボックスの二階以上には採光の窓はなく、万全な空調システムのため、換気口もない。

視認性を上げ空気の清浄化を促すためにも、強制換気が必須なのは明らかだった。

そのためにまず考え得る手段は、一階から重量物を揚重するために設けられたリフト室のスライドドアを開けることだ。準備として一階の全シャッタを開けておけば、一気に内外気が循環し、換気の効果は間違いなく大きい。

ただいかんせん、リフトは観月達が立つ総合管理室前からは一番遠いDシャッタ側の建屋内両サイドにあった。一階からリフトに乗って上がり、外側から開けることも出来るが、なんにせよ、フロアにおける最低限の安全確認が先だろう。

まず、舞う埃にさえ万が一の危険を考えると、二階と言えどすぐに作業を開始するためには、防護用品が必要だ。

それに、ＥＸＥのこともある。

先週、科捜研の分析結果に目を通したばかりだが、致死量わずか0・04㎖のあんな劇薬が、まかり間違って床にこぼれていたらと思えば、このことだけでもうかつには動けない。実際に持ち込まれて、それはあったのだから。

中二階の高橋に聞いていた。高橋は観月の前の、ブルー・ボックスの総責任者だ。

――重さだけ量って、いちいち確認なんかしていられなかったってのが本音ですわ。特に、厳重な封がされた段ボール箱なんてのはスルーってぇか、見て見ぬ振りで。実は真っ当なリストの他に、そんな物のリストもあるんですがね。

そんな話だった。重さだけ量って記録し、そのまま収蔵したらしい。段ボール箱丸ごとの重量の増減を、後の管理の基準にしたという。

――持ち込まれる分にはいいっすけど、持ち出されるのは責任問題ですからね。その程度の認識でした。次から次どころじゃなく、重なっていくつも、何人も来るし。実際、どさくさ紛れに勝手に置いて行かれちまった物もあるし。全部どころか、一部だってもたもた見てなんかいられなかった。さっきも言いましたが、本音です。

かつて観月も、押収品から失われたかもしれないC4爆薬を捜索すべく、牧瀬と馬場をメインに収蔵品の再チェックを進めたが、それは真っ当なリストに則った確認だった。

収蔵物は運び込まれた順にただナンバリングされて広大なブルー・ボックス場内のキャビネットに散らばっていた。リストはそのキャビネット番号が管理するだけで、このときはまだファイル上で証拠品と押収品の区別すらされていなかった。

後に馬場が整然としたファイルデータにするのだが、牧瀬と馬場の再チェックはその前だ。ナンバリングの順に手分けして探し求め、二人はブルー・ボックスの場内を何日も歩いた。

残念ながら、この足で稼いだ実《じつ》に刑事らしい再チェックから、重さだけのリストは洩れていたようだった。キャビネット順でなくまた、手分けしたのもこの漏れを助長したか。

先に聞いていれば文句も言いたくなるところだが、聞いたのは一つの事件の手柄を高橋に譲り、〈仲良く〉なった後だ。

――管理官。借りときます。

そう言った高橋からの返済、いや、利子のようなものだったかもしれない。

いずれにせよ、そんな収蔵品の〈開封〉はまだ未着手だった。

つまり、段ボール箱のままで一度も開けられていない収蔵物はまだまだずいぶんあった。そもそも、収蔵品そのものの単品の主権は段ボールに記載された部課にあって、正式に〈開封〉しようとすれば何かと手続きは面倒だ。そんなこともあって、そのままになった。

誰も触っていないという意味で、未確認であっても収蔵物としては安全というか、

〈安心〉だった。

段ボール箱はびっくり箱で、さて、何が入っているか、何が飛び出すか。

本庁回りの時田に指示したのはだから、監察官室の手代木や警務部の露口《つゆぐち》参事官への状況説明と、少なくとも化学防護服とガスマスクの、集められるだけの手配だった。

総合管理室内に入ろうとすると、

「じゃ、確認はしたから。あたしは帰るよ」

真紀が言った。

「一両日中には見積もりを上げる。図面は前のときに貰ってるし」

最低でも今までの倍の耐震補強を施した新規のキャビネットと、その設置工事まで。最大なら、キング・ガードとアップタウン警備保障のカメラアイが混在してややこしい、監視管理システムの再構築まで。

観月が真紀を帯同し、現状を目視で出来るだけ確認させ、依頼したのがそれだった。

「お願い」

「了解」

阿吽《あうん》の呼吸だ。

牧瀬に先導させた。ハンカチで口元を押さえながら真紀が階下に去った。

森島と管理室内に入り、冷茶で喉を湿していると、中二階担当の高橋がドアを開けた。

特に招集は掛けておかなかったが、一階の管理監督に対する責任感からだろう。

それでこそ牧瀬班の面々と同じように使える、また、信頼出来る、刑事部刑事総務課の男だ。

「外は今見ましたが、派手ですね。江戸川区は震度五弱だってことですけど、それでこうまで倒れますかね」

「盲点、弱点。まだまだ色々あるってことね」

そこへ、牧瀬が帰ってきた。

「じゃ、私は仮眠するわね。どうせ今のところ、二階と三階で出来ることは少ないし」

湯飲みをテーブルに置く。

とはいえ寝る前に、指示は出しておかなければならない。

「馬場君」

出来ることは少ないが、ないわけではない。全員で寄って集《たか》ってすべきことはない、という程度だ。担当部署、適材適所というものが人にはある。

「各棚の臓物《ぞうもつ》のチェック。内容物のわかっている場所と不明な場所のカラーリング。危険物も、危険度に合わせて同様に」

「え、全部っすか」

「当たり前でしょ。ちょっとだけやったってしょうがないじゃない」

「となると、それなりに時間は掛かりますよ」

観月は少し、声を落とした。

「なる早で」

こういう場合、上司の威厳を見せつける。これに限る。

「りょ、了解でぇす」

次いで牧瀬と森島には、本庁及び所轄の関係部署に、メンテナンスのため、ブルー・ボックスは当面の間、運用の停止、その連絡。

「地震は本当にあったんだから。その影響をチェックするため。理由はそんなところ」

そんな通達。

「それで文句を言うところがあったら、そうね。私が行くって言っといて」

「えっと。いつまでってことで」

森島が聞いてくる。

「いつまで？　私が駄目って言ってんだから、私がいいって言うまでに決まってるじゃない」

「ははっ。そりゃそうだ。納得です。少なくとも私は」

「それからね」

当然、この日の予定分から即、適用。受け入れ不可。文句を言う輩《やから》がいたら、

「そうね。私を起こして」

「けっ。心配ねえですよ」

その辺は俺が引き受けらあ、と高橋が言った。

「クイーンの眠りを妨げた日にゃ、おとぎ話でも祟《たた》りがあるってなもんだ」

祟る、のか。私って。

そんなことを考えながら、観月は総合管理室を後にした。

二

それからすぐ仮眠室に入り、簡易ベッドのスプリングを軋ませたと思ったら即座に意識を失った。

感覚的には微睡《まどろ》んだ程度だった。緊急事態に対する緊張感もあり、魔女の寄合での魔女的酒量もあり、たしかに眠りは普段より浅いものだったと思う。

どこからか遠慮気味な音が聞こえて、観月は眠りの底から浮上した。

床を這《は》うような、やけに遠慮気味なノックの音だった。

ベッドから見える仮眠室の壁掛け時計で確認すれば、時刻は午前九時半を回ったところだった。

四時間以上眠った計算になる。底の浅い眠りだったが、それでも頭はほぼクリアだった。酒疲れも当然、ない。

まだまだ体力や健康には、裏付けはないが自信はあった。

さすがに、同じことを十年後も繰り返せば不摂生の謗《そし》りは免れないかもしれないが
――。

いや、それでも元気な妖怪が赤坂署にいるから、きっと問題はない。最近、サイドに飾りがあるピンクフレームの老眼鏡は掛け始めたようだが、その程度で基本は頑丈だ。

「よっ」

ベッドから跳ねるようにして、勢いよく飛び起きた。

動きに澱《よど》みはなく、身体は軽かった。

万全だ。

「どうぞ」

待たせないよう、ノックにレスポンスよく答えたつもりだったが、そんな気遣いとリズムを崩すように、ドアはゆっくりと少しずつ開いた。

「いいですか」

まず、声がした。時田の声だった。

「いいわよ。なんの遠慮をしてるの」

「なんのって」

ドアが勢いを増して開いた。

入ってきて、時田が苦笑を見せる。

「まあ、管理官ですからね。寝込みも寝起きもあんまりないってのはわかるんですけど。常識って言うか。私としては考えなくはないもんで。エチケットって言うか、マナーって言うか」

「ああ」

管理官ですからね、というところに引っ掛かりはあったが、理屈はわかった。

性差別はあってはならないが、性差はある。そこに必要なのは心だ。

一応、箇所箇所を叩《はた》きながら身の回りをチェックする。

前日のままの格好で横になった。いや、ネクタイだけは取った。

ならネクタイはどこだと見渡せば、足の下に踏んでいた。そう言えば、どうぞと時田の入室は促したが、ストッキングソックスのままだ。

ならパンプスはどこだと見渡せば、不思議なことに右足がドアの近くで裏向きになっていて、左足がベッドの上に転がっていた。

「よし」

が、それだけだ。あられもない寝乱れがあるわけでも、何かの粗相をしたわけでもない。

　パンツスーツに皺《しわ》は増えていたが、今叩いた。

　黒はたいがい、その程度で目立たなくなるから便利だ。

　同じ黒でもマッシュボブの後頭部には寝癖の重みを感じたが、そのくらいはキャリア女子ならご愛敬《あいきょう》だろう。

「問題ないわよね」

　聞けば、時田はまた笑った。今度は失笑か。

「まあ、管理官ですからね」

「なんか引っ掛かるけど」

「引っ掛かるなら、梳《と》かしますか」

「えっと」

　観月は頭を掻いた。指先に寝癖の感触が間違いなかった。押してみたが、倒れない。

「そういう話だっけ？」

　引っ掛かりは時田の言葉にも自身の頭にもあったが、この際は措く。

　遠慮気味にではあっても、クイーンの目覚めを待たず覚醒を促すノックは、時田への指示に関する何某《なにがし》かの答え、レスポンスに違いない。

「早かったわね。装備の用意とかを考えたら、もう少し掛かると思ってた」

「それがですね。いや——」

言い掛けて時田は目を泳がせた。うぅん、と唸る。

「説明するより、実際に見てもらった方が早いですかね。待たせてますし」

「えっ」

「靴だけは履いてください。ちょっと出ましょう」

なんだかわからないが、手招きする時田に続いて仮眠室からフロアに出る。

「うわっ」

表情には出ないが、さすがに声では驚いた。

レベルAの黄色い最新型化学防護服を装着した一団がずらりと並び、中には数名、モスグリーンの防爆防護服の連中も混じっていた。

警視庁警備部機動隊の、特殊技能部隊であることは間違いなかった。総勢で二十名以上はいるだろう。

未《いま》だ舞い立つ埃で煙る中に黄色と緑の防護服が立ち並ぶ姿は、一種異様だった。

いや、異様な光景の中にこそ相応しい姿か。

「なんか、状況説明と馬場から送らせた動画を見せたら、露口参事官が警務部長のところにすっ飛んで行かれまして」

「参事官が。ああ」

なんとなくわかる気がする。

案の定、

——こういうことだってあるんだ。まったく。長島君の口車に乗ったりするからだ。これでまた、あいつの婚期が遅れたりするんだ。

そんなことを口走っていたらしい。

優しさから出るので何も言えないが。これこそ、性差を慮《おもんぱか》る心か。多少面倒臭いが。

「それで、参事官の語気そのままに、道重部長もすぐ警備部長に掛け合ってくれたようです。ブルー・ボックス人気か管理官の人気か、私は知りませんがね。機動隊の第一と第八、新砂《しんすな》の第九からも化学防護隊を出してくれまして。一応、爆発物処理も。あと、管理官に指示されてた防護服の手配なんですが、十着ほどは確保出来ました。貸し出しの手続きもあったんで、私は北の丸を回って第一と一緒に到着です。ははっ。化学防護車に乗ったのは、さすがにこの歳でも初めてです」

時田が説明を終えたと見るや、黄色い防護服の中から一人が前に出た。

「本派遣の小隊長。第一の山口です」

三歩の間合いで、十五度の敬礼。

小隊長ということは警部補だ。透明で大きなフェイスガードの奥に、光るような目があった。SCBA・自給式呼吸器用のマスクで顔はわからないが、きびきびとした動作は気持ちのいいものだった。若さもあるのだろうが、さすがによく鍛えられている。

「そう。よろしくね」

観月が答えると、間を測ったように総合管理室から馬場が顔を覗《のぞ》かせた。

「管理官。お早うございまぁす」

緊張感のない挨拶があり、観月はそちらに顔を向けた。こういう場面では、緩さが有り難い。いや、得難い。

「お早う。馬場君。そっちはどう？」

「全然ダメです」

馬場は勢い良く首を左右に振った。

「なんたって数が多過ぎますから。でも、通路を確保するつもりで、通路の直近になるキャビネットだけは約五メートル幅で、全周分の安全チェックは完了しましたぁ」

「やるわね。で？」

「二階も三階も、内容がわかっている物ばかりです。不審物も危険物もないはずでぇす」

ということは、換気さえ出来れば作業が進められるということだ。

「じゃ、始めましょうか」

観月は手を叩き、小隊長の山口に目を向けた。

「貸し出しの防護服ってどこかしら」

「外に停《と》めた化学防護車に。すぐにでも持ち出せますが」

「そう。なら、まず一着、ここの仮眠室にお願い出来るかしら。残りは、そうね。あそこの、シャワー室の隣の部屋が空いてるわ」

明らかに山口の気配が揺れた。言葉の意味するところに、戸惑っているようだ。

「あの、まさかとは思いますが。管理官がご自分で」

「そうだけど、何？」

「えっ。あ、いえ。何と言われるとどう言えばいいか。その、我々はこういった事態に対するプロです。そういう訓練を受けています。せめて初動だけでも、我々にお任せ頂けませんでしょうか。私は小隊長として――」

ストップ、と言って観月は右手を上げた。

誰が何と言おうと、譲れないことはある。

観月の場合は現状、

「ここは私の城。小隊長が何？　私はクイーンだから」

そういうことだ。

「これは」

山口が身動《みじろ》いだ。防護服のかすかな揺れは、観月ならではの観察眼だろう。コンマ数秒ごとの微動。

「何？」

観月は腰に手を当てた。

「いえ」

山口はマスクの顔を大きく左右に振った。防護服の中で笑ったようだ。目が柔らかくなっていた。

「ただ、うちのクイーンならそんなことを言うかもと、時田警部補に車内でレクチャーされていたものですから」

「えっ。——ちょっと」

時田を睨《にら》んでみるが、素知らぬ顔だ。

山口の肩が、今度は大きく揺れた。

「女王と騎士団、ですね。信頼の厚い、いいご関係だと思います。——防護服、了解しました」

おい、と山口が声を掛ければ、階段方面に一番近かった隊員が素早く動いた。

「馬場ぁ。モリの奴に同道しろって。キー開けてやってくれ」

時田が声を張った。りょうかぁい、と馬場の返事が返った。

山口がまた、三歩十五度の敬礼をした。

「ではその間、我々は化学剤やマルチガスの検知・測定準備を行います」

「お願い。じゃあその間に、そうね。取り敢えず、顔くらいは洗ってこようかしら」

「管理官、歯磨きも」

とは小声だが、時田だ。

「わかってるわよ。顔を洗うって言ったら、当たり前じゃない」

「いえ。管理官の場合、当たり前が当たり前じゃない事が多いですから」

「何それ」

「ついでに、寝癖も直した方がいいですよ」

「――」

まったく、うちの副騎士団長は――。

よくわかっている。

「りょうかぁい」

観月はなんとなく、馬場の返事を真似《まね》てみた。

三

二階フロアの大気成分からは、やはり多少の毒性や中毒性が検知された。とはいえ、化学防護服を装着していれば何ら問題のないレベルだ。

その後、山口を先頭に防護隊員数人でまず、Dシャッタ側に向かった。

残りの隊員と爆発物処理班は一旦外に出て各自の車両付近で、ブルー・ボックス職員は持ち場で、その後の作業に備えてそれぞれに待機だ。

二階への入口から入場すれば、左手総合管理室は三十メートルほどだが、Dシャッタ面は単純に百メートル以上奥になる。

もちろん、この作戦行動には化学防護服に身を固めた観月も一緒だ。

Dシャッタ面のリフト室も、外界との遮断という意味があり、二四〇〇センチワイドのスライドドアで仕切られ、すべてに共通の両面式カード・リーダーで制御されている。

現在、開閉に必要なカード・キーを所持しているのは、中二階の高橋ら三人と二階の牧瀬班の四人、そして観月の八人だけになる。通常時にはその中の誰かが、リフト側からかフロア内から搬入物及び搬入者に同行して開閉するのがブルー・ボックスの鉄則だ。

カード・キーは枚数では、予備としてあと七枚があり、二階の総合管理室内に保管されている。その合計十五枚が、〈単独〉でブルー・ボックスの二階以上に入ることが出来る最大人数ということになる。

「それじゃ、行こうかしら」

自身でも口にした通り、ブルー・ボックスの主として観月は率先して防護服を着た。

（思ったよりこれ、悪くはないわね。着て寝られるかってなったら疑問だけど）

全体の重量といい〈内部空調〉といい、それが化学防護服を身に纏《まと》った観月の不遜な第一印象だった。

――それにしても、でかいですね。

隣に並ぶ山口がインカム越しにくぐもった声でそう言った。

素直な感嘆が聞こえた。

馬場は周回路には問題なしと断言したが、それでも万が一を考え慎重に進んだ。〈着心地〉としては悪くはないが、SCBAのボンベを内蔵した防護服は、全力で走ったり飛んだり出来るほど軽いものでもない。

Dシャッタ前のキャビネットの倒壊は、モニタや目視での確認通り、ほぼすべてがシャッタとは逆方向、総合管理室に向かって倒れている感じだった。

不幸中の幸いというか、なので左右どちらのリフト前にも当初からの広いスペースが確保されていた。

まず手前のB面側、二番リフトと呼んでいるリフト室のスライドドアを、観月のカード・キーを使って開けた。中に入ってリフト台が一階にあるのを確認する。

ドアを開けただけで、防護服を着ていても気流が巻くように起こったことが感じられた。

予測通りにして、順調だ。

観月は記憶したマニュアル通り、スライドドアの上端にあるオートロックを解除し、開けたままに固定した。

次いで一番リフトに移動し、そちらのスライドドアも開ける。

内部ではリフト台が上階、三階に上がったままになっているのが確認された。

「係長。聞いてる？」

観月はインカムに声を掛けた。

「下の高橋係長に、一番リフトも一階に下げとくように言って」

——了解です。

すぐに牧瀬が答えた。

リフトは基本的に、リフト台に設置された昇降パネルでのみ操作出来るようになっている。

各フロアからの勝手な都合で呼ぼうとすると、リフトが作業中だった場合、突然床が上下することになって大事故にも繋がりかねないからだ。

ただ、故障や不具合のことも想定し、一階の〈リフト室外〉にだけ、外部操作用のコントロールスイッチがあった。

二階は完了だった。

「次、三階ね」

山口以下の化学防護部隊を従え、観月は階段室から三階に向かった。

すべての手順を繰り返すようにまずは大気分析だが、幸いなことに、成分は二階と変わらず、危惧したほどではなかった。

ただしそれは防護服を着ていれば、という意味であり、生身で動けるというレベルの話ではない。

見通しは二階より三階の方が悪かった。足下を注視するにはハンドライトが必要なほどだった。

――この階は、我らが先導します。

山口の進言に逆らう理由はなかった。

三人の隊員が先に立ち、山口と観月が続いた。

埃の具合からも察せられたが、三階の方がキャビネットの倒壊は激しいようだ。

が、向きが変わらないのも同様で、D面リフト前には大きくスペースがあった。

観月は各リフトのスライドドアを開けた。

途端、埃自体が音を立てるかのように、激しく上下の大気循環が始まった。

一番リフトに入れば、リフト台が一階に下がっているのが確認出来た。

視界がどんどんクリアになっていった。

「これでよし」

観月は手を叩いた。

「じゃあ、小隊長。待機の全員を上げるわ。――係長。一階に降りて先導して。ああ、係長は三階のドアの前まででいいから」

――了解です。では。

待つほどもなく機動隊の面々が姿を現し、各々の役割に従って作業を開始した。

三階のリフト近辺のキャビネットは、テスト運用の初手から物品が運び込まれた場所だった。

たしかテスト運用だけでも全体として十パーセントが埋まったと、本庁広報部の発表があった。

――まずは三階の、一番リフト側のキャビネットのチェックと内容物の移動。行は190から遡って171まで。列はSO、〈そ〉まで。これが第一ブロックよ。

以降、作業をどう進めるかの大筋の段取りは、クイーン主導で有無を言わせず決めていた。午前の内だ。

ただ、決める段階で中二階の高橋には取り敢えず話は聞いた。

重量だけで預かっていた責任の所在はさておき、テスト運用の開始は、高橋もまだブルー・ボックスに出向していない頃だった。

刑事総務課長の勝呂《すぐろ》が総責任者で、本当なら内山《うちやま》警部か小暮《こぐれ》巡査部長に聞くべきというか、この二人しかわからないことも多いはずだ。

とはいえ、内山はもうこの世に居《お》らず、小暮はティアドロップの重い中毒で会話もままならない状態で加療中だった。

——ねえ、係長。テスト運用の頃って、刑事部の捨てるに捨てられない不用品とか、迷宮入り案件の資料とかがずいぶん運び込まれたって噂《うわさ》で聞いたけど。

——まあ。噂に本気で応える義理はありませんけどね。

——噂の出所が警察庁の長島首席監察官でも？

——おっと。全部本当のことですが。

——ありがとう。なら、誰からも文句が出なそうなものが多いわけよね。

高橋に確認したのは、そんなところだった。

強引は承知の上で、観月なりの計画を立てた。二段構えの、自分自身では満足のいく妙案だった。

転んでもただでは起きない。

いや、ただではなくとも格安なら起きない。

起きるくらいなら死んだ振り。

警察庁に入庁してから観月が学んだ、処世術の一つだ。

まず最初の第一ブロックの収蔵物を、機動隊員達に二番リフト前のスペースに移してもらう。もちろん、内容物不明の段ボールは封がされていたなら観月の権限で開ける。観月の権限とはすなわち、ブルー・ボックス全体における安全性の確保と、スムーズな運用手段の再構築を執行する強権だ。

早川真紀には、この第一ブロックの旧キャビネットの撤去と新規キャビネットの設置だけは、少なくとも次の日曜までには完了して欲しいと、そんな見積もりに関する追加の要望を昼前には送った。

望外に機動隊の派遣は有難かった。真紀が手腕を発揮すれば、週明けにも第一ブロックから搬入を再開出来るだろう。

二番リフト前に移動させた収蔵物は取り敢えずそのまま無視して、新たに搬入される証拠品や押収品の収蔵スペースを確保する。

これがリニューアル計画の第一歩だ。第二ブロック、第三ブロックと新キャビネットの設置工事が進めば早晩、二番リフト前の収蔵物もどこかに納められる。

ブルー・ボックスには各所からの搬入がまだまだあったが、一時の異様な混雑は収まり、二階にも三階にも現状で四十パーセント近くの空きはあった。

真紀には追加の作業として、新設を済ませる予定の第一ブロック以外のエリアをすべて、工事用のフラットパネルで上から下までを塞ぐこともセットで要望した。

パネルには、そう、〈収蔵庫内バージョンアップ工事中〉とでも掲示させるか。
一般に開放するリフトは一番リフトのみで、三階のみだ。二番リフトは工事専用で、
こちらは二階も開放する。
二階はすべて一般にはクローズで、つまり、三階の大半と二階のすべては、当分の間、
観月の手の内に入る。
これからのブルー・ボックスには、内容物の未記入や、そもそも重量での搬入など許
さない。爆発物は安全性を担保してのみ持ち込みを許可し、クスリの類は別蔵のエリア
を単体で設ける。
これがブルー・ボックスの再構築、大掛かりなリノベーションだ。
もちろん、データベースの管理は絶対だ。不平も不満も言わせない。
なぜなら提案者が、女王本人なのだから。
(やるわよ)
知らず、防護服のまま、観月は両手に拳を握っていた。

四

どんどんクリアになってゆく視界のこともあり、機動隊員達の作業は順調に進んだ。

それにしても、最初の片付け分だけは現状の機動隊員が頼りだ。

以降は、借り受けた化学防護服で牧瀬班と中二階の高橋達で危険物の探索を行い、安全が確保されたエリアにおけるキャビネットの撤去から新設までの実作業はすべて、専門業者に委託することになる。

第一ブロックの作業はまず、一つ一つのキャビネットを起こしながらの慎重を期す作業になった。全体の容量からいけばわずか四パーセント弱だが、分母は溜息が出るほどに巨大だ。しかも馬場が安全を担保した場所以外にも足を踏み入れる以上、いかに鍛えられた機動隊員達と言えど化学防護服は着たままだ。

だからずいぶん、時間が掛かった。

途中で何度かの休憩を入れ、とっておきの甘味をエネルギー源に振る舞ったが、それでも払暁《ふつぎょう》の頃まで掛かった。

そうして、ようやく終わりが見え始めてきた頃だった。

コ－174。

傾いたキャビネットのおそらく一番上の棚板から落ちたのだろう、古い大きな段ボールが床に転がって口を開けていた。

古さのせいで粘着力を失ったクラフトテープが取れたようだ。内容物が大きくはみ出していた。

「――これって」

目を留め、認め、観月は見咎《みとが》めた。

段ボールからはみ出していたのは、警視庁の現行の制服、その冬服で間違いなかった。重なるように制帽の一部も見えていた。ただし、制服に階級章はなく、制帽には記章もない。

それにしても――。

グローブの指先はもどかしいが、箱を開けてみる。

間違いなく制服の一式だった。その他、メモ帳や定規、各色ボールペンにカッターやステープラー等、机の中に普通にありそうな物が詰められ、運動靴に数枚のハンドタオルや歯磨きセット、卓上時計や目薬、胃腸薬に至るまで、実に雑多な物が押し込まれるようにして入っていた。

そうして、丸めて底に敷くように入っていたオーバーコートを取り出し、胸元に目をやって観月は眉をひそめた。

内側にローマ字の縫い取りがあり〈Tetsuya Fuyuki〉と読めた。

(フユキテツヤ。冬木《ふゆき》って)

データベースの記録としては、観月もその名を知っていた。内容もだ。

冬木哲哉《てつや》は刑事部捜査第四課長だった十五年前、大手新聞社の記事によって、辰門会《しんもんかい》会長大嶺滋《おおみねしげる》との癒着を大いに疑われた。

それが切っ掛けでありとあらゆる黒い噂が冬木の身辺に噴出し、冬木一身に収斂《しゅうれん》した。

拳銃の横流し、クスリの売《バイ》の見逃し、各種の摘発のリーク、ノミ屋やダフ屋からの金銭授受。

果てはチンピラの撲殺、隠蔽《いんぺい》まで。

黒い霧は限りなく黒く、積み上げられる物証はずいぶんあったようだ。

八方塞がりになった冬木は、本格的な捜査のメスが入る直前、自らの命を絶ったという。享年は四十五歳だった。

捜査第四課はその後、多岐に亘《わた》る暴力団犯罪や銃器薬物犯罪、外国人犯罪等に強権を以て対処するため、暴力団対策課や生活安全部内の銃器・薬物関連部門などと統合され、再編された。

そうして、二〇〇三年四月一日から独立した一つの部局として設置されたのが組対、組織犯罪対策部だ。

冬木が自殺してから、約半年後のことだった。

この死によってすべては有耶無耶《うやむや》にされ、真偽のほども確定されることはなかったが、タイミングがタイミングだ。

結果的には捜査第四課が刑事部から切り離され、組織犯罪対策部が設立される端緒、切っ掛けになったと、後にマスコミなどはこの冬木の事案を興味本位にそう分析した。

(そんな人の物が、何故。しかも官給品から、おそらく私物までって)

大いに気になった。

「ねえ、馬場君。こ-174の段ボールって、どこからの収蔵かしら」

観月はインカムで聞いた。

——えぇっと。刑事部です。刑事総務課庶務になってますが。

「刑事総務? もろに元総責任者の、勝呂課長のところじゃない」

気にはなったが、今は手を止めている場面ではなかった。取り敢えず二番リフト前の隅に運んだ。

それからしばらく他の作業に没頭していると、

——管理官。ご指示の第一ブロック分、すべて終了しました。

山口の声がインカムから聞こえた。

機動隊の作業は、そこまでだった。

それ以上、機動隊としてもブルー・ボックスのことにかまけていられる時間はないだろうし、観月としても必要以上に割いて欲しくはなかった。

機動隊の存在理由は本来もっと外に、民間に向いたものだ。

「そう。ご苦労様。助かったわ。もう作業の手順は飲み込めたし。貸し出しの化学防護服さえ置いてってくれたら、後は私達で何とか出来るから」

言えば、山口が腰を折って敬礼した。

——では、これで我々は撤収します。

「あ、ちょっとまって。お腹減ったでしょ。最後にまた食べていけば。取って置きのがあるんだけど」

すると、山口以下、居並ぶ面々はほぼ全員が防護服のまま、思い思いに両手や首を左右に振った。

——いえ、こりごり。あ、いいえ。もう十分頂きました。帰ります。

「あら。——そう？ 遠慮しなくていいのに。じゃあ、そうね。大人数だものね。リフト動かした方がいいか。乗って降りればいいわ」

——了解です。では。

バタバタと二番リフトの方に去ってゆく。

逃げるように見えるのは何故だろう——。

——。

まあいい。考えても答えは出ない。

観月はインカムに向かった。

「ねえ。今の担当は誰かしら。まだ馬場君？」

——いえ。交代して牧瀬です。馬場は仮眠室に入りました。そんな時間ですから。

「そ。じゃあ、係長。中二階の誰かに、二番リフトを二階に上げるように言って」

——下も今は誰もいません。自分が降りて上げます。それから、そのまま機動隊の撤収も先導します。

「了解。お願いね」

観月は階段で二階に降り、そのままシャワー室に向かった。

化学防護服を脱いで壁の時計を見る。朝の五時半を指していた。

（それにしても）

シャワーを浴びながら頭に浮かんだのは、先程の段ボールの内容物のことだった。

（なんで、冬木捜四課長の一式がブルー・ボックスに？　証拠品？　押収品？　有り得ないわね。——あったりして。後で、収蔵した張本人に聞いてみようか）

そんなことを考えつつ一昼夜以上の汚れを落とし、ピンクのジャージを着る。本来ならブルー・ボックス内を走るときの用意だが、他に着るものはない。

最初から着ていたパンツスーツは埃と汗にまみれていて、もう一度着ようという気はさすがに観月でさえ起きなかった。

その後、総合管理室に顔を出した。

早くも牧瀬が戻っていた。

「機動隊、撤収しました」

「そう。私もちょっと寝るわね」

「どうぞ。お疲れ様ですって言うか、管理官も機動隊もタフですね」

「そんなことないわよ、少なくとも、私は四時間以上寝たもの」

「それだけで、その後また二十時間作業ですよ。人はそれを、タフと呼ぶような気がしますが」

「呼ばれると余計疲れが出る気がする。じゃ、お休み」

それから仮眠室に向かう。二十時間前に使った部屋がそのまま空いていた。馬場は二部屋先の仮眠室に入ったようだ。

そのまま倒れ込むようにして簡易ベッドに入った。

起きた時間は八時過ぎだった。

二時間半は寝たが、さすがに少し疲れは残っているか。

特に、脳疲労の残滓《ざんし》が、やけに頭の芯を重いものにしている感じだった。

甘味を摂ろう。

簡単に顔だけ洗って総合管理室に出た。

「お早う」

――お早うございます。

複数人の声が返った。

牧瀬の他に、時田と森島がいた。馬場はまだ仮眠室のようだった。

「まっ」

京都福知山《ふくちやま》の名店、足立音衛門《あだちおとえもん》の純・栗どら焼き〈美玖里《みくり》〉と、栗のテリーヌ〈天〉がテーブルに出ていた。

特に栗のテリーヌ〈天〉は、最後に礼も兼ねて機動隊員達に食べさせようと思った〈取って置き〉だった。

厳選した丹波《たんば》栗に厳選にも厳選を重ねたヨーロッパ品種の栗、讃岐三谷《さぬきみたに》家の和三盆、栗国《あぐに》の塩等をふんだんに使った、店主も夢の焼き菓子と太鼓判を押すパウンドケーキで、六百五十グラム一本で一万円はする逸品だ。

五個入りの〈美玖里〉ひと箱と、〈天〉を二本食べたところでようやく人心地が付いた。

気のせいではなく、脳疲労も溶けた感じだった。

それから、

「ねえ。誰か、車で来た人いる？」

なおも次の箱から取り出した〈美玖里〉を頬張りながら聞くと、

「はい。俺が」

モニタの前で牧瀬が手を上げた。

「招集が夜中だったんで」

「ああ。それはいいの。――ねえ。借りていい？」

「いいですけど。何か」

「何かって」

全身を披露するように見せる。

ピンク一色のジャージ姿だ。

「この格好で登庁するのは、さすがに気が引けるわ。一旦笹塚《ささづか》の官舎に戻ろうと思うんだけど、それにしたって、電車にもちょっと嫌よね」

「なるほど」

「借りた車は、そのまま本庁の地下駐車場に入れとくわ」

「わかりました。あの」

「何？」

「ぶつけないでくださいね」

「あら？　なんで念押し？」

「買ったばかりなんで」

「ふうん」

牧瀬は携帯を取り出し、一枚の画像を開いて見せた。

昭和の頃の写真によく見掛ける、マイカーを背景にしたオーナー様の〈証明〉写真だ。

真っ赤な軽だった。

「中古じゃありません。新車ですよ」

それはいいが、なぜ真っ赤なのだろう。しかも軽だ。牧瀬は一八〇を超える上背に、柔道ではかつて七十三キロ級の国際強化選手でもあったという筋肉質な身体で、その体形を今も保っている。

ボリショイ・サーカスの熊ではあるまいし。

「軽って、燃費が良くてかわいいですよね」

「――なるほどね」

この一言がまあ、答えなのだろう。

趣味嗜好《しこう》は人それぞれで、要は警視庁に名高い大河原組対部長のミニクーパーと同類ということか。

本人がわかっていないところまでまったく同じだ。

それ以上聞くこともなく、この際ピンクのジャージ姿よりは真っ赤な軽で折り合いをつけ、強引に納得する。

〈美玖里〉のふた箱目も食い尽くし、腰を上げようとすると管理室の外部とつないだワークステーション《WS》にメールの着信があった。

「誰から」

予感がして聞いた。

WSの一番近くにいた森島がマウスを操作し、モニタを覗き込んだ。

「アップタウンの早川さんっすね」

「やっぱり」

頼んでおいた見積もりが送られてきたのだろう。

見積もりの仕様とボリュームを考えれば、どう考えても前日の早朝に別れてからそのまま寝ずに作ったとしか思われない素早さだった。

もっとも、日曜日までに第一ブロックとフェンスの作業完了を条件にしたのは観月だ。すでに正味なところで五日はなかった。

このくらいのスピード感がないと、作業完了など覚束《おぼつか》ないのかもしれない。

それにしても――。

二日前の朝起きてから仕事をし、そのまま寄合で一緒に過ごしていたとすれば、四十八時間は経《た》っているだろうか。

「私より機動隊より、民間企業の営業統括ってタフね」

牧瀬だけでなく、時田も森島も頷いた。

五

観月は持って帰るつもりのパンツスーツを手近にあったコンビニ袋（中）に押し込み、帰り道で食べるつもりの〈美玖里〉をコンビニ袋（大）に詰め込んだ。

真紀から送られてきた見積もりは、ざっと確認した。

観月の場合、一行一行を丹念に記憶するわけではない。全体を画像として納める。だから言い方としては〈ざっと〉になる。吟味はその後だ。いつでもどこでも出来る。

廉価バージョンでも見積もりはA４の書式に細かな字で五枚、豪華絢爛《けんらん》バージョンになると十二枚にもなったが、観月はすべてを記憶に納めた。

掛かった時間はマウスホイールを動かし、モニタ上の見積書を表書き二枚と詳細の十七枚、計十九枚分スクロールする、その時間だけに等しい。

「はー。いつもながら、凄いっすね」

近くで腕を組み、そんな感想を口にしたのは森島だった。

その他、出発までに掛かったのは見積書を紙ベースで打ち出し、トートバッグに荷物を整える、そんな時間だけだ。

後の作業は部下達に任せ、中二階には寄らずそのまま外の駐車場に下りた。

牧瀬の軽自動車は、本当に目の覚めるような赤だったが、まあ、中から外観が見えるわけではないので乗り込むときにさえ〈勇気〉を出せばなんとかなった。車内から目にするボンネットとドアミラーの一部はなんというか、そのくらいの色量ならご愛敬だろう。

ブルー・ボックスからの出発は、車内の時計で確認すれば、ちょうど九時半を回った頃だった。

すでに通勤ラッシュも終わる時間帯に入ったようで、道路は比較的空《す》いていた。良く晴れた秋の一日で、窓を開けて走った。

観月は本来、車移動はあまり得意ではない。

特に自分での運転は、毎回五感、特に視覚に集中を強いられる。

集中には、超記憶が少なからず発動する。

疲労するほどではないが、超記憶による道路や街並みの上書きが行われる。それが必要か不必要かの判断、これが難しいところだ。

それでもときには、ドライブもいいものだと思えることもある。

片手で食べられるどら焼きなどを持った日には、気分は格別にして最高だ。

到着した笹塚の官舎では、まず周囲の奇異なものを見る目に耐える。真っ赤な軽自動車からピンクの上下ジャージで降りる以上、多少のことは覚悟の上だ。

居間に投げ出した洗濯物とまったく同じスーツに着替え、官舎を出る。
十一時を回る頃になると、さすがに都内の主要道路は賑《にぎ》やかになる。場所によっては
ハッキリとした渋滞にもなる。
だから、多少の時間のロスも渋滞の内と割り切り、観月は神宮前《じんぐうまえ》へ向けてハンドルを
切った。
コイン・パーキングに軽を停め、小さな商店街に入る。
目的は、東京三大豆大福の一つと名高い瑞穂《みずほ》の〈名物 豆大福〉だった。水分多めの
柔らかな餅、塩味の効いた赤エンドウ、そしてなにより、観月の大好物であるこし餡は
滑らかさと甘さの加減が絶妙で、作り手の技術と愛情が際立つ逸品だ。
午後になると売り切れることが多いと言うが、この日はギリギリで間に合ったようだ。
買って帰るだけなら迷うことなく三十個入りの大箱にするが、これから登庁する身に
は携帯性が悪いので、六個の詰め合わせを十箱買う。当然のように領収書も貰う。
それで、本庁への到着は午後になった。
トートバッグを右肩に掛け、瑞穂の紙袋を左手に提げる。ある意味での戦闘態勢だ。
まずは、十一階の監察官室へ向かう。
「お早うございます」
「決して早くはないが、間違いではないな」

歪みのない声、姿勢のいい中肉中背、油をつけて七三に分けた髪、四角い顔、常に厳しい表情。

いつもの席に、いつもの手代木がいた。

十年一日の如《ごと》し。

旧態依然、頑迷固陋《がんめいころう》、守株待兎《しゅしゅたいと》ともいう。

観念の淀《よど》み、時間の歪み。

それはそれで、体内時計を微妙に狂わせるのかもしれない。手代木の前に出ると多くの者達が尻の据わりが悪いというのは案外、そんな理由かもしれない。

自分の席には向かわず、観月はそのまま手代木のデスクの前に立った。

「大変だったようだな」

労《ねぎら》いの言葉が、手代木の場合まるで呪文のようだが、気にならない。慣れてもきた。

「そうですね。でもその割りに、どちらからも気遣いの電話やメール一本、陣中見舞いの一つも送られてきませんでしたが」

「電話やメールは、したところで事態が好転することにまったく繋がらないと判断したからだ。陣中見舞いとしては、時田主任の進言を露口参事官と一緒になってスムーズに上に上げられたとの自負はある。それで機動隊を送った」

「陣中見舞いが機動隊だと？」

「いけないか」

「いえ。結構なものを頂きました。では」

観月は紙袋を床に置き、トートバッグからA4のクリアファイルを取り出した。

一歩前に出て、手代木の目の届く範囲に差し込むように置く。

顔がわずかに、そちらに動いた。

「これは？」

「城の復旧費用です」

「ふむ」

目を落とし、ひと息だけ大きく吐く。

手代木にして、驚くということもあるらしい。

「これは、俺の一存でどうにかなる金額ではないな。そもそも、入札ではないのか。随意契約にしろ、二社は提出の必要があると認識しているが」

ご明察、と言って観月はさらに一歩前に攻めた。

「お言葉通り、随意ではありますが、セキュリティの観点からブルー・ボックスの二階と三階内に関しては、〈地方自治法施行令第一六七条の二第一項第二号、第五号、第六号〉等に拠る特命随意の対象であり、天変地異や人命救助時に活用される、〈地方自治法施行令第一六七条の二第一項第五号〉の緊急随意の条件にも当て嵌り、つまり、その辺は有耶無耶に出来るというか、どうとでもなるかと」

　立て板から水が、滴り落ちる。

　手代木は睨むように顔を上げ、すぐに下ろした。

「なんにしろ、見せられても俺にどうこう出来る額ではない。機動隊を動かすのとはわけが違う」

「ご安心ください。例によって、ご報告までです」

「……」

「同様のファイルはいくつも持ってますので」

「そうか。下準備が整っているのなら、好きにすればいい」

「有り難うございます」

　一礼し、踵《きびす》を返すと手代木の声が追ってきた。

「報告はいいが、口の脇に粉が付いているぞ」

「――返す返すも、有り難うございます」

　車内で先に食べた豆大福ひと箱分の打ち粉だ。腿《もも》に落ちた分は車内で入念に叩いてきたが、そう言えば口の周りは気にしなかった。

　手の甲で口元をこすりながら、観月は自席へ向かった。

　冬木のことは、この場では特に手代木には話さなかった。監察の案件だとすればまずは観月自身の出番で、案件でもなんでもなかったとすればそれこそ報告する必要がない。どちらにしろ報告する必要性に乏しい、という判断だ。

「大変だったみたいですね」

「何が？」

「何がって、ブルー・ボックスのことに決まってるじゃないですか」

声を掛けてきたのは、牧瀬班とは別に観月が管理官を務める班の係長、横内だ。牧瀬とは違った意味で色々と任せられる。能吏《のうり》で、冬木のことを話すなら手代木などという、うるさ型の上司より先に、こういう使える部下だ。

ただまあ、このときは、「そうでもないわよ」とだけ言った。

素知らぬ顔をされると突っ込みたくもなるが、逆に興味を持たれると引きたくなる。

観月もいい加減には天邪鬼《あまのじやく》だ。

綺麗《きれい》に何もないデスクの上に紙袋を置く。

この監察官室とブルー・ボックスのどちらにも席があるとはいえ、作業量としてどうしてもブルー・ボックスの比重が大きくなる。

牧瀬以下は、さらにだ。誰かが拭き掃除くらいしなければ、デスクの下にはクモの巣が張るかもしれない。

紙袋から豆大福をふた箱出し、

「はい。お土産。三時のお茶になったら、管理官にも出して。箱でじゃないわよ。一個でいいから」

などという指示と共に横内に差し出す。

と――。

「おっ。小田垣」

観月の登庁を聞きつけたものか、甘い〈匂い〉を嗅ぎつけたものか、腰を落ち着ける間もなく露口参事官が現れた。

面倒臭がりもせず、背筋を伸ばして手代木が立つ。几帳面《きちようめん》な男だ。

「大丈夫だったか。時田から聞いたが、心配したぞ。報告だって時田に任せず、お前は女の子なんだから、お前が来ればいいんだ。陣頭指揮は牧瀬でいいじゃないか。あいつは頑丈だ」

とまあ、聞く筋が聞けば色々問題のありそうな発言が続く。

だが、露口の場合は本心からの情なので、煙たがっては可哀そうだという娘心ならぬ〈部下心〉もそこそこには働く。

手代木がいつの間にか、座って執務に戻っていた。几帳面な男だが、こと職務に関しては慇懃《いんぎん》無礼《ぶれい》でもある。

やがて、露口の目が紙袋に動くタイミングを観月は見計らった。

「いかがです？　露口参事官」

露口の滑らかな口を止めるには、甘味に限る。たくさん食べられるわけではないが、露口も甘い物には目がない方だ。

「頂こう」

豆大福とクリアファイルと、ついでに領収証を出す。

すべてに目を通し、文句を言わないのはさすがに警務部の参事官だ。

たとえ、単に豆大福を咥《くわ》えたままだったからにしてもだ。

「考えよう」

抵抗はあると思ったが、露口はあっさりと首肯した。

「えっ」

かえって観月が、素直に驚いた。

露口が笑顔になった。

「おお。そんな顔も出来るようになったか。いい傾向だな」

「いえ。それはいいんですけど」

「なんだ」

「あまりに意外で。甘い物を食べて帰るだけの上司かと思ってました」

「失敬な。――実はな、部長に言われているのだ」

「えっ。部長って、うちの部長ですか」

「そうだ。なんでも、ゲートの新設のときからな。お前を向こうに送った長島君との間で、それなりの話は出来ているようだ」

長島は、

――出来るだけの補助は、私の方でも考えます。あそこに詰まっているものは警察の過去であり、あそこ自体は未来ですから。

道重の前で、そう言ったという。同じ警視監だが、道重は長島の一年先輩に当たる。

「へえ」

観月の前の上司だった、藤田現千葉県警警備部長も、

――監察官室だって、不祥事がなければ消えてなくなる。各課の総務に吸収されても同じことだ。〈ブルー・ボックス〉はね、警察の未来だ。その、ある部分の形だ。それを任されるってことは、まだまだ頑張れって、頼りにしてるよって、組織からのメッセージだよね。

と、自身の送別会の席でそんなことを言ったと牧瀬に聞いた。

皆、ブルー・ボックスには同じ希望を見るのか。

「では、その部長は、本日は」

「部長室に在室だが、顔を出していくか？」

「そうですねえ」

「出した方がいいのではないか？　たとえ微々たるものでも雀《すずめ》の涙でも、警務部の予算やら活動費から何某かを決裁してもらうなら、必要ではないかな」

何かどこか引っ掛かるが。

「微々たるもの、雀の涙。ですか？」

「そうだ。長島君の言質は取ったと、そのときは喜んでいたな。警察庁の出来るだけ、は青天井だとな」

「はあ」

露口は声を落とし、

「そもそも潤沢な機密費など、国に比べればこちらは少ないのだ。地方公共団体だからな。――で、部長に会うか」

早速観月のデスクの電話を取り上げようとするが、その手を押さえる。

「費用対効果の観点から言えば、わざわざ〈雀の涙〉さんにお会いする必要もないかと。」

「なんだ」

ということで念のため、こちらだけをよろしく」

観月は三つ目のファイルに、豆大福ひと箱を添えて露口に差し出した。

六

露口の前を辞した観月は、バッグと紙袋を手に、その足で十一階から六階に下りた。刑事部の勝呂課長に会うためだ。

閉じられた扉をノックするが、これは合図としての形ばかりだ。

その証拠に、観月が口を開かなくとも室内から、

「入れ」

と棒のような声が聞こえた。

警視正である勝呂への面会は、直前に十一階で露口参事官にアポを取ってもらった。

〈豆大福〉一個分くらいの労力だったろうか。

警視である観月ではなかなかすぐの面会は許可されなかったかもしれないが、警視長である露口からの話なら大抵は通る。

観月が入室しても、勝呂はすぐに顔は上げなかった。デスクにいて、決裁書類に判子を押していた。

観月は、勝呂の切りがよくなるまで待った。

いきなりの来室は観月の都合だ。そのくらいの礼儀は必要だろう。

これも処世術だ。

ポマードで固めた七三髪、分厚いセルロイド眼鏡が、やがて判子を置いて顔を上げた。

「露口参事官だから時間を空けた。で、なんの用事だ」

勝呂は低く割れた声を出した。

当初、ブルー・ボックスを所管していたのは刑事部で、立場的には刑事総務課長である勝呂だった。そこに、捜査にかこつけた〈鳴り物入り〉で観月は送り込まれ、居座ったのだ。当たり前のように反感は大いに買われたが、色々な出来事もあって現在ではさほどでもない、と観月は思っていた。

「ブルー・ボックスの現状。お聞きですか？」

「当たり前だ」

勝呂は即答した。現実的には中二階の管理室から主に一階と外構部を担当する高橋係長以下、土川《つちかわ》、中田の両巡査部長は、刑事総務課の所属であり、そこからの出向という形をとっている。ブルー・ボックスに何かあれば情報を通すのは当然のことであり、それも一つの、ブルー・ボックスにおける自浄装置だと観月は思っていた。

「頼み事があるならお門違いだ。機動隊が行っただろう。何か必要なら、そのルートを使えばいい。うちからはもう何も出さんぞ」

勝呂は先手を打つように、見事に一切を拒否した。

「いえ。何も頂こうと思ってませんから」

観月は両手を振って見せた。まずは警戒心を解く。

「本当か」

勝呂はセルロイド眼鏡の縁を上げた。

「本当です」

本来ならここで笑顔の一つも作れればいいのだろうが。

処世術とは、面倒臭いものだ。

「ふん。まったく読めんな」

勝呂は椅子の背もたれに身を預けた。

「なら、なんだ」

「実は――」

観月はまず、地震の被害と後始末の進め方について話を始めた。

それにしても多くは話さない。

事は刑事部の、中のことだ。制服及び私物一式が、もしも秘された物だとしたら只事《ただごと》ではない。〈誰か〉が新たに監察対象になる可能性も大いに考えられた。

話さないというより、話せないと言った方が正しいか。だから、牧瀬以下直属の部下にも、それとなく話した程度だ。

転がり落ちた、段ボール箱。

№３－ＫＯ－１７４。

話を進めながら、反応を窺《うかが》う。

「課長は何か、この段ボール箱についてご存じではありませんか？」

「知らん」

思う以上に、勝呂の答えはにべもなかった。

「出てきた物は、現行の制服と制帽でした」

セルロイド眼鏡の奥で、目がわずかに細められた。

「どういうことだ。なんでそんなものが出てくる。誰の物だ」

正しい反応に思えた。

段ボール箱そのものについてはさておき、勝呂はその中身については間違いなく知らない。

となればこれ以上の、内容物に関しての情報の開示は必要ないだろう。

情報は秘してこそ花だと、初任のときに上司からレクチャーを受けた。

情報とは、勝手に摘まれては価値を失い、見頃を間違っては色を失うだけでなくその責を問われる、甘くも艶やかなるも、色々と手が掛かる難しい花だと。

「わからないから聞いています。出所は刑事総務課庶務。つまり、ブルー・ボックス初期の搬入物です。三階のKO‐174は一番リフトから出て、Cシャッタ沿いを少し歩き、少し入ったところ――」

勝呂が手を打った。

「おお。あれか。捜四の遺物か」

「遺物ですか。それは――」

どういうことでしょうと聞けば、

「捜四がな、組対に再編された頃の話になる」

と言って、すぐに苦虫を嚙み潰したような顔になった。

「捜四が組対になったのは、ブルー・ボックスの構想自体が立ち上がるよりも以前、もう十四年も前のことだ。本庁の地下でも各所轄でも、収蔵品の保管に悲鳴が上がり始めてもいた頃だな。組対に移る連中はこれ幸いと、何食わぬ顔で必要な保管品だけタグを付け替えた。要するにだ」

勝呂は身を乗り出すようにしてデスクの上を叩いた。

「何食わぬ顔でトンズラだ。奴らは組対への組織変更に伴い、どさくさ紛れに〈お荷物〉を捜四のままにして、捨てて行ったのだ」

「捨てて行った?」

「そうだ」

「一体、何を？」

「知るか。お蔵入りの資料。返す当ても使いようもない証拠品や押収品。どうせ内容はそんなものだろう。詳しくは知らん」

「知らん？　知らんとは？」

「見てないからな。人が捨てて行ったものを、なんでわざわざ封を切ってまで確認しなければならないのだ。知りたくもないし、知ったが最後、きっと責任までがこちらに移ってくる。まったく。困ったものだ」

納得出来ないこともない。新しい部署が立ち上がるときには、そういうことも起こり得るのだろう。

「でも、同じ庁内じゃないですか。クレームは付けなかったんですか？」

「付けたさ。ただ、付けるという行為自体、ついこの間だった。ブルー・ボックスのテスト運用直前のことだ」

「えっ。なんです？　それ」

「なんですも、かんですもない。トンズラと言っただろう。聞いてなかったのか。超記憶なのだろうが」

「いえ。はっきり聞いてはいましたが、意味がわからなくて」

「……なるほどな。いいか。それは意味がわからないというんじゃない。察しが悪いというんだ」

「おっと。勉強になります」

観月は頷いた。

「真顔で納得されても、な。――まったく。わかっているんだかいないんだか。それもお前の強みか」

「どうでしょう。たしかに弱みだと思ったことはありませんが」

勝呂は溜息交じりに頭を振った。

「トンズラはな、わからないようにいなくなることを言うんだ。あからさまならその場で誰かが押し付けるさ。そうして本庁の地下に保管されたまま、何人もの刑事総務課長をスルーしてブルー・ボックスに移す段になって俺の許《もと》で目を覚ました。遺物としてな」

「なるほど。そんなものですか」

「こんな手法は、今のブルー・ボックスだって同じことだろうが。たとえ目の前の棚にあったとしてもだ。誰が、自分にも自分の担当部署にも関係のない、そんな段ボール箱を気に掛けるというんだ。しかも、部署別に保管されているわけでもない。民間の商品でも在庫品でもない。だから棚卸もない。いや、あったとて、それぞれの部署がチェックするのはそれぞれの部署の、それぞれの保管品管理記録に関係するものだけだ」

椅子に踏ん反り返るようにして、勝呂は腕を組んだ。

「ええと。ということは、どういうことでしょう」

聞けば勝呂は、おそらく笑った。

「だから、俺のところも同じことをしたまでだな。ブルー・ボックスが出来たどさくさに紛らせ、捨てたんだ。あのゴミ箱に」

「――はあ。ゴミ箱、ですか」

としか答えようはなかった。そんなふうに考えていたから、王の座を追われたのではないですか、とはこの場合、口が裂けても言わない。

「課長」

話を先に進める。

「課長は先程、クレームを付けたとおっしゃいましたが」

「言った」

「クレームはどちらに」

「決まっているだろう。というか、今となってはそこしか付けるところがない」

「ではやはり、大河原部長。組対の」

「そうだ」

「部長はなんだと」

「今まで同様、この先はブルー・ボックスに押し込んどいてくれ、と言われた。そうそう。遺物、という言葉を先に使ったのは大河原部長だ。詳しく聞きたければ本人に聞け」

「了解です。――それで？　課長は、受けたと」

「受けるしかないだろう。向こうは組対の部長で警視長だ」

「本当に？」

観月は上体を曲げた。少し、勝呂に顔を近づける。

「それだけで、課長は受けます？　本当に？」

「なんだ？」

「何かありそうですね。大人の事情とか、貸しとか借りとか」

間があった。

ほう、と勝呂はかすかに唸った。

「察しは悪いが、鼻は利くと」

「それって、褒《ほ》め言葉ですか」

昔は聞かないと本当にわからなかった。自分の表情同様、人の感情を推し量るのは苦手だった。今でも決して得手ではないが、聞くのは確認のようなものになっている。

「俺にしては褒めている、と思ってもらっていいぞ。これは、単純に能力に対する評価だ」

回りくどいが、素直に受け止めておく。

「では、私もお褒めに与《あずか》ったついでに、お零《こぼ》れに与れるなら」

バッグからファイルを出し、観月は勝呂のデスクに置いた。手代木に提出した物と同じファイルだ。豆大福もひと箱添える。

「これは」

「委託料とも口止め料とも。ご笑納頂きまして、後で聞いていないとだけは言わないでくださると助かります」

告げると今度は少しばかり、勝呂が身を乗り出した。

「本当にそれだけか」

「――とおっしゃいますと」

「本当にそれだけで、アイス・クイーンが甘い物を他人にくれると」

ああ。そういうことか。勝呂もなかなかに、お目が高い。

これも単純に褒め言葉だ。

「いずれ、少しばかりご協力頂くかもしれません」

「ふん。豆大福程度になら考えてやろう」

「よろしくお願いします」

腰を折り、それで観月は刑事総務課長室を辞した。

そのままワンフロア降り、五階に足を踏み入れる。

五階には組対部長室があった。

伺いすら立てず思い付きで降りた。奇襲というやつで、在室ならラッキー、その程度だ。

だが、関門とも言うべき組対部長室別室で秘書官の警部補にたしかめると、部長は終日の留守らしかった。

「残念。じゃあ、残念賞にこれを。あなたにも」

豆大福をふた箱。

また来るわ、とだけ警部補に伝言を残し、観月はそれで本部庁舎の外に出た。

七

観月は庁舎の副玄関から出て、桜田通《さくらだどお》りに足音を立てた。

秋晴れの空は変わらなく青かったが、少し風が出始めたか。雲の流れが速かった。

左手に提げた紙袋はだいぶ軽い。瞬く間に重量は半分以下になった計算だ。

もうひと箱くらい秋風を浴びつつ食べたかったが、そんな時間は今はなかった。

次に観月が向かったのは警視庁本部庁舎に隣接して建つ、中央合同庁舎二号館だった。

その二十階、最上階には警察庁長官官房や警備局があった。

観月が目指すのはまさにその長官官房で、長島敏郎警視監が待つ首席監察官室だった。

勝呂などは露口に頼めばなんとでもなると思っていたから後回しにしたが、さすがに警視監の行動は午前中のうちに自分で確認し、アポイントを取っていた。

約束の時間は三時だった。現在時刻はまだ二時四十分だったが、一人で勝手に少し早い〈お三時〉とばかりに、のんびり豆大福のふた箱くらいを食べるには、気分的な時間が少なかった。しかも、どうせ長島は三時と指定したからと言って、その時間に仕事の手を止めて待っていてくれる人間ではなく、観月とはそんな間柄でもない。

面倒事は先に済ませてから〈お三時〉にしようと思えば、躊躇《ためら》いもなく自然と足は速いものになった。

省庁然とした静けさに満ちた二号館のロビーを通り、観月はエレベータに乗った。

二十階で降りても迷いはない。かつては観月も通ったフロアだ。

観月は真っ直ぐ、首席監察官室のドアの前に立った。

自らの服装をチェックする。パンツの腿の辺りに、かすかに白く刷毛目《はけめ》のような跡がついていたが、そのくらいだ。打ち粉とわかっているから問題はないだろう。なんといっても、食べても平気な粉だ。

ノックをする。

勝呂の部屋と違って重く聞こえるのは、材質のせいではなく気持ちのせいだろう。ああ言えばこう言うとよく長島には嘆かれるが、だからと言って観月がまったく緊張しないわけではない。

警視監を前にしてああ言われたらこう返そうとする行為には、やはりそれなりに度胸も勇気もいるものだ。

どうぞ、と室内からノックよりさらに重い、鉄鈴を振るような声が聞こえた。

「失礼します」

長島は首席監察官室内で、まだらに陽を映す塊のようだった。

まだらなのは、ブラインドを下ろしているからだ。

窓を背にした位置関係は警視庁監察官室内の観月の席とまったく一緒だが、観月は朝陽を背に負い、ここ首席監察官室で長島は夕陽を背に負う。

——お前は朝陽の中から始まる今日という未来を予測しろ。俺はこの場所から、終わった今日という過去を精査する。

そんなことを長島に言われたこともあった。

真逆というのは当然、まったくシンクロするものではないが、凸と凹だと思えば案外いいタッグは組めるものかもしれない。

観月が入室すると、長島は珍しいことに応接セットの方を示した。自身も老眼鏡を手に執務デスクから立ち上がる。

普段なら観月が長島の前に立つだけだが、地震後の諸々《もろもろ》についても要相談と、アポイントの電話で伝えておいたからだろう。

「天災は忘れた頃にと言うが」

長島はソファに座り、そう切り出した。

「次から次へと、ブルー・ボックスは休む暇がないな」

「変に間が空くよりは、こう言ってはなんですが、いいんじゃないでしょうか。アクセルとブレーキ。オンオフ。そんなことを何度も繰り返せば疲弊も摩耗もします。踏んだら踏みっ放し、入れたら入れっ放しの方が楽な場合もあります」

「若さかな。――いや、ワーカホリックの言い分。そんなところか」

「それ。褒めてますか?」

「昭和の頃なら間違いなく褒め言葉だった。今は、半ば忠告、警告に近いかもな」

「よくわかりませんが」

「いずれ長い休みをやる。そういう話だ」

「ああ。了解です」

話しながら、観月はクリアファイルと豆大福のひと箱をテーブルにセットした。

「まず、現状報告を聞いておこうか」

促され、観月はブルー・ボックスの現状について説明した。

ひどいと――。

長島は聞きながらファイルを手に取り、老眼鏡を掛けた。アップタウン警備保障からの見積もりに目を通す。

その間に、惨状の説明が先に終わった。

観月はそのまま待った。見積もりの方が長いというか、見積もりというものはそもそも、それを読み解けば何をどう改良するか、つまり、どこがどう不良なのかがわかるものだ。

項目と数字が、口より良くものを言う。

やがて、長島がファイルをテーブルに置き、老眼鏡を外した。

「ずいぶん、値が張るな。どちらの見積もりにせよ、特にこのキャビネットの金額はなんだ」

「おお。お目が高い」

「真顔で言うな。――褒めたつもりか?」

はい、と答えた。

「長々しい見積書を、短時間でキチンと見ているなと。素直な感想です」

「それは褒めているというより、試したのではないかな」

「さあ。そういう線引きは苦手です」

「まあ、いい」

長島はソファに身体を沈め、足を組んだ。

「それにしても高い」

「そうですか？　私は妥当かと思いますが」

「根拠は？」

「私の城ですから」

「弱い。――説明しろ」

「では――」

これまで背中合わせで配置されていた二基のキャビネットを、これまでの二基分以上に厚みを持たせた一基にする。広くなった底面には補強として一枚物の鉄板を仕込み、床面のアンカーの数も太さも増やして全体として強固な安定を図る。

この鉄板を仕込むカスタムが少々値の張る原因だが、計算上は縦方向に積み増して三メートルにしても、今回と同程度の地震で倒壊することはまずないという。

「厚みを増すことで、今までより収蔵品の置きやすさ、安定具合も格段にアップします。単体で考えれば二基を一基にまとめた、というだけよりは格段に金額が上がりますが、上方向への収蔵能力向上と合わせ、全体のキャビネット数は単純に今までの半分ではなく、五分の二程度に。そうすれば通路も今まで以上に広く確保出来ますし。収蔵能力はほぼ変わらず、利便性は飛躍的にアップします」

「それでこの金額か」

「はい。二基を一基にまとめ、底面を補強して上方に積み増す。それで工事費まで見れば一基で現在の約四・五基分に相当しますが、二度と今回のようなことが起こらないようにするには必要かと。それに――」

観月は体を前に倒し、わずかに勿体《もったい》を付けた。

「このキャビネットの入れ替えに際し、収蔵物を再チェックしようかと考えています。特には、封がされた物を」

「なるほど。ただでは転ばないということか」

「そうですね。何か付加価値がないと起きない、という発想でもありますが」

「お前らしいと言えば、らしいな」

「恐れ入ります」

軽く頭を下げる。

「この際、すべては地震で倒壊した棚のせい、で押し通せるかと。そのことにクレームがあったとして、受付はしますが、対応は一切しません」

「ほう。対応はなしか。それはそれで面白い。役所の窓口の、正しい反応だ」

長島がおそらく、笑った。

「そんな態度の裏付け、口実というか対応のためにも、首席、私は粛々と、そして迅速に、キャビネットの総交換は大前提だと考えます。加えて管理監視システムまで加えるなら利便性、安全性、そして透明性はマックスに。私の目の届かない収蔵物は、金輪際生まれません」

観月は胸を張って見せた。

長島は一瞬天井に上げた視線を、そのままテーブル上の見積書に落とした。

ふと、話すなら長島で、聞くなら今だという気がした。

「首席。実はですね――」

こんなことがありましたと、観月は段ボール箱から出てきた支給品についての話をした。

見積書から上がった長島の目に、光が強い。

「首席はご存じですか。冬木警視のことを」

「知らなくはない。生きていればもう、冬木さんも定年退職の頃か。歳月を思えば、感慨は深い」

長島は腕を組み、ブラインドから零れる西陽に目を細めた。

「俺は捜一が長くてな。そんな経歴はお前もわかっているだろう。だからそもそも、捜四にはあまり明るくない。冬木さんとは折々で挨拶をする。遠くに見る。知ると言ってもそのくらいだが」

「どんな方でしたか？」

愚直、と長島は言い切った。

「ただ俺や手代木さんと違ってな。良く笑っていた。そんな印象がある。最後はああいう結果にはなったが、冬木さんを悪く言う人は、後にも先にも聞いたことがない。聞いたことはないのだが」

長島は腕を組んだ。

「あれほどの、それこそ悪徳警官の見本のような罪科が並ぶとな。人は見掛けに、と言う外はない。大きな権力は我欲を呼ぶ。愚直な分、弱かったのかとも、歪みやすかったのかとも。そんなことを思った記憶はある」

「では、その死については。何か疑問は」

「意外ではあった。だが、そういうこともあるかとな。今でもそうだが、昔は特に暴力団が強かった分、組対、捜四は刑事部内に確固たる地位を築き、秘匿すべき情報も多く持っていた。疑問どころか、ある意味では俺は納得出来た。誰もが知る報告書レベルでしか知らんが、自死は自死で疑いのないところだったしな。それに、冬木さんが死んだ当時、俺はまだ四十そこそこだ。警視庁の第二方面本部長から、中部管区警察局の総務監察部長、そんな時期だった。冬木さんの死そのものが、俺には少し遠かった。――気になるのか」

「そうですね。気になります」

「案件としてか」

「監察の案件としてかどうかは不明です。だからうちの監察官にも話してません。ただ、ブルー・ボックスの主としては大いに気になります」

「ふむ」

「なぜ冬木さんの制服や私物の一式がブルー・ボックスに、いえ、警視庁内部に収蔵されていたのか。しかも封までされて、箱になんの明記もなく、眠るように、遺族に返却するでもなく」

「誰かが箱にまとめた後、忘れたのではないか？」

「それならそれで誰が忘れたのか。そもそも誰がまとめたのか。――首席、これは端緒です。ブルー・ボックスの隅々にまで光を当てるための」

「ひと回りしてそこに戻ったか。論法としては上々だろう」

長島はブラインドに向けた顔を正面に戻した。

観月に当てる目の光は、冴《さ》えていた。

「この見積書、大筋では受けようか。精査はさせてもらうがな」

観月は黙ったまま頭を下げた。

「ただな」

「なんでしょう」

顔を跳ね上げる。

このときになって思うが、見積書を手に動き出したときから、どうにも自身がアップタウン警備保障の営業マンのようだ。

「成長、あるいは回復だと思えば嬉しくも頼もしい気がしないでもないが」

なんのことだろう。話の脈絡がわからなかった。

それだ、と長島は言った。

「そういう微妙な表情は、かえって感情が読みづらいものだな」

「えぇっと」

さてもさて。

よくはわからないが営業マンならこういうとき、

――毎度ありぃ。

とでも言うべきなのだろうか。

第三章

一

翌日は小雨の降る、あいにくの空模様になった。

この日、観月は牧瀬の自家用車を使い、官舎から直行で水戸《みと》に向かった。牧瀬には本庁の地下駐車場に置くと言ったが、係長という役職の責任からも本人の性分からも、しばらくブルー・ボックスに缶詰めになるのは火を見るよりも明らかだった。

それで、前日もそのまま本庁から笹塚への帰宅の足に使い、近所のコイン・パーキングに入れた。

この日の天気も気になったし、水戸へ向かうという目的も出来たからだ。

長島の許を辞した観月は、その日のうちに本庁のデータベースで冬木のことを調べた。

画像は、証票用に登録された一枚だけが残っていた。冬服着装および脱帽の写真だ。

写真には、下膨れの男性が写っていた。姿勢の良さが強調されて印象的だった。顎を引き、口を必要以上に強く結び、鹿爪らしい顔でカメラレンズを真っ直ぐ見詰めて立っているようだ。胸を張って間違いなく指を真っ直ぐ伸ばし、足の脇に添えて直立不動の姿勢でいるに違いなかった。

けれど本人画像も含め、長島も言っていた〈誰もが知る報告書レベル〉以上のことは、特になんの記載もなかった。

冬木の家族構成については、ある程度まですぐにわかった。

冬木には妻の妙子《たえこ》（当時四十八歳）と、息子の慎司《しんじ》（同十四歳）があった。

事後、それまで住んでいた家族用官舎を引き払い、水戸にある妙子の実家に親子で移り住んだらしい。

報告書の記載はそこまでだったが、これを切っ掛けにしてもう少し調べを進めた。

それから十五年が経ち、妙子の両親はともに鬼籍に入って今は亡く、実家では母子が二人暮らしだった。

現在二十九歳になる慎司は水戸で育ち、水戸で暮らし、現在も都内に本社がある企業の水戸支社にＳＥとして勤務しているらしい。

そんな話を、水曜の夜のうちに連絡した水戸の家で、電話口に出た慎司本人に聞いた。

警視庁の小田垣と正しく名乗った。

縁が切れたはずの警視庁からの電話など、訝《いぶか》しいばかりに違いない。あらかじめ考えておいた手土産は、冬木の遺品一式だった。

保管庫から冬木哲哉本人の物と思われる品々が発見された。警視庁としては譲渡する意向がある。ただし、渡すにはいくつかの再確認が必要になる。

理由はそんなところでいいだろう。

運よくというか、この翌日の木曜なら慎司自身、書類整理で一日在社らしく、母の妙子もパートが休みで家にいるという。

水戸市街への到着は午前九時前だった。

駅に近いテナントビルのワンフロアに、冬木の息子はいた。二十九歳は馬場と同じ歳だが、ずいぶん老成しているように見えた。〈悪徳の見本のような警官〉、〈ヤクザとの癒着がばれて自殺した警官〉の息子に、世間の目は冷たかったのかもしれない。

一階のカフェで話を聞いたが、慎司はあまり口数の多い方ではなかった。警察官だった冬木について聞いたが、父の印象自体、あまりないらしい。

そもそも慎司が起きる頃にはもう冬木は出勤で、寝た後に帰ってくる、そんな毎日の繰り返しだったらしい。入学式や卒業式、運動会や授業参観にも父の記憶は皆無だという。

「だから、父が自殺しても、あんまり実感は。悪いことをしたって聞いても、ヤクザとどうのって聞いても、へえってくらいで。悲しみも驚きも別に。母は悲しんでましたね。それが不思議だなあって。そっちの方が印象深いくらいで」

　慎司は、冬木によく似た顔をしていた。

　礼を言って観月はその場を辞したが、会ってから別れるまで、慎司は一度も笑わなかった。

　それから観月は、妻・妙子の許に向かった。

　母子の住まいは、市街地から少し離れた下大野町《しもおおのちょう》にあった。

　冬木哲哉と妙子はそもそも幼馴染みだったらしい。三歳ほど妙子が年上で、姉さん女房ということになる。同県の国立大学に入った妙子が冬木の母親に請われ、長期休暇の度に冬木の家庭教師を務めたことが、二人のなれそめと言えばなれそめだという。

　冬木はその後、妙子と同じ国立大学に入学した。部活は中学から続けていた剣道部を選び、鳴かず飛ばずではあったけれど、よく応援席には妙子の姿があったらしい。

　と、そんな両親の話も慎司から聞いた。

　ついでに言えば、冬木の家は冬木の弟が跡を取っているという。昔からの農家だが、特に冬木が死んでからは、目と鼻の先にいるにも拘《かかわ》らず、まったくの疎遠らしい。

　下大野町の家は駅からほど近い、古い住宅街の中にあった。角地のフェンスで囲まれた木造二階家が、目指す家だった。

インターホンに、妙子はすぐに出た。先に会った慎司から連絡も入っていたようだ。

「どうぞ。お上がりください」

妙子はほっそりとした、物静かな女性だった。白髪がずいぶん見受けられたが、きちんと整えられて清潔感は失われていなかった。

居間の隣が、すぐに仏間になっていた。欄間《らんま》に透かしも入って、仏間はかなり立派な和室だった。広さも十二畳はあるだろう。

その仏間から、なんとも言えない芳香が居間にまで漂っていた。花の香りだった。

仏間は、目を見張るほどの量と色彩の切り花で、埋め尽くすように彩られていた。

特に、竜胆《りんどう》だ。

仏壇の両脇に活《い》けられ、今を盛りと咲き誇る青と白の竜胆は鮮やかで、なによりもまずその数が圧倒的だった。目見当でも片側五十本以上、両脇で百本をはるかに超えるだろう。

その他にも仏間のあちこちに、別にコーディネートされた小さな花束がいくつか活けられ、あるいは並べられていた。

いや、小さくささやかに見えるのは竜胆が豪奢《ごうしゃ》すぎるからで、その他の花束も単体で見ればそれぞれ一万円以上はするはずだった。

まず焼香を終え、小さな遺影を見詰めた。

在りし日の冬木哲哉が、はにかんだような顔で、静かに笑っていた。

それから、花々に目を向けた。

「毎月九日の月命日には、何人かから必ずお花が届くんです。私が寂しくないようにって」

敷居の向こうで膝を揃え、妙子がそんな説明をしてくれた。

「それにしても豪華ですね。花ですか」

「ええ。私が花が好きだと、生前、主人が色んなところで、酔うと言い触らしたらしくて」

「へえ。それは、どなたからお聞きに？」

「茅野《かやの》さんです。――ああ。そこの」

妙子が指差したのは、観月の右斜め後ろに活けてある小さなアレンジメントだった。

「主人と高校と大学の剣道部で一緒だった人で。毎月、必ず届けてくださるんですよ」

他にも高校や大学の仲間が、同じような花をくれるという。

「ずっとこの辺にいる人達です」

高校・大学の剣道部で一緒だった茅野、大学の剣道部のみの角田《かくた》、そして、高校で主将と副主将の間柄だった達川《たつかわ》。この三人は毎年、十一月の命日に必ず顔を出すらしい。

他にも親戚や、近所のごく近しい何人かが来ると、そんな話も聞くことが出来た。

「だから、命日はこんなものじゃないんですよ。他に送ってくださる方々もいて。茅野さんやご近所さんや、本当に、皆さんのお心尽くしでこの座敷が埋まるんです。この竜胆も、そのときには三倍にもなって」

「それは壮観ですね。——えっと。送られてくるっていうのは、命日にだけ送ってくる方もいると？」

「ええ。毎年、ゼミのお友達とかが何人か。お葬式のときの精進落としの席で茅野さん達が花の話をしているのを聞いたって。それで、私らも命日にはって」

「では、そのゼミのご友人達と奥さんが会ったのは、お葬式のときだけ」

「そうですね。そうなります」

「どこにお住まいとか」

「全員はどうかしら。でも、お一人は芳名帳を見れば。結城《ゆうき》の市役所にお勤めの方ですし」

「念のため、後でお願いします」

「はい」

「あの、お聞きしづらいところではありますが、警察関係は」

妙子は、このときばかりは目を伏せた。

「お仕事関係はお花もお焼香も、お一人だけでした。そのときも、今も」

警察関係とは言わない。お仕事関係、だ。

「でも、そのお一人は必ず来てくれるんですよ」

妙子はおそらく、無理に顔を上げた。

仮面とは言わないが、ひび割れて見えた。

そのお一人は誰ですか、と聞くことはこの場合、観月にとっては逃げ道だった。

杉本明《すぎもとあきら》。

「その昔、主人の部下だったと聞きました」

言ったきり、会話がそこで途切れた。

観月が触るのは妙子の傷跡であり、場合に依《よ》っては今も癒えない傷口だ。無暗《むやみ》であってはいけないとは心得ていた。

と――。

「ねえ。小田垣さん。主人はどうして、自殺なんかしたんでしょう」

妙子が遺影に顔を向けた。

答えは、今の観月にはなかった。

「それは――」

「悪徳、癒着って、なんなんでしょうね。主人が本当に、一体何をしたんでしょう。主人が死ぬ直前、官舎にも捜査の方々が何人か来られましたけど、結局は何も。こう言ってはなんですけど、主人は贅沢品《ぜいたくひん》なんて一つも持ってなかったし、私も結婚式以来、指輪の一つも買ってもらったことはなくって。でも、私の誕生日に、小さな花束を一つ。それも、昼間のうちに買って、夜遅くに鞄に詰めて持って帰ってくる、よれよれの花束。ふふっ。いつもいつも、それだけで。勿体ないからって言ったら、贅沢かなあってあの人が笑って。それくらいなんですよ。贅沢なんて。――ねえ、小田垣さん。実は私はね、主人の言動を不審に思ったことは、一度もないんです」

信じる者の、いや、信じようとする者の毅然《きぜん》とした姿が、印象的だった。

「それにあの人は、臆病者なんです。小さいときから、いっつも私の後ろにいて。大学まで私の後を追い掛けてきて。――付き合うって決めたときも、結婚するって決めたときも、あの人は泣いたんですよ。大声で。ふふっ。あんな顔して、おかしいでしょ。――本当に臆病者で、でも、優しいんですよ」

妙子は真っ直ぐに観月を見て、微笑んだ。

胸の奥が、かすかに疼《うず》いた。なんだろう。電気的信号。わからないが、少し痛かった。

話題を変えるように、観月は仏壇に目を移した。

「あの竜胆は、その杉本さんからですか？」

何気なく聞いた。が、答えは意外なものだった。

「ああ。――いえ。違うんです」

と妙子は言った
「竜胆の季節は必ず竜胆が。その他の月命日には違う花が送られてくるんですけど、竜胆の印象があまりに強くて、慎司も昔から、竜胆の人なんて呼んでますけど」

会ったことはなくて、お葬式にも来てないはずです、と妙子は少し困ったように続けた。

「その人のお名前は？」

富成洋三郎《とみなりようさぶろう》。

「でも、読み方が正しいかはわかりません。この方だけは、茅野さんや他のどなたに聞いてもご存じなくて」

観月も、知る限りの冬木に関連する知識の中にその名前は見当たらなかった。

大いに不審だった。

その後、冬木哲哉の葬儀における芳名帳を見せてもらった。

芳名帳に記された姓名は、両家の親類縁者も、近所の人間も含めた一般・友人という括りでも、それぞれ二十人程度だった。

そして〈仕事関係〉は杉本明、ただ一人だ。

一般・友人関係の数名と杉本は、記名だけで住所の記載はなかった。

一度めくるだけで、観月には十分だった。

「あら。もういいんですか？」

妙子には折角見せた芳名帳も、観月が何気なくめくった程度にしか思えなかっただろう。

だから、警視庁の人間は——。

そんなことを思ったかもしれない。

けれど、今はその程度でいい。

辞去しようと、挨拶する。

「ねえ、小田垣さん。再確認の中で、何か新しいことがわかったら、教えて下さい。いえ、細かいことはいいです。それで主人が還ってくるわけではありませんから。ただ、そう、あの人が私の思う通りの人だったのかどうか。こんな風に、皆さんにいつまでも花を飾って頂ける人間だったのかどうか。最後に、それだけでももう一度確認したい。知りたい。——それだけが、私の望みです」

軽々しい言葉は吐けなかった。観月は無言で頭を下げた。

住まいを辞し、コイン・パーキングに向かって歩きながら空を見上げた。

いつの間にか雨の止んだ空を、赤とんぼが横切った。

赤いと言えば——。

これからブルー・ボックスに向かうが、葛西に着く頃には燃料計の赤ランプが点きそうだった。

さて、放っておくか、十リッター入れるか。

取り敢えず水戸名物、亀印製菓《かめじるし》の〈水戸の梅〉を買ってから考えよう。

〈水戸の梅〉は、白あんを柔らかな求肥《ぎゅうひ》でくるみ、梅のシロップと蜜に漬けた赤紫蘇《あかじそ》の葉で包んだ名品だ。〈ひと口サイズ〉の個別パック六個入りからバリエーションは二十個入りまで網羅されている。

ブルー・ボックスの人員、真紀以下の工事作業員への差し入れも考えて、二十個入りを三十箱。

それだけは最初から決めていた。

二

木曜日だった。

いや、木曜が水曜でも、それこそ土曜でも日曜でも、今の牧瀬にはあまり関係がなかった。

朝になったらブルー・ボックスの仮眠室で起き、朝飯を食って身支度を整えて場内に出る。業務に勤《いそ》しみ、昼飯を食ってまた業務に集中し、時間が来たら夕飯を食ってシャワーを浴びて寝る。その繰り返しだ。

借り物の化学防護服を着る手順にも、もう慣れた。

場内の安全確認も、この日で三日目に突入だった。

牧瀬達の業務と並行して、アップタウン警備保障監修に依るリニューアル工事も、前日の朝からすでに始まっていた。

——お早うございまぁす。アップタウンの早坂でございまぁす。本日よりまた、宜《よろ》しくお願いいたしまぁっす。

何事もなくなんの疲れも見せない早川が男前なヘルメット姿で総合管理室前に現れ、工事主任以下を引き連れてそんな挨拶をした。

牧瀬はちょうど、これから防護服を着ようとするところだった。

——みんな、いい？　打ち合わせた通りよ。特に足元に細心の注意を払って。ここは、気を抜くと危ないわよ。くれぐれも気を付けて。気を付けて急ぐ。じゃあ、よろしく。

早川の号令で、二十人からの作業員が一斉に左右のリフトの方に散る。ブルー・ボックスが全休になった今週の内だけなら、両方のリフトが工事に活用出来た。

細かな段取りはもう皆が心得ているようで、その動きは見ているだけでも気持ちがよかった。

牧瀬は、職人達と一緒になってリフトに向かおうとする早川を呼び止めた。

――何？　忙しいんだけど。

アップタウンの営業統括部長と言うより、早くも親方の顔つきになった早川が睨んだ。

――そりゃあ、どうも。でも、これを渡さないことには、工事は進捗しませんよ。

苦笑交じりに、牧瀬は三枚のカード・キーを差し出した。

この日は初日ということで、手順に従い裏ゲートから新規入場の手続きをして入ってもらったが、今後は責任者がカード・キーで職人を先導するようだ。

牧瀬は前もってそんなことを観月から言い渡されていた。

三枚は早川と工事主任の分と予備だが、予備と言っても、紛失等々の不測の事態に備えてではない。

これから二十四時間態勢の突貫工事が始まるのだ。工事主任が一人で不眠不休の監督をこなせるわけもなく、早川も大手企業の部長という立場上、顧客の一つに過ぎないブルー・ボックスに常駐出来るわけでもない。

予備は純然たる予備ではなく、工事の第二監督者に対して貸与されるべきものだった。

カード・キーを手渡した瞬間から暫時の間、早川も言わばブルー・ボックスの〈内側〉の人間となる。万能のカード・キーを渡すとは、そういうことだ。

「ふうん」

矯《た》めつ眇《すが》めつする早川は、きっとこのキーに関しても、いずれ何かを画策及び提案することだろう。

早川の様子を見て、牧瀬は漠然と思った。

だからこそ、早川は遣《や》り手《て》なのだ。

工事はそんな営業統括部長と裏ゲートでも世話になった工事主任の下、順調に進んだ。まず第一ブロックと決められた三階のエリアで、旧キャビネットの全面的な撤去が進められた。

と同時に、使わなくなった床面のアンカーのカットも始まった。使用工具は牧瀬が見る限り、ディスク・グラインダーではなく、火花が出ないレシプロソーだった。

こういう閉鎖空間の場合、火気、特に火花は厳禁だということは、さすがに工事のプロには、言わなくとも自明のことなのだろう。

木曜も午後に入ると、旧キャビネットが搬出され、代わりに運び込まれる工事用のフラットパネルで第一ブロックが次第に仕切られていった。

夕方五時になる頃には、アップタウンの作業範囲と牧瀬達との境界線のように、パネルの設置が完了した。そうなるともう、工事の様子は牧瀬達の側からでは把握出来なかった。

見えるのはただ瓦礫《がれき》に近い、ほぼ倒壊したキャビネットの不揃いな並びだけだった。

六時を過ぎると、観月が水戸から帰ってきた。

——係長。モリさん。休憩だって、管理官が呼んでまぁす。例によって、紙袋がデカいっすよぉ。

と、防護服のインカムに馬場の声が聞こえた。

でかい紙袋を提げているのは、まあ、遠方に出掛けたときにはいつものことだ。気にはしないし気にもならない。

どうせと言ってはなんだが、どうせ饅頭《まんじゅう》その他の類だ。危険物ではないが——いや、ときに危険物か。

十五年前に自殺した、組対が捜四だった頃の課長のことを調べると言っていた。手伝いますか、とは聞かなかった。観月も言わない。

優先順位というものがある。

言われない以上、牧瀬達がすべきことは、ブルー・ボックスのリニューアル工事が事故なく無事に進むよう、倒壊物の安全確認に万全を尽くすことだった。

——何か気になる。今はそのくらい。危ないことをするわけでもないし。でも、私の城から異物が出たのは事実。放っておくなら、私が君臨する意味がない。そんなことを考える程度。そのくらい。今はね。

車を貸したとき、観月はそう言っていた。

女王の意向に、だから牧瀬も今は従う。

帰ってきた観月は、三階から牧瀬と森島だけでなく、早川も呼んだ。

――もう、ビックリよ。亀印製菓の本店って、木曜定休なんだって。焦ったわ。折角来たのに〈水戸の梅〉、買えないかと思って。

ビックリと言いながら真顔だが、牧瀬以下、部下はもう全員が慣れっこだった。言葉そのもので受け止める。

――けっこう探したわよ。大手のスーパーに出店してたけど、数がなくってね。回ったらこの時間になっちゃったわ。

どこで何箱、どこで何箱買ったと言いながら幾つかの山に手際よく分けてゆく。おすそ分けもいつものことで、警備事務所、守衛詰所、中二階の分と、二階の分と自分の分だ。

三十箱集めたといつものことながら呆《あき》れることを言っていたが、すでにふた箱見当たらないのはご愛敬だ。

早川が手を叩いて喜んだ。

――いいね。疲れてるときには、やっぱり甘い物に限る。

ひと箱を男前に斜めに破き、そこはかとなくいい紫蘇の香りがする銘菓をその場で口に放り込む。

じゃあ私も、と観月が間違いなく四十一個目を手に取ったとき、トートバッグの中から携帯の振動音が聞こえた。

液晶画面を見て、観月はまず〈水戸の梅〉を口に入れた。

——ふぁい。首席、あんでしょう。

相手は間違いなく長島だった。食いながら出るなど、牧瀬には出来ない。観月と長島の関係性ならではだ。

通話の間、早川が立て続けに銘菓をもう二個、口にした。甘味に限定されないが、早川は下戸な分を補うように大食漢だ。

——了解です。でも、さすがに丸飲みしてくださるとは思いませんでしたけど。

やがて通話を終えた観月は、

——完勝。

と言って早川に向けVサインを出した。

——了解っ。

Vサインを返して工事作業員の分の箱を抱え、早川は総合管理室を飛び出した。

観月との阿吽の呼吸というやつだ。

早川は警備事務所に寄り、そのまま本社に飛んで帰ったようだ。

予算範囲が決まったとき、その瞬間から全速力ですべての手配に動くことは見積もりの備考欄に明記されていたらしい。

そんな話をしながら、観月は四十二個目から五十七個目までを食い、満足して官舎に帰っていった。

――じゃあ、係長。俺達も業務の続きといくかい。

森島が腹を撫《な》で摩《さす》りながら笑って言った。

その日も、翌日の金曜日になっても、牧瀬班の面々は化学防護服での業務に明け暮れた。

データリストの内容に従って危険物を探し、撤去及び除去する。〈粉類〉は手っ取り早く掃除機で吸い上げたりすれば済んだが、濃塩酸の瓶が割れた箇所などは、ただ割れたガラスの破片を片付ければ済む、といったものではない。塩酸は揮発性が高く、化学防護服を着ていなければ喉が焼けるほどで、放っておけば塩酸ガスとして広がり、設備を腐食させる恐れもある。

それでも塩酸の場合は水を流し、希釈するなどして丹念に除去すればなんとかなるが、これが揮発性のない濃硫酸になるとすでに現状が悲惨だった。

そんなところは、周囲の段ボール箱なども巻き込んですでにまるごとグチャグチャになっていたりした。

そんな有様を直に話せば、観月はかえって、

――何かのときには全部地震のせいに出来るわね。その証拠になるから、それ、集めてどこかに取っておこうかしら。

と口元を不思議な形に歪めていたが、あれは微笑みだったのだろうか。

そんなことを、この金曜日は防護服の相棒になった時田としつつ業務に打ち込んでいると、夕方になって、ほぼ二十四時間振りに早川真紀がやってきた。

髪についた奇妙な段は、おそらくヘルメットの形だろう。どうやら昨日から風呂には入っていないようだ。

目は近いところでは、前日に食った〈水戸の梅〉の赤紫蘇のような色をしていた。つまり、昨日から寝ていないようだ。

「牧瀬君。観月は？」

さすがに普通に歩いて寄ってこられても、どことなく鬼気迫るものがあった。化学防護服を着ていても通過してくるものだ。

「朝一度顔を出しましたが、そのまま出掛けました」

「ふうん。本社？」

知る人は警視庁本庁を本社、所轄を支社などと呼んだりする。

「いえ。昨日と同じで、水戸です。確認を取りたい人のアポが取れたからって」

「ああ。じゃあ、また君の車で？　使用料、取った方がいいわよ」

「いえ。今日は電車です。なんかガソリンがとか、ブツブツ不穏なことも言ってましたけど、夜は夜で、今夜は茶会の方があるらしいんで」

「茶会？　ああ、あのタフで遣り手のお姉様や、抜け目のない妹分がいるところね」

「ええっとですね」

　さて、どう答えるか。早川達の寄合もたいがい、負けてはいない気もするが。

「それにしても、この忙しいときになんの呑み会よ」

「すいません。俺の方でいいって言ったんです」

「あら。そうなの？」

「身体を使ったり張ったりするのは、俺ら部下の仕事なんで」

「ふうん」

　早川が腕を組んだ。

「牧瀬君。あなた、やっぱりいい部下ね」

「人使いは無上に荒いですけど、全体としてはいい上司に恵まれましたんで」

「それを汲《く》んでくれるってだけで、いい部下よ」

　そこへ、工事主任が駆けてきた。

　早川はそちらを見て、肩を竦めた。

「ま、私のとこも負けてないけど。上司がいいから」

真紀は主任の方に自ら移動した。

その場で某《なにがし》かの打ち合わせを始める。

主任の髪型がヘルメットの形だった。目も血走っているようだ。

なるほど、上司と同じように過酷な時間の使い方をしているのは間違いない。

納得して見ていると、早川が牧瀬の方を向いて拳を握った。ガッツポーズ、だろう。

「牧瀬君。取り敢えず観月に言われてた第一ブロックの分は、なんとか明日中に終わりそうだよ」

「そうですか。お疲れ様です。こっちもまあ、明後日からは二階に降りられそうです」

牧瀬も早川のガッツポーズを真似てみた。

「何それ。防護服のままだと不気味ね」

真紀が笑い、工事主任も同時に笑った。

三

水戸から都内に戻った観月は、表参道の〈お洒落〉な中華料理店に六時半過ぎに到着した。

警視庁キャリア女子の呑み会、呼ぶ人は妖怪の茶会などと称する集まりは、必ずお洒落な店から始まる。

これは集まりのリーダーでもある、年長者の加賀美晴子《かがみはるこ》が譲れないというか、譲らないモットーだ。

——最初から居酒屋じゃ、私らもすぐにオヤジ化するわよ。絶対にワイン、そっから入るの。いいわね。いくつになっても。

たとえ最後は居酒屋やカラオケ屋で、泣くやら喚《わめ》くやらで迷惑な〈オヤジ〉そのものだったとしても、最初だけはこのモットーを守る。

この夜も、だから中華料理店とはいえ、供される料理はアートに近いと評判のヌーベル・シノワだ。

「遅くなりました」

観月は言いながら、チャイナドレスの案内係に通された個室のドアを開けた。

「ちょっと。何？　そのでかい紙袋は」

入るなり、すでにワイングラスを手に持っていた加賀美が口を尖《とが》らせたが、ある意味では覚悟の上だった。

「何かと言われれば、お土産です。文句があるならあげませんが」

「あ、悪い」

この日は茅野以下、月命日に花を届ける剣道繋がりの三人に話を聞く予定だった。連絡も取れていた。

茅野はコンビニの経営者で、角田は農家、達川は地場の小さな工務店の社長だった。皆、水戸で生まれ水戸で育ち、高校にしろ大学にしろ実家から通い、そのまま親の跡を継いだようだ。

それで、水戸に戻った冬木の妻子とは冬木の思い出を介して親交が厚いということだった。

——悪さに手を染める前にさ。相談してくれればって、口で言うのは簡単だけど。でも俺らは、何もしてやれなかったし、結局、相談されてたってさ。何か出来たのかなってのは、花を供えながら、いつも考えることでね。

そう言ったのは最初に会った茅野だが、他の二人も同じようなものだった。同じようなものだから、月命日には花を供えるのだろう。

ちなみに、竜胆の花を贈る富成洋三郎のことも聞いてみたが、

——ああ。竜胆の人。

と言うだけで、誰も素性については知らなかった。

この日はそれで、予定は終了のはずだった。順調に帰路に就くなら、笹塚の官舎に戻り、着替えることも余裕なはずだった。

だから、駅ビルの〈あさ川〉で白餡も優しい焼き菓子の〈黄門漫遊《こうもんまんゆう》〉十五個入りを二

十箱買った。加賀美達にも配るつもりだったが、電車なのでそのくらいに留めた。

それが、支払いを済ませた途端に携帯が振動した。相手は芦谷《あしや》という男だった。妙子が言っていた、冬木とは大学のゼミの同期生で、結城市役所に勤めている人物だ。

他に同じような関係で命日に花を送ってくる人物は三人いたが、芳名帳からは姓名しかわからなかった。芦谷だけが連絡先を書いていた。

茅野達と同じように連絡は入れたが、不在着信になった。伝言だけは、警視庁の人間で冬木について話を、なんでもいいから伺いたいと入れておいた。

その返事だった。

冬木の件自体、未だ職分上の案件でもなんでもない。〈城の主〉として気になるだけだ。大きな紙袋も提げたばかりだった。

だから後日に回してもよかったが、市外研修で水戸に来ているということだった。

即決で会うと決めた。

芦谷は柔和な顔をした、年度一杯で定年になるという男だった。

――研修と言っても、することがないから来させられたんですわ。

そんなことを言って力なく笑った。

特に目新しい話はなかった。その代わり、思い出話はたっぷりと聞いた。芦谷が花を送るに足るエピソードもあった。

冬木はやはり生真面目で、ときに臆病で、優しい男だったようだ。

芦谷はゼミ仲間の他の三人に、その場で連絡を取ってくれた。声だけだったが、三人からも話は聞いた。

――冬木は、魔が差したんだな。魔が一杯差したんだ。そうとしか言いようがない。

全員が同じことを口にした。富成洋三郎についてはこちらも、聞いてはみたが要領は得なかった。

芦谷には、礼に〈黄門漫遊〉をひと箱渡した。

このことがあって水戸を出るのが大幅に遅れた。

それで直接、ブルー・ボックスの分も自分の分も持ったまま、表参道のヌーベル・シノワに来る羽目になった。

観月は小分けの手提げ袋にそれぞれ〈黄門漫遊〉を入れ、円卓の三人に手渡した。

上座からまずは、先程口を尖らせた加賀美だ。今年で四十二になる警視正で、いずれ女性初の警視総監の呼び声も高い女傑だ。観月にとっては省庁キャリアの上司というだけでなく、東大テニスサークルの遠い先輩でもある。

それから次席に座るのが、今年三十八歳になる増山秀美《ひでみ》だ。

「水戸のお土産です」

「おっ。サンキュー」

京大出身で増山も警視正だ。現在は本庁で、生安部生安総務課長を務めている。

最後が、二十八歳の山本玲愛《やまもとれあ》警視だ。現在は愛知県警察本部の警備総務課に出向中で、おそらく来年には異動になるだろう。

今のところは、遠方ということもあり、呑み会の開催は玲愛の都合が最優先される。

「はい。お土産」

「なんで今なんです？」

「あとで忘れると重いから」

「了解でぇす」

この三人に観月を加えた四人、カルテット《Quartette》が宴席のフルメンバーだ。

魔女の寄合の大島以下の五人、クインテット、カルテット、そしてアイス・クイーン。

〈Q〉はそもそも観月を示し、観月を取り巻く、タフで遣り手で抜け目が無く、多種多様にして男前な関係を示す。

「じゃ、始めようか」

加賀美の合図で料理が運ばれる。

和牛とアーモンドのサラダ、カニ肉と卵白のスープ、ハイビスカスソースの酢豚、広東《カントン》式ローストダック、フルーツジュレ、etc.

言葉として聞けば中華料理だが、なるほど、器といい、彩りといい、どこかフランス料理を彷彿《ほうふつ》とさせる様式美があった。

大人しく料理に舌鼓を打つだけなら、たしかにオヤジ呑みとは違う、優雅な女子会だったろう。

ワインで始まった酒がビールを挟み、紹興酒のフルボトルから甕《かめ》出しの老酒《ラオチュー》を干すまでに至らなければ、だ。

全員が恐ろしく酒に強い。それが妖怪で、茶会たる所以《ゆえん》だ。

――ごっさぁん。

チェックを済ませて店を出るとき、加賀美は決まってご陽気なオヤジと化している。

そのままこの夜もその後、二次会、三次会へと、場と時を移す。

三次会の個室居酒屋の掘り炬燵《ごたつ》で、玲愛が深い溜息をついた。

「んだよ。溜息なんかついて。折角の酒が不味《まず》くなるだろうが」

枡酒《ますざけ》を肘を上げて呑む加賀美が文句を言った。

「これだけ呑めば、もう本当に美味いも不味いもわかってます？」

玲愛も負けてはいない。言い返す。そんな根性も据わっていなければ、妖怪の茶会員の資格はない。

「ヌーベル・シノワ。良かったなあ」

どこか夢見る乙女の風情で、玲愛は配管剝き出しの天井を見上げた。

刈り上げで丸顔で丸眼鏡で、玲愛というキラキラネームにコンプレックスを持つようだが、本人は時々、知らぬ間に乙女の顔になる。

「ここだっていいじゃないか。なあ、秀美」

加賀美が振った。

「そうですね。このお袋の味コロッケもおでんも美味《おい》しいけど」

シレっと増山が言い、また玲愛が溜息をついた。

「真っ茶色」

「こらこら。真っ茶色言うな。ちゃんと揚がってるとかよく味が染みてるとか、言い方はあるだろうが。だいたい、自分で頼んだ目の前の手羽先はなんだ。それだって茶色だろうが。——ほら、観月。あんたはあんたで、人様の店で持ち込みの饅頭食わない。それで酒を呑まない」

「へぇい」

この辺りから会話はだんだん下世話になり、職場の内々の話にもなってゆく。

ブルー・ボックスが閉鎖中なのは全員が知っていた。一時的にだが機動隊が送り込まれたのは、本庁に勤務する増山だけが知っていた。なので全体的には、加賀美も玲愛も興味津々だった。

ひと通り話すと、

「そう言えば、成田の件だけど」

と、加賀美が枡酒を呑み干してから言った。そのまま外に向かってお代わりを注文する。

「ハマちゃんに聞いた」

ハマちゃんとは、組対特捜隊隊長の浜田健警視《はまだたけし》のことだ。加賀美と浜田隊長は同期だという。

この場合の成田とは、組対の東堂絆ではなく、主に東堂典明のことだ。

一命は取り留めたものの左腕を切断。

そこまでは知っていた。返せば、そこまでしか知らなかった。

「あ、東堂君の」

と、身を乗り出し気味に聞いたのは玲愛だ。学部こそ違え、東堂絆とは同じW大で同期になる。

「今日、ICUからHCUに移ったってさ」

加賀美の酒が運ばれてきた。ひと口呑んだ。

HCUはICUに次ぐ高度治療室だが、面会も出来る。戻ってきた命が強く香る場所だ。

東堂の話はそこまでだった。

ふと、観月は冬木の名前を口にした。ちょうどいい機会と捉えれば、加賀美達に聞いてみたかった。

「冬木？　ああ。そうね。聞いたことはあるわね。本当に、聞いた程度だけど。悪徳のデパートってさ」

とは加賀美の言だ。増山も頷く。

「私は知りませんよ。若いんで」

玲愛はわざわざ手を上げて強調し、わざわざ加賀美と増山に睨まれた。

「けど。そうね。捜四か」

加賀美が立膝で呟いた。

「あ。署長の若い頃って、捜四、まだあったんですか」

玲愛はときどき、こういうちょっかいを楽しむ女だ。

「五月蠅《うるさ》いわね。あったんだよ。ギリでね」

「ええっ。ギリですか？　嘘ぉっ」

ちっ、と加賀美は舌打ちした。

「ああ。そうだよ。普通にあったよ。けど、私だって直接には知らないわよ。警備局から麴町《こうじまち》署の交通課に出て、そのあとは管区に回ったから接点はないし」

「じゃあ、秀美さんは」

これを聞いたのは観月だ。

私も似たようなものよ、と増山は答えた。

「何？　監察として気になるの？」

「いえ。──まあ」

曖昧に答えた。

「まさか、えん罪とか、隠蔽とかの事件絡みに発展しちゃったりして」

玲愛が手羽先を口に入れた。

何気ないひと言だったが、場の空気が一瞬だけ強張《こわば》った。

「続きがあるなら、話しておきな」

加賀美が観月を促した。

「酒の肴《さかな》になるような話じゃないですけど」

「饅頭で呑むよりは味があると思うけどね」

冬木の妻の話をした。

会話に出てきた人物名を列記するように述べる。

直接会った水戸近在の四人と、電話で話したゼミの三人はさておき、残る芳名帳の人達。最大でも三十名強。

その内、気になるのは住所未記載の数人。特に杉本、そして、富成。

「芳名帳は見たんだな」

「はい」

観月が見る、見たということの意味を、加賀美は十二分に知る。

「警視庁内部の人事データベースに関しては、さすがにお前の部署の方が強いだろうけど、外の人間は犯罪者リストその他、こっちからのアクセスの方が早いだろう」

調べてみようか、と加賀美が言ってくれた。

「上っ面をなぞる程度かもしれないけど」

「お願いします」

「住所未記載の人名、送っときな。ああ、その前後に書いてある分も含めてな」

「前後ですか？」

「一緒に来たって可能性はあるだろう」

「なるほど。さすが、年のこ、う」

「なんだって」

「いえ」

この夜も結局この後カラオケに流れ、加賀美が倉木《くらき》麻衣《まい》を歌ってようやく、午前三時半にお開きになった。

四

二日後、日曜日の朝八時過ぎになった。

前夜というか、日付が変わるギリギリになって、全面的にストップしていたブルー・ボックス上階への、当面の搬入スペースと搬入経路が完成した。

もともと、一階の重量物スペースには不備はなかった。つまり、すべての搬入に対していつでもGOサインを出せる格好だ。

真紀が約束を守る以上に、工事の進捗が順調だった。第一ブロックのリニューアル工事は、前日土曜の午後には終了していた。

そのまま余勢を駆り、三階第一ブロックへの、駐車場からの動線も完成させた。誤って二階でリフトを降りても進入出来ないよう、二階一番リフト前にフラットパネルでの仮囲いを設置することを始めとし、C面前の駐車スペースから一番リフトまでの搬入も、単管パイプとパネルで屋根付きの専用通路を用意した。

C面ではD側、つまり表ゲートからの進入としては最奥になる一番シャッタだけを上階への搬入口に開放する。

そもそも、D面側外周スペースと裏ゲートは、工事車両の専用として確保するつもりだった。

そこで、工事と一般搬入を仕切る意味でも、この屋根付き専用通路の裏に背の高い屋外用工事フェンスも準備した。

この加工と設置が、深夜になって完成を見た。

この日曜の朝から、いよいよリニューアル工事は何に気兼ねすることもなく、三階第二ブロックから全体へと本格的に始まる。

その朝礼に、観月もブルー・ボックスの責任者として立ち会った。

D面側駐車スペースには大小のトラックやバンが三十台以上並び、警備事務所前にはヘルメットに腰バン、フルハーネスを付けた作業員がこれまでの比ではない人数で並んだ。

――これから作業を開始します。皆さん、くれぐれも手元足元に気を付けて。労災ゼロで。

ハンドメガホンで拡大された真紀の声も、これまでよりも締まっている。

――それでは今日も一日、ご安全に。

掛け声が周囲に響き渡り、余韻の中で作業員が一斉に動き出す。

朝に相応しく、見ていて気持ちのいいものだった。

〈ご安全に〉は観月には小さい頃から耳に馴染んだ言葉だ。日本では住友金属工業が始めたとされ、鉄鋼業界で広く使われるようになり、そこから一般化したという。

ＫＯＢＩＸ製鉄和歌山製鉄所の総炉長として、一流以上の鉄鋼マンだった父や、父の部下だった者達の口々からよく聞いた言葉だった。

その中の爺ちゃん、おっちゃん、とっちゃん、兄ちゃん、新ちゃんに川益《かわます》さん。

関口《せきぐち》の爺ちゃん、関口徳衛《とくえい》は海を渡った大陸で往生したと聞いた。遺髪も手にした。

新ちゃん、井辺新太はつい三週間ほど前、和歌浦に沈みゆく夕陽を浴びながら、観月の腕の中で死んだ。

そんなことを思えば、鼻の奥に甘い匂いが蘇《よみがえ》る。

杏仁《あんにん》。

つまり、磯部桃李。

（どうでもいいわ。あいつのことは）

観月は自分の頬を両手で挟むように軽く叩いた。

寄ってくる各業者が列を為すような真紀から離れ、二階に上がって総合管理室に回る。

牧瀬と時田がいた。仮眠室には馬場が眠る。

今朝方までに三階の安全チェックは終了し、引き続き二階のチェックに移る手筈になっていた。

こちらも順調だ。

「お早うございます」

牧瀬が淹《い》れてくれた緑茶を飲み、少し話をする。東堂典明の話もした。

「そうですか。それはよかった」

胸を撫で下ろすようにして、牧瀬が心底の笑みを見せた。

何か甘味を並べようとすると、ヘルメットに安全帯、安全靴姿の真紀が入ってきた。

カード・キーを預けてある以上、真紀もブルー・ボックスで自在だ。

それにしても、化学防護服の黄色と、真紀のジャンパーとスラックスの、コーポレート・カラーの赤。

総合管理室内に原色が、いつになく賑やかだ。

「一昨日《おととい》は、どう？　ずいぶん呑んだの」

入って応接のソファに座るなり、真紀はそんなことを聞いてきた。

昨日はどちらもブルー・ボックスにおらず、この日の朝イチは工事前で真紀がバタ付き、話が出来なかった。

「そうね。どのくらいがずいぶんかはわからないけど」

料理にしろ酒にしろ、取り敢えず皿数であったり本数であったり、あるいはおおよそのグラムであったり、リットルであったり――。

覚えていないわけではないが、あまり興味がない。細かく説明出来るのはデザートくらいだ。

「ふうん。酒量は加賀美さん以下、まあそんなもんかぁって感じだけど、甘い物はいつも通り胸焼けがしそうだわね」

牧瀬が真紀の分の緑茶も運び、そのまま観月の隣に座った。

それから、ちょうど係長と主任も揃っているということで、話は今後の確認になった。

時田はクアッドモニタ前の椅子に座って映像を確認しながら、耳だけを観月達の会話に傾けた。

膨大な作業を大量の労働力で、いかにスムーズに片付けてゆくか。

経験と技術には、コストが掛かる。

「でも、毎度ありぃ、なんて言わないわよ。仕事って需要と供給だから」

などと口では言いながらも、いつの間にか真紀は揉《も》み手《で》の姿勢だった。

「わかってる」

観月は頷き、顔を牧瀬に向けた。

「係長。聞いてた通りよ。明日からＯＫだって。地震翌日の搬入予定だった分以降、リストアップして順次連絡。来られるところから。ああ。中二階に高橋係長も来てたわよね。あっちにもそのことを伝えて」

「了解です」

それにしても、と横からヘルメット頭を傾け、口を挟んだのは真紀だ。

「くれぐれも言っとくけどさ。場内外周路と表裏のゲートは別にして、ブルー・ボックス自体の監視カメラは全体を弄《いじ》る関係上、暫くダウンするから。よろしくね」

「わかってる。ね、係長」

「ええ。体力気力は今のところ十分です」

そういうことだ。打ち合わせは出来ている。

搬入は再開するが、同時に場内の監視カメラがすべてダウンする。これは、新たなカメラの設置からすべてを新しくするためだが、その作業はほぼキャビネットの設置と並行で行われる。つまり、監視システムのリニューアルも、キャビネット工事が完了するまで掛かる計算だ。

第二、第三ブロックと工事が進み、二階に移っても、工事期間中は常に、搬入搬出には担当係員、つまりは観月を含む監察官室の誰かの目視での確認が必須だった。

ただし、この応急措置が必要になるのは内部の〈目〉に限ったことで、ブルー・ボックス建屋外のセンサーやカード・キーシステム等、不審者の〈侵入〉阻止に関するセキュリティには関係しない。

もちろん真紀が口にした通り、外周路やゲートの監視カメラ、警備体制にも、なんの変更も問題もない。

そんな話をさらに細かく詰めていると、

「管理官」

と、モニタ前で時田の声がした。珍しく慌てた感じだった。

「何」

「見てください」

呼ばれてソファを立ち、近寄って示されたモニタを見る。

表ゲート前に、サイケにもほどがあるミニクーパーが一台、停まっていた。

「うわ」

一目でわかった。手で目を覆ってみた。

誰が見ても大河原正平のコレクションだ。

警視庁の組対部長が、ひょっこりとブルー・ボックスにやってきた。

「エマージェンシーね」

観月の声で、牧瀬も時田も動き始め、釣られるように真紀もソファから腰を上げた。

それから、ものの十分後だった。

「やあ。ここがブルー・ボックスかい。聞きしに勝るってなあこのことだ。でけぇなあ」

受付を済ませ車を停め、すぐに一階の見学を開始した。

一階で翌日のための最終チェックを始めていた高橋が、大河原の姿に仰天し、頓狂な声を上げてその場を離れた。

「なんでぇ。鬼や蛇が出たわけでもあるめえし」

かえって大河原の方が苦笑いだ。

「そんなものでしょう。いきなり部長が現れたら、私も驚きます」

「ふうん。お前さんも、驚くことがあるんかい」

「ええ。見た目にはわからないとよく言われますが」

部長の見学とはいえ、二階以上は地震の影響をチェック中ということで見せない。見せている場合でもない。そのために案内は、観月が自ら買って出た。

「チェックね。ああ、聞いてるよ。本庁内にゃあ、警務部の参事官から通達が出てる」

「あ、参事官が」

有り難い話だ。

口煩《くちうるさ》いが、やはり露口は出来る男だということが身に染みた。

五

「げっ。そ、組対部長っ」

それから大河原を連れて一階の内部を一周し、外周もD面以外を歩く。それだけでも一キロメートル以上になった。

大河原がハンカチを出して額の汗を拭いた。この日は朝からいい天気だ。

A面とC面の角の辺りに、アウトドアのテーブルと椅子が二脚出されていた。見学中に準備するよう、総合管理室を出る前に時田に頼んでおいた。

テーブルの上に、冷茶とポットと、茶請けの和菓子が載っていた。

椅子に座り、大河原が二度目の苦笑いを見せた。

「なんかよ。言っちゃなんだが、少ぅしばかりしみったれてねえかい？　革張りのソファを出せとは言わねえがよ。——あれか？　経費節減かい？」

「いえいえ。よくご覧ください」

観月は全力で首を左右に振った。

「何を」

聞かれて和菓子を手で指し示す。

「虎屋《とらや》の最中、〈弥栄《やさか》〉です」

「だからなんだって？」

「小倉餡の最高級品ですよ」

「——なるほどな」

包みを破り、半分ほどを齧《かじ》る。

――たしかに美味《うめ》ぇや。

仏頂面だったが、これは間違いのない感想だ。

暫く、大河原は口中で〈弥栄〉を味わったようだ。

「で、こないだはなんだって」

「はい？」

「用事があって俺んとこ来て、別室に豆大福を置いてったんだろ」

「あ、そのためにわざわざ。すみません。こっちに忙殺されてました」

「なぁに。見学も兼ねてだ。ま、本当なら稼働してるとこを見たかったがな」

最中の残りを口に入れ、大河原は手を叩いた。

観月はもう何度目かの段ボール箱の話をした。冬木の話もだ。

大河原には隠すべきではないと判断した。経歴的にも、大河原は十五年前の捜四には何ら関係がなかった。

「ああ。それな」

難しい顔をする。

「遺物、と言ったとか。遺物と言うからには、何かご存じですか」

大河原は一瞬考えたように見えたが、次の瞬間にはもう頷いていた。

決断の速さは、良くも悪くも上に立つ者には不可欠だ。

「申し送りがあったんだ。代々の組対部長にな」

「申し送りですか」

「そうだ。俺だってよ。いや、俺に限らずかもしれねえが、就任に際してな、そんな申し送りさえなきゃ、誰かが誰かの責任で片付けてたかもしれねえ。捜四って書かれた収蔵品があるなんてのは、倉庫を歩けばわかることだ。少なくとも、誰もわからねえなんてことはねえ」

「それは」

たしかにその通りだろう。

「勝呂課長は捨ててってたって言ったろう。あながち間違いじゃねえんだ。だが、実際には捨てたわけじゃねえ。見て見ぬ振り、だな。これが正しい。いや、見てねえか。見たら、どうなってたかな」

大河原は自嘲気味に笑った。

「実際、中身についちゃ何も知らねえ。ああ。これはよ、その段ボールだけじゃねえぞ。捜四の名前《なめ》ぇで置きっ放しになってた全部のだ。だから今お前さんが言った段ボールに、そんな物が入ってたのも本当に初耳だ。嘘じゃねえよ」

「では——」

「俺だってよ。馬鹿じゃねえし。万が一危ねえもんでも入ってて、それを知ってたって
ことになりゃあ、なんかのときに責任問題になるってな、当たり前の話だ。だから申し
送りのまんま、頬《ほ》っ被《かむ》りした。見ねえ振り。中身は知らねえ。そのままだ」
「そのまま、とは」
「だから、そのままはそのままって。ああ。そっからだっけな。そう――触るな、と
な」
「触るな、ですか。誰から」
「そう。今となってはだが、聞いて驚け」
津山清忠《つやまきよただ》。
大河原は声を一段落とし、そんな名前を口にした。
津山は警視庁や警察庁で要職を歴任した警視監で、退官後はR大大学院にリスクマネ
ジメントの客員教授として招聘され、と同時に、都下K市では危機管理アドバイザーと
して顧問を務めたりした。
つい最近、ほぼ五月一杯までは。
「津山、清忠」
吐息に混ぜるように復唱し、観月は蒼天《そうてん》に視線を上げた。
警察庁長官官房審議官で上がりになったキャリアを脳裏で遡れば、たしか十四年前ま

での三年間、津山は警視庁刑事部の部長だった。

観月は視線を戻し、かすかに眉根を寄せた。

「〈トレーダー〉ですか」

〈トレーダー〉とは銃でもシャブでもC４爆薬でも、それこそ金になるものなら密輸品だろうが警察の押収品だろうが、どんな品物でも売買の俎上《そじょう》に載せる、ダークマーケットに存在した仲介屋のことだった。

闇社会の奥深くから伸びる触手の先で触るような売買には隙も手触りもなく、誰であるかは杳《よう》として知れなかった。

その正体が、津山清忠だった。

正確には数多《あまた》居る〈トレーダー〉の首魁にして金庫番が津山だった。

観月が捕らえた。

こちらも正確には、手柄を譲った中二階の高橋係長と、捜二の特捜八係が逮捕した。

その津山が、捜四の段ボールに触るなと言明した。

「冬木か。冬木ね。冬木、冬木っと」

茶請けの菓子のようにその名を連呼し、大河原は冷茶を飲み干した。

「まあ、津山の威光にブルって全部を捨て置きにしたってえのも、今となっちゃあ少しばかり癪ではあるしな」

自分でポットから冷茶のお代わりを注《そそ》ぎ、〈弥栄〉をもう一つ手に取った。

「だからってぇわけじゃねえが。お前さんも気になるかもしれねえ話をしようか。——たしか、うちの飛び道具がよ。その冬木って名に関連するかもしれねえ話をしてた。直接的な話じゃねえがな」

陽に翳《かざ》すようにして、封を切る。

「その飛び道具が、たまに飛んでく先でよ。まあ飛んでくったって西武池袋線に乗ってりゃつくんだがな」

「飛び道具。ああ、東堂君が」

〈弥栄〉を丸ごと口に入れ、ふぉうだ、と大河原は頷いた。

冷茶で飲み下し、腕を組む。

「ただよ。その飛び道具自体が、今ちょっと飛べねえくらい重いってぇか。まあ、本人にそんな自覚はねえみたいだが、暗いんでな。あんまり余計なことはよ、暫くは乗っけたくねえんだ」

今度は観月が頷いた。

わかる話だ。

——俺の孫に、何をする。

今剣聖、東堂典明は絆の絶体絶命を身を挺《てい》して庇《かば》い、左腕を失ったという。

そうして現在、ＩＣＵは脱したというが、未だＨＣＵで加療中だ。

立ち上がって大河原は、スラックスの尻を叩いた。

観月を見下ろす。

どこか楽しげに見えた。

「だからよ。丸ごとお前さんに預けてみるってのも手かと思ってよ」

「はあ。――えっ」

なるほど、そういうことか。

大河原はきっと、ただで動くような男ではない。しかも今日は日曜日だ。

意味も目的もあってきたということなのだろう。

本当に、警視庁には狐《きつね》も狸《たぬき》もうようよしている。

たとえ休日でも。

「一個飛ばしになるが、東堂の先を教えようか。お前さんなら繋がっても、東堂も文句はあるめえ」

「なんでしょうか」

聞くと大河原は、いくつかの説明を口にした。

「ま、多くは言わねえ。自分の目でたしかめろ」

愛車に向かい、歩き出しながら大河原は片手を振った。

「ただしよ。今すぐじゃねえ。相手の都合もあるしな。ただ、これからそっちに回る予定があったんだ。天気もいいしな。聞くだけは聞いてみるわ。予定はそれからだ」

そう言い残し、不可思議な色合いのミニクーパーで去っていった。

その大河原から連絡があったのは、工事も安全確認も順調に進み、今日のノルマが見え始めた夕方になってからだった。

――おう。さっき言った相手がよ、今、目の前にいるんだが、明日か明後日ならいいってよ。どうする。

「では、明日で」

――決まりだ。

明日だってよ、と電話口の外側に向かう大河原の声が聞こえた。

「その方は、冬木さんと繋がりのある人なんですか？」

――知らねえ。何も聞いてねえ。津山の段ボールと一緒だ。聞いたら繋がっちまう。これでも結構忙しい身の上でよ。だから聞かねえ。聞く気もねえ。

「よくわかりませんが」

――俺もわからねえ。ただ相手にはよ、冬木について知りたがってるのがいるって話しただけだ。そうしたら向こうが乗ってきた。それだけのことだ。

「それだけですか？」

――それだけだ。なんたって、それ以上は金が掛かる女だからよ。

よくはわからないが夕陽の中で、観月の明日の予定だけは決まった。

六

大河原が言った通り、翌日になって観月が向かった〈飛んでいく先〉は、西武池袋線の練馬高野台《たかのだい》だった。

駅から徒歩で約十分。石神井《しやくじい》川《がわ》と笹目《ささめ》通《どお》りの間に、目的地はあった。

マンション一階の、南側奥のテナント事務所。

社名が黒いシート文字で、ドアの磨《す》りガラスに貼られていた。

『(有)バグズハート』

元警視庁職員の白石幸男《しらいしゆきお》という男が作った会社らしい。

〈一寸の虫にも、五分の魂〉。社名に込められた意味はそんなところのようだ。

大河原は〈東堂の先〉と言ったが、この白石という男はどうやら警察学校で大河原と同期だった。東堂より大河原こそ直接の関係だ。

その辺のことは前日のうちにブルー・ボックスからでもアクセス出来る程度のデータベースで確認出来た。

そのバグズハートを大河原が〈東堂の先〉と称したのは、直接関係のあった社長の白石がすでに他界し、唯一の社員だった久保寺美和《くぼでらみわ》という女性が跡を継いだからだろう。

バグズハートには、2DKのリビングにPCを載せた事務デスク一つと簡単な応接セット、キャビネット、ロッカーとプリンター、ファミリー向けの冷蔵庫、それだけがあった。

それと、開け放たれた奥の六畳間にパイプベッドが一つ。

実に殺風景で質素な事務所だ。

「ああ。そこに座れば」

今、観月に応接のソファをなんとなく勧め、近くの自分のデスクで足を組み頬杖《ほおづえ》を突く格好なのが、白石幸男の後継者、現バグズハート社長の久保寺美和だった。

美和は赤いツナギを着た長身で、一六七センチの観月よりも少し大きい。聞けば一六八センチあるという。丸眼鏡にショートカット。その顔は、二十代前半と言われても信じるだろうが、実際には観月より一歳年上の三十四歳ということだった。シングルマザーで、今年で六歳になる年長さんの男の子が一人いるという。

一見童顔はまあお互い様だろうが、互いの第一印象はどうだったろう。

こちらも、もしかしたらお互い様だったかもしれないが、いい意味で、ではない。

一センチ、一歳、一人親、一子。

わずかな差ではあるが、すべて〈上を行かれる〉ようで、観月としては構えてしまう感じだった。美和もどう思ったのか本当のところはわからないが、一瞥《いちべつ》のまさにその瞬間、眉間に皺が寄ったのは間違いなかった。

「これ、どうぞ。美味しいですよ」

観月はまず、相手のいない応接テーブルの向こうに、虎屋の菓子折りを置く。最中の詰め合わせ上下段の二十四個入りだ。詰め合わせは六個入りからあるが、昨日のブルー・ボックスにはそれしかなかった。その代わり、二十四個入りなら五箱あった。

「美味しいって、自信たっぷりね。普通、つまらない物ですがとか、お口汚しにとか言わない？」

挑発、あるいはジャブの類だったかもしれないが、気にしない。特に甘味に関しては気にもならない。

美味い物は美味いからだ。それだけの量も種類も食してきている。

「でも、二十四個も入ってるんですよ。つまらない物なんて言われたら私は食べたくないし、実際につまらなかったら食べられないし。お口汚しって言っても、それこそお口が汚れるかどうかはその人の食べ方次第です。――久保寺さんは下手なんですか？」

左方、美和のデスクに顔を向ける。

細める目の見下すような視線を瞬《まばた》きなしで受け止めると、やがて美和がほっそりと笑った。

「いいわね。気に入ったわ」

「ならよかった。持ってきた甲斐《かい》があります」

「いいえ。甘味のことじゃないけど。あなた、変わってるわね」

「よく言われます」

「――やっぱり変わってるわ」

美和は椅子から立ち、冷蔵庫のある壁際に向かった。

ペットボトルを取り出し、グラスに緑茶を注ぎ、左右の手に持って戻った。

椅子ではなく、観月の対面のソファに座った。

左手のグラスを観月の前に置く。

「大して冷えてないけど」

美和は観月の目の前で紙包みを雑に破り、菓子折りを開けた。

一個を取り、箱をそのまま観月の方に押す。

「好きなの取って」

「――久保寺さんも、変わってますね」

「そう？　あまり聞いたことないけど」

「誰も言わないだけじゃないですかね」

にした。

「言われなきゃ聞こえないしね」
「早速ですけど、折角ですから」
三種類の最中の詰め合わせの内、紅白の梅を象《かたど》った〈御代《みよ》の春《はる》〉からこし餡の白を手
にした。
それから、流れに沿って話を始める。
地震によるブルー・ボックス内キャビネットの〈少し〉の倒壊。〈少し〉のリニュー
アル。その際に発見された〈少し〉の遺留品。
譲渡・返却のための〈少し〉の確認。庁内に於《お》ける、〈少し〉のたらい回し。
嘘も隠しもない。
ただ総量とタイムテーブルが〈少し〉違うだけ。
「ああ。そっちの〈御代の春〉の紅、白餡も美味しいですよ。――それで、久保寺さん
は」
「美和でいいわ。――私は一個で十分。て言うか、いきなり五個も食べられたら見てる
だけで胸焼けがしちゃう」
歳ですか、と言ってみたら無視された。
それで話を続けた。
「美和さんは冬木さんのこと、ご存じなんですか」

「そうねぇ」

美和はソファに深く沈み、足を組んだ。

「私も観月さんでいい？」

「どうぞ」

「観月さんはここがどういう会社か、大河原さんに聞いてるかしら」

頷いた。

――バグズハートってなあな。元公安外事第一課、ソトイチ白石が立ち上げた、清濁の狭間《はざま》で、人と人を繋いで、情報の売り買いを生業《なりわい》にする。そんな会社だ。お前さんも知っといて損はねえだろうぜ。

昨日、ブルー・ボックスの駐車場で、大河原はそんなことを口にした。説明でもあり、理由でもあったろう。

美和も頷いた。

「なら早いわね。――売るも買うも、情報はお金。うちはね、それで息をしている会社だから。だからそう、お近づき程度の話だけなら今日はサービス。最中も二十四個、現状十九個貰ったし」

冬木さんを直接知るわけじゃない。かつて、その部下だった人を何人か知るだけ。

美和はそう言った。

「それって、ソトイチ関係のですか？」

美和は答えなかった。

観月は脳内で、警視庁のデータベースからの依願退職者リストをスクロールした。

それにしても、古い資料には顔写真などの詳細はなく、古すぎると紙から電子に移行されておらず、資料そのものがない。

こういうことに、ハイテクは無情だ。様々なものが、軽重を真剣に吟味することなく切り捨てられてゆく。

観月はそんなハイテクとローテク、デジタルとアナログを繋ぐ存在としての自覚はあるが、そもそもの記録やデータ自体がなければ無力だ。

「その先は、知りたければ情報料が必要よ」

観月の超記憶をして、この件に関してはお手上げだった。尋ねるしかなかった。

「おいくらでしょう」

「そうね」

松竹梅。

甲乙丙丁。

十万円、百万円、一千万円。金以外、円以外。

必要な情報かどうかは曖昧だ。それでも買うか、買わないか。

当たるも八卦《はっけ》、当たらぬも八卦。

その代わり、折り合えばどこからでも誰からでも情報は売買される。

たとえば相手がクレムリンでも青瓦台《チョンワデ》でも、ガード下のホームレスでも。

たとえば場所がマイアミのビーチでも、ドナウ川の遊覧船でも、南京《ナンキン》のゴルフ場でも。

「なんだか、ワールドワイドですね」

前社長の財産よ、と言って美和は笑った。

「もっとも、社長は英語が出来なかったから、遣り取りは日本語オンリーだけど。私もね。それに、南京にいる人なんてもろに日本人だし。ま、これはあなたには、直接関係のない話だけど。――で、どうする？」

「出直しますか。私の懐だけだと、許容範囲は思いっきり狭いですから」

「それもありかもよ。――バーターで農園、手伝ってみる？」

「考えておきます」

観月は溜息混じりに首筋を叩いた。

「それにしても、マイアミにドナウに南京。私なんて海外に知り合いは、上海《シャンハイ》に何人かの日本人鉄鋼マンがいるくらいで」

ソファから腰を上げげつつ、自分の言葉でふと思い出す。

「そう言えば、美和さん。桂林《けいりん》にも、日本人のお知り合いっていませんか」

一瞬、塊のような空気が流れた。

「何、それ」

美和の声がいくぶん、今までより硬かった。

「いえ。日本人かもってだけですけど。聞いたものですから」

「誰から。誰が」

「聞いたのは、上海から帰ってきた鉄鋼マンにです。本人も少し前に亡くなりましたけど、そのさらに少し前に、その、桂林でいざこざがあって」

亡くなったようだ、と観月は続けた。

「詳しく話せる？」

あからさまに興味があるようだった。

「ある程度なら。憶測も交じりますけど」

「それでいい」

桂林の男は、どうやら関西から東京に出てきたヤクザの急所を握っていたらしい。ルートも内容もわからない。ただ、弟思いの関西の大物ヤクザはこのことを嫌い、とある男に桂林の男の事を持ち掛けたらしい。

結果、いざこざがあって桂林の男は桂林の奥地で谷底に落ちた。いや、投げ落とされた。

それにしてもはるかな大陸のことで、伝聞ばかりで、すべては曖昧だ。

けれど、

——おい、桃李。あいつぁ、なんて名だったっけ?

新ちゃんが言っていた。

「たしか、林芳《りんほう》、って名前でした。中国語より日本語の達者な人だったと。本当は日本人で、ヤクザじゃないかって」

「そう」

黙って聞いていた美和が下を向いた。

塊のような空気がさらに重く、淀むようだった。

動かない美和に一礼し、観月は外に向かった。

と——。

美和が口にする二人の男の名前が、観月の背を追ってきた。

振り返ると、美和が顔を上げていた。

「それって」

「情報料。知りたかったことを教えてくれたから」

美和は言って、菓子折りに手を伸ばした。取り上げたのは観月が勧めた、〈御代の春〉の紅だった。

「でも、勘違いしないで。冬木って課長のことは知らない。桂林で死んだ日本人を知ってるから」

「どういうことです？」

「そうねえ。答えてもいいけど。それを教えたら、情報料は別途掛かるわよ」

こちらも見ず言って、美和は最中をひと齧りした。

「じゃあ、いいです。では、とにかくお金が掛からないで聞かせてもらえる名前はそれくらいってことですね」

「そう。でも、決して安い情報じゃないわよ。それに、繋ぎも私がしてあげる。話が聞けるように」

「なるほど。それが桂林の対価」

美和は向こう向きに頷いた。

「私には、代え難いもの。得難いもの。ただし、口外は厳禁よ。私にとっての情報はお金でもあり、命でもあるから」

「了解です」

「理解が早くて助かる。――そうそう。対価にもう一つ、足してもいいわ」

美和はソファからデスクに動き、ＰＣのモニタを見つつ、メモ用紙に何かを書いた。

「こっちの名簿は見せられないし、このメモも見せるだけよ。あなたも書かない。覚えて。出来るんでしょ」

観月に向けて差し出す。

すぐにメモは丸められて捨てられた。

先程、美和が口にした二人の名前が漢字で書かれていた。住所もだ。一人は横浜で、一人は墨田区だった。

墨田区の方はどうやら、店のようだ。

「さっきも言ったけど、私は冬木って課長は知らない。もう死んじゃったその人の部下や、その名前を口にしたことがある人を少し知ってるだけ」

「死んじゃった部下？　じゃあ、その人が桂林の」

「別料金」

なるほど、なかなかにこの女社長は手強い。

今度こそ礼を言って外に出る。

「二人、ね」

一人は知らなかったが、情報の信憑性《しんぴょうせい》は疑いのないものだった。

紀藤雄三《きとうゆうぞう》。

杉本明。

なぜなら一人は、冬木の妻にも聞いた名前だったからだ。

第四章

一

次の朝、通勤の人波に乗るようにして、観月は横浜市の中区にいた。駅としてはＪＲ桜木町《さくらぎちょう》になる。

前夜、官舎に帰り着いた頃合いで、バグズハートの久保寺美和からメールが入った。紀藤とアポが取れたようだ。

さすがに民間企業というか、情報屋の社長だ。フットワークは軽い。

〈桜木町の喫茶店にＡＭ八時〉

有無を言わさぬ指示だったが、無理ならそう返すようにとの付記もあった。その場合は別の日時を確認することになるが、一日、二日のスパンでの調整は無理だという。

内容は気持ちがいいほどに簡潔だった。だから〈了解〉とだけ返した。

観月はちょうど七時に、桜木町の駅に着いた。

向かったのは西口駅前の、花咲町《はなさきちょう》の音楽通りから少し入った場所にある喫茶店だ。

昨今では駅東口に広がるみなとみらい地区に地域の中心を奪われた感があるが、西口駅前にはまだまだ古き良き昭和、あるいは港町の匂いがあった。

指定された〈純喫茶　アカシア〉も、レトロというよりはモダンな、佇まい自体が心地いい店だった。

古さは、心意気や想いで、良きものとして生き永らえるのだと知る。

掃除の行き届いた床や丹念に磨き込まれたカウンターや窓枠やテーブルに、かつては染み付いただけだったものが、馴染んで染み込んでいるようだ。

時間的にまだ少し早いようで客は一組もいなかったが、観月が待ち合わせだと告げると、マスターが無言で奥のテーブルを示した。

予約のプレートが置かれていた。

手回しのいいことだ。

折角なのでモーニングのAセットを頼んでみた。AもBもCも、卵料理の仕方が変わるだけで、Aはスクランブルエッグだ。

その他にはトーストとサラダ、ドリンクの構成になる。ドリンクでホットミルクを頼めるのが少しのオリジナリティか。

味にまで大きな期待をするわけではないが、久し振りに食べた分も加味すれば、美味かった。洗い物が無いのも、味の一部だ。

七時半を回る辺りから客が入り始め、なるほど八時の約束では、予約をしておかなければテーブル席には着けなかったかもしれない。

相手には土地勘がある、とそれだけで簡単に推測が出来た。

モーニングを片付けた後、観月は別にアメリカンを注文した。ミルクを少々、砂糖をたっぷりと入れる。

八時ちょうどに、待ち合わせの紀藤雄三はやってきた。

紀藤は六十絡みの男だった。半白の頭髪を七三に分け、一八〇はある肉厚の身体を、光沢のあるダブルのスーツに収めている。

四角い顔に、目も鼻も口も造作は大きい。

ひと言で言えば、貫禄《かんろく》があった。

「どうも。お待たせしましたか」

マスターにブレンドコーヒーを告げ、紀藤は真っ直ぐに寄ってきた。

観月も礼儀として、立ち上がって待った。

「初めまして」

低い声だったが、伸びがよかった。普段からよく、声を出しているのだろう。

とは、どういう職業の人間か。

差し出された名刺を受け取る。

〈アップタウン警備保障　横浜営業所長　紀藤雄三〉

コーポレートカラーの赤を全面に使った名刺に、墨色の文字でそう読めた。

「え。真紀のとこ」

予備知識がなかった分、思わず声になった。

「紀藤、雄三所長さん」

「ええ。親が加山《かやま》雄三の熱烈なファンだったようで」

「そうなんですか」

「もっとも、私はどうにも音痴で。歌は苦手です」

紀藤はそう言って苦笑した。空気が揺れるようだった。

なるほど、と思わせるさすがの威圧感だ。

アップタウン警備保障は、キング・ガードと業界を二分する最大手だ。早くから能力重視で信賞必罰を謳《うた》い文句にし、また、実践もしている。

年功や過去の実績にすがるだけでは所長にはなれない。ビジネスマンとしての顔も持ちながら、警備についてのソフトもハードも常に更新は必須だろう。

警察署長などというお飾りとは、似て非なるものだ。現実の最前線で指揮を執る、いうなれば自衛隊の師団長に近いか。

中でも紀藤は、横浜という国内でも重要だろうエリアを任されている。

ブレンドコーヒーが運ばれてきた。

互いに名刺を仕舞い、席に着いた。

「桜木町が最寄なもので、こちらにご足労頂きましたが」

たしかに、住所を見た限りそのようだ。

「小田垣管理官のことは、弊社の営業統括から聞いてますよ」

紀藤はコーヒーカップを取り上げた。

「あら？　どんな話でしょう」

「その前に。小田垣管理官、私とバグズのことは、どうか弊社の人間と関わるところではご内密に」

その先は言われなくともわかった。観月は黙って頷いた。

バグズハートとの繋がりは、いざというときの紀藤のルート、切り札のようだ。

逆に、そこまで言わせてはこちらの判断力や思考力が疑われかねない。

どこまで許容出来るか、させられるか。

第一印象の設定に、駆け引きは重要だ。

有り難うございます、と紀藤は丁寧に頭を下げた。

「もっとも、バグズとはですね。今回は異例です。こういうときはギブアンドテイクが基本なので、本来なら費用が発生するんです。逆もまた然《しか》りなので。今回もバグズの社長からは最低限、寸志でも出るところですが、私の方からお断りしました」

言ってから紀藤は、取り上げていたカップからコーヒーを啜《すす》った。

「おや。何故です？」

「魔女の、──失礼」

カップの向こうからわざとらしい咳払《せきばら》いが聞こえた。

「ご学友にして呑み仲間。営業統括からは、そんな話題では聞いたことがあります」

「へえ。あまりいい話ではないでしょうけど」

「細かくはご勘弁下さい。ただ、うちの営業統括をして一目も二目も置くという魔女、──失礼」

ふたたびの咳払いだ。今度の方が大きかった。

「あの人が認める才女に、お会いしてみたかった。簡単に言えばそんな興味、ですか。寸志をもらっては、興味に水を差す格好になりますので」

「本当に？　それだけですか」

紀藤は、真正面から観月を見た。挑み掛かるような光があった。

「これがいずれ、何かのご縁に繋がればとささやかに思わなくもないですが。それはまた別の話です。人の縁とは不思議なものですから」

さすがに、真紀の部下だけのことはある。なかなか食えない男のようだ。

「で、ご用の向きは」

カップを置き、紀藤は足を組んだ。

観月はすぐに冬木の話を始めた。

隠すことはここでもしない。美和は昨日、冬木の部下だったか、冬木の名を口にした人を知っていると言った。紀藤はそのどちらかだ。無関係では有り得ない。

「ほう。制服にオーバーコート、ですか。巨大倉庫も、いや、巨大倉庫だからこそ、なかなかに宝箱、というかビックリ箱だ」

話せることは話した。見せられる手札はすべて晒《さら》した格好だ。

「そうですか。冬木。人の口から聞くには、懐かしい名前だ」

リターンを待って黙っていると、紀藤は笑った。

「冬木とは、同期だったんですよ」

「同期?」

「ええ。警察学校の」

「――ああ。じゃあ、紀藤所長は元警察官なんですか」

「格好悪くて、あまり大きな声では言えませんが」

「どうしてですか」

「因果な商売だから、です。おわかりでは」

観月は肩を竦めた。

「早速ですが、紀藤所長は冬木課長の死そのものについて、あるいは背景について、何かご存じではありませんか」

「知りません。私は当時、捜査第三課だったもので」

「第三。盗犯ですか」

「ええ。その第四係長です」

第四係は、港区のある第一方面や第五、第六、第七方面の盗犯捜査を担当する。新橋や池袋、上野や浅草などの、いわゆる盗犯頻発地域を管轄する係だ。

係長なら、紀藤の階級は牧瀬と同じ警部ということになる。

「盗犯捜査というところは忙しい部署でして。少なくとも、犯罪の多くは盗犯ですから。手が回らない案件も正直出てきます。それが、あの男が部長になってから、課内が異常に厳しくなって」

「あの部長って、津山警視監」

「そうです。寝る間も惜しんで捜査捜査、検挙検挙の毎日でしたね。今じゃ考えられない。いや、今がいけないってわけじゃありませんが、異常でした。気がついたら女房子供は書き置き一枚でいなくなってたし、冬木は死んでました。私は、誰にも何も出来なかった」

そこまで言って、紀藤は口を閉じた。

言外を推し量るなら、なるほど、だから冬木の自殺については何も知らないし、因果な商売というわけか。

「それで、紀藤所長は警視庁を辞めたと」

「そうだと言ってしまえば面倒臭くないですがね。けれど、そこまでヤワな鍛え方じゃなかったですよ」

「なら、どうして」

「刑事部はどの課でもそうですが、対象に馴染むもんです。ああ、バグズの元社長がいた、公安も同じ穴の狢《むじな》ですがね。とにかく、私もそれなりには馴染みました。それで、ある日、三課長に呼び出されて部長室に。そこで、津山に直々に言われたんです。万が一にも、部下が処分されると自分達のキャリアにも関わる。天秤《てんびん》に掛ければ、今なら見逃してやる、依願退職にしてやると。忘れもしません。ま、私なりのプライドもありましたから、宥《なだ》め賺《すか》してくるくらいなら傲然と胸を張って突《つ》っ撥《ば》ねもしましたが、今なら見逃してやるって、あの言葉には恐れ入りました。それで醒《さ》めたんですよ。まったく醒めた」

だから、辞めたんです、と紀藤は続けた。

「そして、今の会社に拾われました」

以降は、大して中身のない話になった。

今現在の紀藤の業務の話、真紀の手腕の話、酒量の話、など。

「呑めない？　あの統括が？　それは初耳です。普段の様子から見れば蟒蛇《うわばみ》でもおかしくないですから。付き合う部下のことを考えて、敢えて呑まないだけかと思っていました」

「おっと。ではこの話はこちらからも、どうか御社の人間と関わるところではご内密に」

「了解しました」

それから別れ際になってふと、気になって尋ねてみた。

「所長は先程、冬木という名は、人の口から聞くには、懐かしいとおっしゃいましたね」

「言いましたか？」

「ええ」

「――ああ。そう言えば、桁外れに記憶力がいい人だと、たしか統括が言ってましたっけ」

「人の口と言うからには、ご自分ではいかがです？」

「そう。命日くらいは覚えています。ときにアルバムを開くとか、手を合わせるとかは」

「それでしたら」

立ち上がり、

「命日に、花でも送ったらいかがでしょう。ああ。そうだ。富成洋三郎という名の人物に、心当たりはありませんか？」

「いいえ、知りませんが」

「では、杉本明さんは」

「杉本。ああ、元冬木の部下の。ええ、知っています。今は錦糸町のバーのマスターですか」

「バー。そうなんですか」

紀藤は小さく頷いた。

「店にも何度か顔を出したことはありますが、このところは全然です。忙しくて。今を必死に生きるとは、昔を割り切ることなのかもしれませんね。――でも、命日に花、ですか。忙しくとも。そう、花」

紀藤は考えるようだった。

「ええ。杉本さんは毎年命日に顔を出されるそうですが、杉本さんに限らず、それだけでなく、月命日、祥月命日。冬木家の仏間は、花の香りで満たされるそうです。特に――」

青と白の、一杯の竜胆。

そう言って観月は立ち上がった。

「その、富成洋三郎という人がいつも送ってくるそうです」

「そうですか。気づかなかった。花か。いいですね。実にいいアイデアだ。――ではお礼に」

テーブルに置かれた伝票を引き寄せ、これはこちらで、と言う紀藤に、素直に観月は頭を下げた。

二

翌日の昼下がりだった。

交差点の歩行者信号が青になったところで、観月の携帯が振動した。

牧瀬からだった。

観月は歩きながら連絡を受けた。

――会ってきました。俺はもう外に出てきましたけど。なんなんすかね。あのオヤジは。

牧瀬が吐き捨てるように言うあのオヤジとは、東京拘置所に勾留中の津山清忠のことだ。

〈捜四の収蔵段ボールで、あなたが触るなと組対部長に厳命した品々について〉

そんなことを問う面会を牧瀬に頼んだ。

ブルー・ボックスのリニューアル工事は本格的に始まり、一旦停止していた収蔵予定品の搬入も第一ブロックを開放し、月曜から順次始まった。

〈復旧〉という意味ではすべてにおいて順調だったが、一時的にブルー・ボックス担当課員の負担は激増した。工事自体はアップタウンの真紀と工事主任に丸投げだったが、一階の全部と三階の第一ブロックへの搬入と同時に、担当課員には化学防護服での、二階全体の安全確認作業が付加された。

付加はただ負担で、巨大な分だけまだまだ先は見えなかった。

三階の確認作業は五日強で終わったが、それは初動に二十人を超える機動隊が投入されたことが大きく、一時閉鎖期間に担当課員全員でチェック作業に集中出来たこともある。

交代で〈出勤〉ではなく、どちらかといえば交代で〈帰宅〉といった状態なのは間違いのないところだ。

それでも帰宅出来ている分、観月としては最劣悪な〈ブラック〉ではないつもりだが、どうやら牧瀬一人は係長の責任からか、ブルー・ボックスに住み込みの状態を続けているようだった。各担当の交代時には、さっき出てきたばかりだと言いながら、牧瀬はその実、ブルー・ボックスに居続けだ。

気が付いたのは観月だった。牧瀬の愛車を返したとき、観月が停めたA面側の駐車スペースから、以降一ミリも動くことなくそのままだったからだ。念のため、こっそりキーを持ち出してエンジンを掛けてみたが、返したときのままにエンプティーランプが点灯した。

そうなると、部下の気分転換は上司の務めだ。

それが東京拘置所に別件で拘留中の被疑者への面会でいいのかどうかはこの際さておくとして、牧瀬に任せた。

——ふん。答えたとして、私になんのメリットがあるというのだ。

パイプ椅子に踏ん反り返り、そんなひと言から面会は始まったらしい。

——それでも、言われた通り売店で甘い物も買いましたしね。低姿勢で我慢してたら、ポツポツとは話してくれました。勾留中には差し入れと、向こうの言い分を下手《したて》に出つつ、へぇへぇって聞く人間は有り難いんでしょうね。しかも尊大に生きてきたからでしょうか、弁護士の接見以外、面会は俺が初めてだそうです。

「へえ。まあ、自分を見詰め直すいい機会ね」

――どうでしょう。

牧瀬は電話の向こうで、たぶん笑った。苦笑いだ。

〈特に冬木の何を隠したいとか、そういうわけではない。死んだからな。一時は気が気ではなかったが、死ねば皆仏というのが日本のルールだ。後のことはどうとでも出来ると、胸を撫で下ろしたものだ。

ただ、組対への再編が目の前だった。その他にまた得体の知れない何かが出てくる、または何が出てくるかわからないという状況が嫌だった。

冬木の段ボールは覚えている。だが、冬木に限ったことではない。捜四の封の下に、なん箱もの段ボールを倉庫の奥に押し込んだ。押し込めと私が最初に命じたのが、冬木だったのだ。

生き馬の目を抜くのがキャリアの競争だからな。目を抜くのが目的と言い換えてもいい。私は、そんな競争の只中にいた。刑事部長の席すら双六《すごろく》の上がりではない。捜四までは私の範疇《はんちゅう》だが、組対になってからは私の権限ではどうにもならない。当時の予測では、初代の組対部長は私と常に上席を争う男の後輩だったし、実際にもそうなった。

――組対に移されてゆく諸々から、私の不利となる埃、匂い、そんなものが立つことはなんとしても避けなければならなかった。些細な瑕疵《かし》でも、組対に持っていかれてからでは、向こうはなんとでも理由は付けられるだろうが、こちらとしてはどうにも出来ないからだ。

最初は、何故こんな変革が私の代でと、時期を呪ったものだ。だが、考えようによってはいいタイミングでもあった。待ったなしのわずかな機会ではあったがな。

それで、冬木に大掃除を命じたのだ。判断が難しい物品は捜四の箱に詰め、倉庫や資料室にすぐには見つからないように押し込めろと命じた。部下の不祥事、不始末も同じだ。そう。言葉としてはだな。

今のうちだ。物は奥にしまい込め、人は遠くに切り捨てろ、と言ったかもしれん。

最初は忠実に、粛々とこなしていたはずだ。だがそのうちには、こともあろうにあいつ自身がヤクザとの癒着を疑われ、悪事の見本市のようになり、最後にはすべてを放り出し、身勝手にも私になんの断りも詫びもなく死んだ。——こちらとしては、いい迷惑だった。迷惑ついでに、あることないこと、あるいは人をあげつらった〈何か〉でもな、あいつが万が一にも残していたら、組対の新部長の手前もある。取り返しがつかない事態にもなりかねなかった。私は、それを恐れた。人生と、昇進が懸かっているのだ。

だから、取り敢えずあいつの身の回りの物は手当たり次第に段ボールに押し込んで、地下の倉庫の奥に捨てた。他にも色々、面倒臭そうな物は〈捜四〉の箱に詰め、触るなという私の厳命と共に、他の部下に倉庫に押し込ませた。

それがまさかよりによって、冬木に捨てさせた物ではなく、私が捨てた冬木の物がまた、陽の目を見るとはな。死んでまで何を言いたいのやら。——まあ、何が出てきたところで最早《もはや》、驚くものではないし、万が一で押し込んだだけだからな。何も出てきはしないのが普通だが。

清も濁も併せ呑む。それが上に立つ者の務めなのだ。呑んだものを選《よ》り分け、清を無視し、濁のみを抜き出して蔑《さげす》み、貶《おとし》めようとすることは許さないし、許されるべきでもない。

と、堂々と口に出来るのは、力を持つ者だけの特権だがな。

もちろん、言っておくが、私は当時、警察庁キャリアとしての尊厳を汚すことは何もしていない。当然のことばかりだ。何が当然かは、キャリアではないお前などに言っても、理解すら出来ないだろうがな。キャリアには、キャリアの、正義も分別もあるのだ〉

そんなことを言っていたらしい。これが内容のすべてで、これで終わりだった。

——キャリアキャリアって、煩かったですけど。キャリアってなんすかね。

「お金持ち。家柄持ち。プライド持ち。学歴持ち。癇癪《かんしやく》持ち。野望持ち。成人病持ち。その予備軍。根性なし。体力なし。気力なし。大望なし。そんな辺りを坩堝《るつぼ》で掻き混ぜて、上がってきた上澄み、かな」

——はあ。上澄みですか。

「そう。広くて浅くて、薄っぺら。でも上手《うま》く使えば、全部の味はするはずなのよね」

——あの。管理官も、監察官もってことですか？

「そうよ。上手く使いなさい」——

——努力します。

それで、観月は通話を終えた。目的の場所に到着したからだ。

「ここ、か」

錦糸町の路地裏にある、小さな店の前に観月は立った。

住所と共に、昨日のうちに美和からメールがあった。

〈今日は定休日。明日、午後一時半ならＯＫ。過ぎると、客の有無によっては閉店も有り〉

店の間口は四間ほどで、壁は薄汚れて苔《こけ》の生えたコンクリートのようだった。ど真ん中にアルミ製のドア一枚で、左右には採光用の小さな窓が二つずつある程度だ。

一見さんお断り、という匂いが芬々《ふんぷん》と感じられた。

店の名はドアの上に、電極の部分が割れて垂れ下がった着色ブルーのネオン管があり、それでかろうじて読めた。

〈Ｂａｒ　ストレイドッグ〉

野良犬のことだと、観月は認識していた。

扉を開けると、錆《さ》びたようなカウベルが鳴った。

それから、ゆったりとしたジャズの音色とかすかな紫煙が、狭霧《さぎり》のように外に流れた。

足を踏み入れ、観月はひと渡りを見回した。

薄暗い店内は、思ったよりは奥に長く広かった。

入ってすぐの外光が入る辺りには、左右にそれぞれ四人掛けの丸テーブルが四卓ずつ数えられた。どちらの側も、三卓には舐《な》めるように昼酒を呑む男性客が座っていた。中には複数人の卓もあった。

酒にか、暖かな外光にか、目を細めているのが見て取れた。

観月が入店すると、全員が視線を向けてきた。

その内の、観月から一番遠い左手の席に一人で座る男性が印象的だった。

〈三つ揃え〉という言葉が相応しい、濃紺のクラシカルスーツに身を包んだ、七十絡みの老人だった。ほぼ同色のボルサリーノを被り、観月と目が合うとハットの縁《へり》に手を掛けて傾けた。

「やあ。いいお日和で」

気障《きざ》な仕草だが、似合っていた。

その老人の座る椅子だけが外光に鈍く光っていた。テーブルの向こう側に隠れて全容は不明だが、おそらく車椅子のようだった。

客のいるすべてのテーブルには灰皿が置かれ、立ち上る紫煙が多くあった。ボルサリーノの老人はシガーだった。

煙草《タバコ》と昼酒と——。

錦糸町ならではか。

奥は右手の壁側がバーカウンターとスツールになっていて、左側にはショット用のカウンターテーブルが十台程度置かれていた。程度というのは、二台ほどが倒れたままで、一台が逆さまになっていたからだ。

掃除や整頓は、お世辞にも行き届いているとは言い難かった。

最奥に設置され、この店内には不釣り合いな感じのする二台のダーツマシンも、気のせいではなく両方とも傾いているように見えた。

奥に並ぶカウンターテーブルも、六割が埋まっていた。つまり、立っているテーブルの空きは一台だった。

全員が灰皿を前に、テーブルに寄り掛かるようにして酒を呑んでいた。年齢層はそれぞれ四十代から、おそらく六十過ぎまでバラバラだが、男性ばかりだ。大陸系に見える男も二、三人いた。そういう土地柄か。

六十過ぎに見える一人は、作務衣《さむえ》を着てコップ酒を傾けていた。あとは服装も風貌の印象も、とにかくバラバラだった。

ただ共通なのは全員が男で、全員のテーブルに灰皿があることだけだった。六人中四人が現在進行形で煙草を吸っていた。

店内の客は、合計で十五人を数えた。繁盛している、と言っていいのだろうが、活気には乏しかった。

流れるジャズは、マイルス・デイビスか。

テーブルの間を奥に進み、誰もいないバーカウンターに手を掛け、スツールに座った。

観月が近くを通り過ぎても、声を掛けてくる者は一人もいなかった。ただ、不躾《ぶしつけ》な酔眼の気配だけが多くあった。

「いらっしゃい」

バーカウンターの内側から、酒焼けのテノールが観月を迎えた。

高いカウンターの内側には、少し茶の掛かった髪をヘア・ワックスでオールバックに固めたバーテンらしき男がいて丸椅子に座り、くわえ煙草で新聞を読んでいた。

新聞は、コンビニでも買える競馬新聞だ。

年齢は五十に届くか。尖った鼻に薄い唇に無精髭の風貌は、どこかJ分室の猿丸警部補に似ている。

バーテンの第一印象はそれだった。

いや、観月が思う世のバーテンダーというもののステレオタイプの印象に、猿丸が似ているだけなのかもしれない。

「あの、ちょっと聞きたいんですけど」

スツールに腰掛けると、少し見下ろす位置関係になった。

下から男が一瞥をくれた。

「何か頼めよ」

「えっ」

「座ったら客だ。客なら何か頼めよ」

「ああ。じゃあ、何か甘い物はありますか」

「カクテルってことか」

「忘れてください。えっと。じゃあ、ハイボール、のウイスキー抜きで」

「なんだ。ただの炭酸水かよ。お子様だな」

少しムカついた。

喜と哀にバイアスが掛かって表情を作ることは苦手だが、嫌な奴を嫌だと認識することは大いに得意だ。

「あら。炭酸水だって、頼んだ以上はお客でしょ。お嬢様、くらいのお世辞は言えないものですか」

「おやおや。可愛らしい顔してる割りに、口の減らねえ、みみっちいお嬢様だ」

煙草を揉み消し、立ち上がった。

アンダーカウンターにグラスを置き、製氷機からクラッシュアイスを出して入れ、炭酸水を注ぐ。

手際はそれなりで、悪くなかった。

「ここで待ち合わせなんですけど、誰か来ませんでした？」

「名前は？」

「杉本」

「俺のじゃねえ。あんたの名前だ」

「小田垣観月。――って、ちょっと」

少し意表を突かれた感じだった。

バーテンが顔を上げた。

「そう。杉本は俺だよ。たしかに久保寺、いや、バグズの社長から、あんたが来るって話は聞いてる」

手際は悪くないが、このバーテン、いや、杉本明は、やはり少しむかつく男だった。

「そうですか。一応、聞いてはいるんですね」

「ああ。聞いてるが、こんなに目の赤ぇ《あけ》女だとは知らなかったな。髪はボサボサだしよ」

「えっ」

「徹夜でもしたかい。もっとも、男関係じゃねえのはわかるぜ。もっとこう、重労働系だ。そういった意味じゃ男関係、いや、男勝り関係ってか」

口の端の無精髭がかすかに動いた。

苦笑、冷笑。

やはり全体として、猿丸に似ていた。

人によっては端整だと映るかもしれない。それをわかっているような態度もよく似ている。

少々むかつくところもだ。

なら、扱いも猿丸と同様でいいだろう。

「全然面白くないんだけど」

「どっちがだい？　その面も面白くねえがな。ちったぁ笑えねえのかい」

「出来るわよ」

口角を上げ、目を細め、小首を傾《かし》げて見せた。

一瞬の間は、なんだったろうか。

「ふん。今度はこっちが面白くねえや」

大振りのグラスに注がれた炭酸水が、カウンターの上に無造作に置かれた。

三

「で、なんの用だ」

次の煙草に火をつけ、座り、杉本はまた競馬新聞に目を落とした。

冬木の話をした。

隠すことは当然、ここでもしない。前日の紀藤に話したのと、寸分違《たが》わぬ内容だ。

久保寺美和から横並びで教えられた二人だ。まったく同じ内容に対する反応の違いと度合い。その差を見比べる。

「けっ。巨大倉庫ってなぁ、オモチャ箱かよ。ひっくり返して喜ぶなぁ、ガキんちょだけだぜ。ひっくり返して喜んで、最後にゃあ叱られるってな」

新聞を捨てるように置き、杉本はそんなことを言った。

この辺の反応は、大きくは紀藤とは違わない。濃淡、深浅、遠近、強弱、そんな程度だ。

「それにしても、冬木課長かよ。へへっ。懐かしい名前だ」

話し終えて反応を待っていると、杉本は紫煙を吹き上げ、そう言って笑った。

先程より、ずいぶん熱の感じられる笑いだった。

遠くを思う心、思い出。

それが熱量の源か。

「バグズの社長から、俺のことは聞いてんのかい?」

「いえ。ただ、警察関係だと冬木さんの奥さんからは聞いたわ。それで一応、庁内の経歴はこっちで押さえた」

警視庁刑事部捜査第四課三係、巡査部長。それが杉本が依願退職したときの、最終的な経歴で、それ以外の目ぼしい記載はデータベースには何もなかった。

それで伝手を探り、捜一第二強行犯捜査第一係長の真部利通《まなべとしみち》警部に連絡を入れ、それとなく聞いてみた。

真部はJ分室の分室長、つまり小日向純也が大嫌いだと公言して憚《はばか》らない男だ。その後輩にして、純也がどうも苦手にしているのが観月だと知ってから、受けはいい。

――ああ。捜四のはぐれ者の。

ちょうど担当案件の捜査本部が目出度《めでた》く解散したばかりで、時間に余裕があったようだ。色々教えてくれた。

ただし内容は、あまり輝かしくも芳しくもないものばかりだ。

上野や新宿の盛り場で無許可の店に、ヤクザ紛いの上納金をせびった、とか。

素人、玄人問わず、何人もの女を取っ換え引っ換えにして、しかも泣かせたとか、堕《お》ろさせたとか、訴えられたとか。

沖田組三次の万力会《まんりきかい》と蜜月で、庁内の情報をリークしていた、とか。

最後は行き詰まって辞表を出した、とか。

真偽のほどは、どれも定かではない。

「――ま、知ってるなら話は早えが、なんにせよ、格好悪ぃ話だ」

「因果な商売、だから？」

「なんだよ。それ」

「最近聞いたの。似たような話」

紀藤のことだ。

――今なら見逃してやるって、あの言葉には恐れ入りました。それで醒めたんですよ。まったく醒めた。だから、辞めたんです。

そう言っていた。

「ああ。盗犯の係長か」

「ここにも何度か来たって」

「昔はな。近頃はとんとご無沙汰だ。どっかの警備会社で偉くなったたって？　偉くなるほど忙しい。民間の会社ってなあ、そんなもんだろ。どっかみてぇに因果な商売じゃねえが、その分、因業《いんごう》だ」

「あら？　なんの哲学？」

「なぁに。愚痴の類、世迷言《よまいごと》だ」

「ふうん」

観月は炭酸水のグラスに口を付けた。

杉本が煙草を吸った。

特に何も変化はなかった。平然としたものだ。

それにしても、杉本が依願退職したのは、捜査第四課に配属になって四年目のことで、冬木が課長になっておよそ半年後のことだった。欠かさず命日に顔を出すほどの関係とは思われない。しかも、冬木が癒着を疑われた辰門会と、杉本が蜜月だと噂される万力会の上の上、竜神会は日本を分けるほどの敵対組織だ。

どちらかと言えば、紀藤の話と直前に牧瀬から聞いたばかりの津山の話を掛け合わせれば、想起される事態がある。

津山の意を受けた冬木によって、遠くに切り捨てられた、と考えた方がしっくりくる。

切羽詰まった状況を依願退職で収め、満額の退職金もくれたことを恩義に感じて、とか。

グラス越しにそんな辺りを聞いてみた。

すると杉本は睨むような目になった後、

「そんな小っちぇえ話じゃねえ」

と強く言い切った。

「人の付き合いとかはよ、色々あるだろ。四面楚歌《しめんそか》ってぇのか？　課長はよ、最後まで俺を庇ってくれたっけ。いや、信じてくれたんだ。ただ一人な。後で思えば、同じ穴の狢だからってことかもしんねえけど、そんときゃあ、堪《たま》んなかった。だから、辞めたんだ」

「何を？」

「警察をだよ」

「じゃあ、全部事実だったとか」

杉本は肩を竦めた。

冷蔵庫から缶ビールを取り出し、プルタブを引いた。音がした。

「あんた、監察だっけな」

「ええ」

「役職は？」

「管理官」

「なんだ。キャリア様かよ。へっ。道理でな」

杉本は鼻で笑った。

「何？　生意気だとでも？」

「表情が動かねえのは、頭ン中が文字と数字で一杯だからかなってな。ドライってえのか？　あんまり好きじゃねえ」

言って、乱暴に缶に口を付けた。傾けて流し込んだ。

「ま、俺のことは措いとくとしてよ。監察そのものが悪いとは言わねえ。自浄ってのか。獅子《しし》身中の虫ってのはどこにもいるからな。虫下しは必要だ」

「あら。私は下剤？」

「そうなるな。へへっ。バグズハート、虫の心臓から連絡があったかと思ったら、虫下しが来やがったってなあ、笑えねえが笑っちまった」

杉本の笑いに、別の笑いがついて来た。

観月はスツールから振り返った。

作務衣の男が、こちらを見て笑っていた。

「どなたです？」

杉本に聞いた。常連、そう言った。

「まあ、他のもみんな常連だがよ。国もいろいろ、商売もいろいろ。それにしたってこんな時間から呑んでる連中だ。どいつもこいつも、真っ当じゃねえがなあ」

「おいおい。家主を捕まえて、ずいぶんじゃないかい。——おかわり」

思ったより張りのある声だった。

作務衣の男は、空のコップをカウンターに置いた。

「家主？　この建物の？」

観月が問えば、

「ああ。そうだ」

杉本が酒を注ぎながら答えた。

「初めまして」

笠松《かさまつ》です、と作務衣の男は目を細めた。

入口付近のテーブルや、手近なカウンターテーブルから次々に注文の声が掛かった。

「けっ。全員、場違いな女に気ぃ使って、空のグラスを弄《もてあそ》んでたってかい」

杉本はカウンターを出て、各テーブルから空のグラスを回収した。

「このおっさんは、この近辺でいくつか飲食の店をやってんだ」

カウンター内に戻り、製氷機からアイススコップで氷を掬《すく》い取る。

「調べりゃすぐわかっちまうことだから言っとくが、地元の顔だ。顔ってことは地回りのヤクザだ。ただの呑んべえじゃねえんだぜ」

杉本がカウンターに置いたコップを、笠松が自分で取った。

「誰が呑んべえだ。お前ほどじゃない」

「さて、どうだか。ま、何軒かやり、何軒かは潰す程度には呑んべえだってな」

「ま、違いはないな」

「ヤクザ、ですか。笠松――」

呟くだけで超記憶は始動し、ひも解く。観月の脳内にある名前だった。

「そう。もう引退しましたけどね。笠松義男《よしお》って言っても、お若い管理官さんにはどうでしょう。おわかりかな」

「ええ」

観月は頷いた。

「私が入庁した年にはまだ現役で、詳細な記録がありました」

杉本が蜜月を疑われた万力会の元会長。十年ほど前に引退。そうしてこの年、沖田組の消滅に伴って、組自体が消滅。

杉本が注文のあった客にそれぞれの酒を出し、カウンターに戻った。

手際同様、それなりには働くようだ。

「そんなおっさんだよ。俺には古い馴染みだ」

言いながらまた、煙草に火をつけた。

「そんな伝手で、警視庁を辞めてからここを借りた。もうすぐ、二十年にはなるかな」

「古い話だ」

笠松はコップ酒を舐めた。

「ああ。古いな」

杉本は缶ビールを呷《あお》った。

どうして、冬木課長は死んだのでしょう。

二人の真ん中に疑問を投げてみた。

知らねえよ。

答えは杉本からで、素っ気なかった。

「それこそ、一緒に働いてたなあ半年だ。そのズンと後のことまでは知らねえ」

観月の正面、カウンターの中から杉本が言った。

「そう」

「管理官さん。私も商売柄、冬木課長は知ってますがね。なかなか気骨のある、いい警官だったと思いますよ。悪さをしたかどうかは、私らにとっちゃ別の話です。間違いなく、いい警官だった。手強かったと、そう言い換えてもいい」

背後、カウンターテーブルの方から笠松が言った。

それがどうして、死なんか選んだんですかねエ。

そうも言った。

「葬式には、やくざ者なんぞが顔を出せるわけもなく。私は心ん中で手を合わせました。

けど、それしか出来なかった後悔は、今もありますねエ」

「まあ、なんでもいいじゃねえか」

杉本が新しい炭酸水をくれた。

「なんにせよ、死んだ人のあれこれをほじくるのは、いい趣味とは言えねえな」

「趣味じゃないわ」

「じゃあ、なんだよ」

監察だから、と観月は言い切った。

「監察は、切るだけじゃないから」

「ふん。信賞必罰ってか」

「そんな当たり前のことじゃない」

「じゃあ、なんだってんだ」

「その人の生き方や生き様に、道をつけること。道を示すこと。それが場合に依っては諫《いさ》めることにもなり、場合に依っては後押しをすることにもなる」

話している間に、杉本は次の缶ビールを開けた。

苦い顔をしていた。

「言うだけなら誰にでも出来る。たとえば、俺にもよ」

なおも言い募ろうとすると、観月の携帯が振動した。

馬場からだった。

――管理官。野方《のがた》署が署長直々に来てて、表ゲートのところで文句を言ってます。いつまで待たせるんだって。

「うわ。キンタロウね」

大谷金太郎《おおたにきんたろう》は、現在野方署の署長にして、観月とは同期入庁になる。京大卒で、何故か観月をライバル視、いや、目の敵にする男だ。

――主任は、野方の五件前の搬入に立ち会ってて中ですし、係長はまだ戻ってないし。

下も今日は高橋係長が休みで。

中二階の高橋が休みなのは聞いていた。牧瀬班では牧瀬自身は東京拘置所に行っていて森島は夕方からのシフトだった。

――今の物件が、運び込みが多いのに一人で来たみたいで、まだ手間取ってます。その後に待たせてるのが四件です。

「どのくらい待たせる感じ？」

――予定よりすでに一時間で、この後二時間はたっぷり。

「すぐに戻る」

炭酸水を飲み干し、料金をカウンターに置いてスツールを降りると、杉本がおい、と声を掛けてきた。

「ストレイドッグ。わかるかい？」

野良犬、と答えた。

「そうだな。けどそれだけじゃねえ。捨て犬、迷い犬。そんな意味もあるんだぜ。色んな意味があるんだ」

「何？」

「また来いよ。また来て、そんでまた来て、そうすりゃ、いつかは納得するかもな」

杉本は手に持ったビール缶を掲げた。

「バグズの社長からは、本人の呑み代が情報料って聞いた。これっぱかりじゃ、これくれえの話しか出来ねえ」

ああ。そういうことか。

「また来ます」

「ああ。いいね」

笠松がまた、空のコップをカウンターに置いた。なるほど。なかなかにいい調子で、いい感じに呑んべえだ。

「またおいで。情報料ですか。どれ、次は私が奢《おご》りますよ」

そんなことを口にした。

ふと、紀藤との会話を思い出した。

まったく同じ内容に対する、反応の違いと度合い。

「後悔がおありなら、杉本さんみたいに直接は行かないまでも、せめてご自分の名前で、花でも送ってみたらいかがでしょう？」

富成洋三郎という男が送る、青と白の竜胆。

杉本が大きく紫煙を吹き上げた。天井に届くほどだ。

「馬鹿言っちゃいけない」

笠松が笑いながら、首を左右に振った。

「ヤクザがヤクザの名前で、真っ当なとこに花なんざ送れませんや。だから、ヤクザなんです。引退しようと、何をしようと」

「そうですか」

「そういうものです」

「差し出たことを言いました」

観月は頭を下げ、ストレイドッグを後にした。

四

木曜日は先に本庁内で事務処理をこなし、それから観月はブルー・ボックスに回った。

作業は、一番手薄な搬入で前日のように滞留が起きることはあったが、おおむね順調だった。

ただ、住み込みの牧瀬にははっきりとした疲れが見えた。

ちょうど、通販で買った堺八百源《さかいやおげん》の〈肉桂餅《にっきもち》〉が届いた。

〈肉桂餅〉は、こし餡を肉桂を混ぜ込んだ柔らかな求肥で包んだ逸品だ。いや、逸品だと、八月末に浅草で死んだ、住之江《すみのえ》署の敷島五郎《しきしまごろう》係長が言っていた。

——松芳庵《しょうほうあん》さんの黒豆大福や、堺八百源の肉桂餅、塩五《しおご》の村雨《むらさめ》も忘れたらあきません。大阪にも美味い甘味、仰山ありまっせ。

そう教えてくれたものだ。

五十個入りを四箱買った。それぞれが二十五個ずつの二段になっていた。

「はい。これ」

一段二十五個を断腸の思いで牧瀬に差し出したが、あっさり要りませんと突っ返された。

「何？　敷島さんの思い出も込みよ」

「思い出をあんこの量が歪めてます」

牧瀬は要らないらしいが、観月は思い出を込みにひと箱を平らげ、この日は早々にブルー・ボックスから引き上げた。加賀美との差し呑みの席が待っていたからだ。

場所は湯島池之端《いけのはた》にある中華の人気店、来福楼《らいふくろう》だった。

前日、観月は錦糸町のストレイドッグから葛西に回った。小一時間は掛かった。

工事車両のみの裏ゲートから入って表に向かえば、野方署の大谷は守衛詰所前でまだ喚き散らしていた。

搬入路が一系統の現状、守秘の観点からもC面側には搬入当事者の車両しか送らず、次はA面前で待機になり、以降は何件あろうとゲートの外で停車待機だ。

それで、野方署の車両はまだゲートにも到達していなかった。次の次のようだ。

悪いとは思わない。こういう事態も想定して通達は出してある。それでも初期の大混雑に比べればはるかにスムーズなのだ。

「おっ。小田垣、お前。責任を取れ責任をっ」

近寄る観月の姿を認め、大谷は吼えた。

背後から、ちょうど戻ってきた牧瀬の声が聞こえた。観月と牧瀬の姿を確認したからか、馬場も外に出てきた。

「面倒ね。——係長、馬場君。携帯貸して」

大谷を撃退するための武器に使用するのだが、自分の携帯の使用はこの場合、生理的な嫌悪から却下だ。

両手に持った携帯をそれぞれ起動し、別々の番号に掛ける。

馬場の携帯で掛けた方が先に繋がった。

――もしもし。

「キンタロウが騒いでます。よろしく」

そのまま大谷に放った。距離は三メートル。それ以上近付きたくなかったからだ。

「うおっ」

ファンブルしながら大谷が受け取った。

大谷とのパーソナルスペースは親密域、友人域にはなく、社会的ゾーンもギリギリでほぼ公的ゾーンに近い。

つまり、赤の他人のレベルだ。

「なんだ」

「出なさいよ」

大谷が携帯を耳に当てるのとほぼ同時に、牧瀬の携帯が繋がった。

――誰？

「あ、すいません。小田垣です。あの、キンタロウがですね――」

そう言ったところで、

「し、失礼しましたぁっ」

大谷の掛け声のような謝罪が響き、放り出された携帯が宙を飛んだ。

「ぎゃっ」

馬場が走って受け止める間に、大谷は逃げるように自署の車両に去った。もしかしたらそのまま署に帰ったかもしれない。

電話の相手は大谷にとって京大の先輩、増山警視正だ。

――で？　観月。何？

観月の耳元では牧瀬の携帯から、加賀美のイラつき始めた声が聞こえた。

大学の先輩、増山という薬が効かなかった場合、加賀美という猛毒で制する二段構えだったが、頭でっかちの根性無しには薬だけで十分だったようだ。

「ええっとですね」

咄嗟《とっさ》に思い付いたのが、来福楼だった。つい先日、純也に紹介された店だ。

Jファン倶楽部の〈魔女の寄合〉の方で是非とも使いたいが、舌の肥えた連中が多い。

下見が必要なので付き合ってくれないか。

そんな話をしたら、加賀美が乗ってきた。

――湯島って、矢崎《やざき》さんよね。そっか。ちゃんと引っ越したんだ。

「あれ？　ご存じでしたか」

純也の祖母、芦名《あしな》春子《はるこ》の持ちビルが湯島にあり、そこの三階に住む武骨な男に教えてもらった店だと純也は言った。それで、気になって調べてみた。

男はなんと、現防衛大臣政策参与の矢崎啓介《けいすけ》のことだった。しかも、小日向純也との関わりは大いに深いようだ。

意外なことに、湯島と言っただけで加賀美がその名を口にした。どことなく親しげでもある。

聞いてみると、「昔、ちょっとね」と含みのある言い方をされた。

その場で馬場の携帯をもう一度操り、来福楼に電話を入れ、リアルタイムで加賀美と調整した。

決まったのが翌日、つまりこの日の、午後六時半だった。

「いらっしゃい。ここ、大河原さんも矢崎さんもご贔屓《ひいき》よ。金とかプラチナとか、カードな人は大々歓迎ね。ああ、キャッシュでも歓迎だけど、東堂さんみたいな小銭は、面倒ね」

如才ない店主、馬達夫《またつお》の笑顔に迎えられ、揉み手で個室に通される。

よく冷えたビールに棒棒鶏《バンバンジー》、海鮮サラダ。

まずはその辺だが、それだけでも味はわかる。来福楼はいい店だ。

「例のリストだけどね」

小籠包《ショウロンポウ》、海老《えび》と叉焼《チャーシュー》のオムレツが出てきたところで、呑み物は甕出しの紹興酒に移った。

例のリストとは、冬木の葬儀に関わる芳名帳の、住所未記載のピックアップだ。妖怪の茶会の翌日には送ってあった。

「特に怪しむほどの人物はいなかったよ。ごく普通の、いや、人数的には普通以下に、ごくごく寂しい式だったみたいだね。ま、当時は新聞やテレビでも報じられたみたいだからね」

料理と酒に差し挿《はさ》むようにして、一人ずつについて説明を受けた。

ただし、加賀美をして、富成洋三郎だけは正体不明だった。

「どういうことでしょう」

「さてね」

「実体の見えない送り主。まるであしながおじさんですね。竜胆の花を送る」

「まあ、近いかな。ただな」

「なんでしょう」

「気になった奴がとことん調べる、どこまでも追う。これは、私がいつも署内の連中に訓示として言ってることさ。たとえ、無駄足でもね」

「──ああ。了解です」

やがて、呑む酒の甕の年代が変わる頃、店主が自ら料理を運んできた。

ふかひれの姿煮とナマコの醬油《しょうゆ》煮込み。

注文していない高級料理だった。

「あんまり女子っぽくないけど、あたしら、こんなイメージかしらね」

加賀美が箸先でふかひれを摘まんだ。

店主に聞けば、〈J分室〉名での差し入れだった。紹介してもらった以上、本人が又聞きだとしても一応礼儀として、使うということはメールで知らせておいた。その結果というか、役得だ。

舌鼓を打ち、紹興酒を堪能し、デザートを頼もうかと思う頃、

「へへっ。その必要はないよ。綺麗なお姉さん方はお得ね」

店主がまた、頼みもしていない物を運んできた。

山盛りのフルーツだった。

「奥の部屋の、魏のボスからね」

このひと言に、眉間に皺を寄せて黙ったのは加賀美で、口を開いたのは観月だ。

「魏。魏老五」

上野・湯島のエリアで在日中国人、あるいは二世、三世が魏のボスと言えば、上野仲町通りから睨みを利かす魏老五のことだ。

グループこそ小さいが、在日チャイニーズ・マフィアの間でも、常に一目も二目も置かれる存在らしい。

「ふうん」

頬杖を突き、シャインマスカットをひと粒口に放り込み、加賀美は席を立った。

「ただでもらうわけにはいかないわよね」

「そうですね」

かつて一度、観月は衝動と言っていい感情の揺らぎに従って、魏老五が所有する上野仲町通りのビルの近くまで行ったことがある。

魏老五の配下№4の、江宗祥《こうそうしょう》の死体が京浜運河に浮かんだ後だ。江は〈ティアドロップ〉に関わる男で、ブルー・ボックスに収蔵される予定の押収分にまで手を出そうとした。

計画自体は、観月が潰した。その結果として、おそらく江は魏老五に消された。

観月はこの一件で魏老五という〈蛇〉を知った。魏老五も観月を知ったはずだ。

だからというわけではないが、一度、魏老五という男を見ておきたかった。どうしても〈挨拶〉をしておきたかった。

けれど、そのときは実際の邂逅《かいこう》は果たされなかった。湯島の〈仮住まい〉から先回りした、東堂絆が立ちはだかったからだ。

――覚悟が見えません。だから、止めた方がいい。殺すか、殺されるか。死生の間を歩く覚悟。

悲しいほどに澄んだ目で、そんなことを言われた。

そのときは捨て台詞《ぜりふ》のように、私は私の道でいずれ覚悟を練ると言った。

未だ覚悟は練り上がっていない気はするが、袖すり合うもなんとやら、不思議なものだ。

「魏のボスって、よく来るの？」

ホールを横切って先導する馬達夫に加賀美が声を掛けた。

「そう。このところ、毎日来てくれるね。上客よ。だから、粗相は無しで。よろしくね」

「りょうかぁい」

念を押されつつ二人が案内されたのは、個室が並ぶ通路の奥だった。

最奥に、竜虎が彫られた扉があった。

「こちらね。くれぐれも、よろしくね」

諄《くど》いほどの念押しとともに、達夫が扉を開けた。本人は入りはしない。

加賀美が入り、観月が続いた。

円卓があり、座っているのは三人だった。それぞれの間の壁沿いに、ボディガードのように危ない目つきの若い男が立っていた。

全員の顔も名前も観月は知らなかった。けれど、真正面に座る男が魏老五だとすぐに理解した。

切り揃えて貼り付けたような前髪に、一重の細い目。女性のような白い肌に、やけに赤い唇。

印象はまさしく、江宗祥の折りに観月が感じた通りの、蛇だった。

「魏、老五さんね」

剣呑《けんのん》な空気を切るように、加賀美が一歩前に出た。

「ただほど高い物はないっていうから、安くするために挨拶に来たわよ」

入ってすぐの円卓に、二脚が空いていた。

返事より先にターンテーブルが動き、こちら側に二人分の胡麻《ごま》団子の皿が回ってきた。

芝麻球が絶品らしい、とたしか純也が言っていた。

「四谷署の署長さんね。知ってるよ。で、そちらがブルー・ボックスのクイーン」

魏老五が口を開いた。耳に障る、少し高い声だった。

無言で加賀美が座った。隣に観月も続いた。

年の功と言っては語弊も不満もあるだろうが、加賀美が引き受けてくれた。さすがに警視正、上級職にして上司だ。

魏老五の声も言葉も、観月には上滑りした。入ってこなかった。

「それにしても、優艶麗美なお二人ね。今度私の、マイアミの別荘にご招待しましょうか」

「結構よ。——もういいかしら。ここからは逆に、こっちが高いわよ」

加賀美が潮時を告げた。

観月は芝麻球を手に取ってひと齧りし、皿に戻した。

魏老五が両手を広げる。

「おや。甘い物が好物だと聞いていたけど」

「誰に聞いたのか知らないけど、間違ってるわよ。甘いだけじゃ、高が知れてる」

「とは、口に合わなかったかね」

「どうかしら。そもそも、この程度の量じゃ、馬さんの腕はわかるけど、あなたの意図は味わえない」

加賀美に続き、観月は席を立った。

「本気で私を堪能させたいなら、この十倍は用意しなさい。こんなんじゃ、しけた性根しか見えないわ。そうね。百倍積むなら、腐った性根でも我慢して食べてあげるけど」

部屋内の空気が濁りを増したように感じられた。

渦を巻く怒気。未熟な若さか。

観月は真っ向から受け止め、動じなかった。

魏老五が片手を振った。

収まった。

「爺叔《イエシユウ》の息子と言い、公安分室の理事官と言い、やれやれ、どうにも警視庁には人外・化外が多い」

魏老五は笑い、視線を加賀美に移した。

「こういうのをあなたがいずれ、どう御すか。お手並み拝見の日が来るね。楽しみよ」

「任せて。でもその前にあなた、消えるかもよ」

絡む冷視線。加賀美も負けてはいない。

「冗談よ。真に受けた？」

「いいや。署長さんの冗談が詰まらないの、知ってるね」

「そうじゃないわ。私が上に立つの、そう遠くない将来だもの。その前に消えたらあなた、よっぽどの小者よ」

さすがに魏老五が黙った。

観月としては胸の空く思いだ。

ごちそうさま。

それだけ言って観月は加賀美と二人、魏老五達の部屋を出た。

五

翌日の金曜日、観月は久し振りにほぼ丸一日、ブルー・ボックスに缶詰めとなった。早川真紀による工事の中間報告とチェック、そして、今後の工程の再確認があったからだ。

数日前からこの日、とわかっていたので、ブルー・ボックスの当番としては、観月が終日詰めることにした。

夜勤の牧瀬は尻を蹴り飛ばして仮眠室に押し込み、時田以下の三人には朝から別の指示を出していた。

人数のこともあるから、この日だけは安全確認作業は一時停止だ。

時田以下の三人に任せたのは、冬木家の例の芳名帳の、親類縁者及び記名のあった近所の住人への、冬木という男に関する簡単な情報収集、実情確認だ。

大した人数ではない。全部で二十人程度だった。

先日、牧瀬を東京拘置所に向かわせたのと同じ意味合いもあった。

ブルー・ボックスの搬入と工事関係に目を光らせるだけの作業からの脱却、気分転換も兼ねている。

現状だと、ややもするとアップタウン警備保障の警備員と作業員の両方を兼ねる、ハイブリッドな〈真紀の部下〉、のようなものだ。そんな錯覚にも陥る。

あくまでも全員が警視庁の、監察官室の課員であることの再確認、認識のリニューアル、再始動。

三人の送り出しには上司として、そんな思惑もなくはなかった。

〈一石最低でも二鳥〉の考え方は〈他力本願〉と合わせ、キャリアが心得なければならない、いろはの〈い〉と〈ろ〉だと昔、胸を張って誰かに言われた気がする。

どちらがどちらかは馬鹿馬鹿しくて聞かなかったが。

とにかく、この指示には夜勤明けで関係のない牧瀬も、いいですね、と呟いて仮眠室へ向かった。

外勤はいい、とそんな意味だったろう。――いや、少しは妬みも混じっていたか。

俺は拘置所だったけどなあ、とも聞こえよがしに言っていた。

この言葉も踏まえて勘案すると、――どうでもいいし、面倒なので考えない。

牧瀬は渋々とだが仮眠室に入った。それでいい。

それから、この日の搬入作業の立ち会いと収蔵物のチェックに精を出す。

搬入に来た所轄や本庁の課員達は、知る者はアイス・クイーンが自ら立ち会うことに驚きも恐縮もし、観月を知らない者は、〈ねえちゃん〉、〈愛想ねえな〉などとからかって後、管理責任者の警視だと知って驚きもし、平謝りもした。

あれやこれやあった搬入が一段落したところを見計らって、総合管理室に真紀を呼ぶ。当初の予定通り、工事の中間報告を聞くためだ。

簡単に考えていたが、搬入の一段落自体、夕方になった。昼過ぎには説明が受けられると思っていたが、甘かった。

改めて観月こそ、アップタウン警備保障のハイブリッドを体験した思いだ。

それはそれはまあ、忙しかった。

「順調は順調なんだけどさ」

やってきた真紀は、応接のソファに身を投げ出すようにした。

あられもない格好、とも言えるが、二人だけだから見せる平素の姿だ。

少し痩せたか。

住み込みの牧瀬もワーカホリックだが、そう言えば真紀も、牧瀬に負けず劣らず激務のはずだ。もしかしたら、牧瀬以上かもしれない。

真紀はブルー・ボックスの専任営業担当ではなく、全国規模の民間企業の統括部長で、内には何千の部下、外には数百の顧客を抱えているらしい。

現在牧瀬がこなしている作業は、かつて柔道の国際強化選手であった程度の体力があればなんとかこなせるが、真紀の業務はたとえ現役の国際強化選手の体力だけあっても務まりはしない。

「なんだけどさって、真紀にしては煮え切らないわね。何？」

聞けば、天井を見上げるようにして真紀は溜息をついた。

「カスタムのキャビネットなんだけどさ、そろそろ在庫が底をついたって、メーカーからの連絡が入ってね。追いつかなくなってきたみたい」

「追いつかないって、生産が？」

「カスタムがよ。全品の底に補強鉄板を仕込んでるでしょ。その作業が追いつかないって」

「ふうん」

「ご不満？　でも、考えてもみて」

もともと設置されていたキャビネットを、厚さと高さを持たせることで数を半分以下にする。それにしても分母は、ワンフロア分だけでも七二二〇台だ。三分の一にしても二四〇〇台は下らない。

順調は順調なんだけど、と真紀が言葉を濁す順調な工事はこの一週間で、カメラシステムは除外してキャビネットの入れ替えだけなら、すでに三階の五十パーセントに到達していた。

その前の第一ブロックと合わせれば、納入された台数はすでに一五〇〇台を超える。

なので、昼夜通しのフル稼働で協力してくれているメーカーも、さすがに音を上げたのだという。

「なので、明日から五日間、新規キャビネットの設置工事と工事全体の夜間進工は休工よ」

「あら。五日間も？」

「そう」

真紀はダラッとした格好のまま、大きく頷いた。

「メーカーも、うちの作業員も工事主任も頑張ってくれてるけどね。それだけここはでかいってことさ」

「まあ。大きいのはわかってるけど」

今は眠る牧瀬に告げたら、少し怒った肩から荷が下りるかもしれない。

このままの工事ペースでアップタウンの作業員が二階に降りてきたら、自分達の安全確認作業が追い捲られるかもしれないという危惧を、つい最近も口にしていた。

真紀が首筋を叩いた。

「厳密に言えばさ。まだ少しくらいなら進められる分はあるらしいんだけど、うちの工事主任も色々考えてくれてね。土、日を挟んでメーカーは在庫の補充を進めて、こっちはこっちで、第一ブロックを仕切ってるフラットパネルのエリアを移設して、使用エリアを広げるってさ。来週以降は観月、あんたんところにもともと入ってた品物の置き場としても使えるよ」

「そう」

それはそれで牧瀬以下の作業が増えるだけだが、仕方がない。

「だから一応、区切りとして第一ブロック関係が〈一期予備工事〉で、本工事はここまでが〈一期本工事〉、で、五日間の〈二期予備工事〉を挟んで、木曜からはさらに本格的な〈二期本工事〉って区分けよ」

さらに今後の工程にまで及ぶ話を聞いていると、だらけていた真紀の姿勢が改まった。

時田以下の三人が順次戻ってきたからだ。

いつの間にか、そんな時間になっていた。

牧瀬も三十分前には、のそのそと起き出して総合管理室に顔を出した。

寝過ぎましたと頭を下げるが、別に出勤の時間でもなく、それでももっと早く起きようとしていたにも拘らず寝過ごしたのなら、それは牧瀬をして疲れているということだ。

顔を洗いなさいと一旦は追い返したが、考えものだ。

ううん――。

牧瀬の胃袋には何か、甘い物を多めに投入しよう。

そんなことを考えていると、まず計ったように戻ってきたのは時田で、水戸の土産に運平堂《うんぺいどう》本店の名物薯蕷《じょうよ》饅頭、〈大みか饅頭〉三十六個入りと、山西《やまにし》商店の〈おみたまプリン〉の詰め合わせを買って来てくれた。

「んまっ」

観月の目が光った。真紀も嫌いではない。

次に森島が戻り、五家宝《ごかぼう》の原型と言われる伝統の黄《き》な粉《こ》おこし、〈吉原殿中《よしわらでんちゅう》〉七十二本入りと、べにはるかの干しイモを買ってきてくれた。

「気が利くわね」

声が出る。真紀も当然、嫌いではない。

馬場が、そのものズバリの梅干しと藁《わら》納豆を買ってきた。

「まあ。いいけどね」

心意気は買う。

「これ、いいねえ」

真紀は下戸な分、酒以外ならなんでも好きだ。

全部をデスクに並べてみると、それでもなにやらパーティのように賑やかになった。

「食べながら話そうかしらね」

そう提案すると部外者である真紀は帰ろうとするが、牧瀬に呼び止められて二人で出て行った。

最近、牧瀬が自宅のように使う給湯室兼休憩室のひと部屋に向かうようだ。なにやら、べにはるかを抱えていった。

その後、水戸及び水戸近辺から戻った三人の話をそれぞれ聞いた。

親類縁者から聞こえてくるのは、昔から班長や級長、部長を務めたリーダーシップと、正義感と犬好き。誰にも分け隔てなく、人が嫌がる仕事には率先して手を上げたという。

近所からは、きちんと挨拶の出来る子、勉強の出来る子、家族思い。専業農家は共働きのようなもので、繁忙期はよく弟の面倒をみていたという。

「ふうん」

特に何もなし。かえって冬木の真っ直ぐで、裏表のない人となりがクローズアップされた。

となるとそれはそれで、疑問は増すばかりだ。

光と闇、善と悪、赤と青、昼と夜。

無色と透明は同じではなく、漆黒の闇に目映《まばゆ》い光が差すと、こんどは光の中に闇が見えない。

ちょうど話が終わる頃に、牧瀬と真紀が戻ってきた。給湯室からワゴンを押してきたようだ。

「おっ」

まず森島が声を上げた。そろそろ飽き始めたところでね、と不思議なことを言う。何に飽きたのだろう。

茶漬けがいいね、と言ったのは時田だ。

ワゴンの上段にはトースターで焼き上げたべにはるかの山と炊飯器が載っていた。下の段に茶碗類と箸、醬油などだ。

「せっかくなんでね」

牧瀬は真紀に手伝わせてべにはるかを焼き、それだけでなくどうやら、藁納豆と梅干しも食べる準備をしていたようだ。

「夕飯も兼ねちまおうかと思いまして」

とは、牧瀬はたぶん、今晩も泊まる気なのだろう。

「やあ。いい匂いさせてるじゃねえか」

この日の当直となる高橋も、そっちの係長に呼ばれたからよ、と中二階から上がって来る。手になにやらの惣菜《そうざい》を持っていた。

総合管理室はいつしか、賑やかな夕餉《ゆうげ》の席になった。

六

結局炊飯器の白米が一回では足りず、都合で四回は早炊きをすることになった。

待つ間に馬場や森島が近くのコンビニに走り、なにやらの缶詰を買い込んできておかずを増やした。

そんなこんなで、最終的には馬場が買ってきた藁納豆と梅干しと、高橋が持ってきた惣菜はなくなり、缶詰のいくつかが残るだけになった。

甘味類も干し芋が少々残るくらいだ。

まあ、夕餉の諸々はみんなでシェアした格好だが、甘味はその大半を観月が消費した、かもしれない。

だから、思う以上に帰りはだいぶ遅くなった。

ただし、全員が一緒の散会ではない。

真紀が、会社からの急な呼び出しがあってまず去り、妻帯者である時田と森島がその後に続いて先に帰り、

——いいじゃねえか。飯食ったら、後は帰ったって寝るだけだろ。泊まっていけよ。

という高橋のひと言で、この夜の馬場の立ち位置が決まった。

良し悪《あ》しはこの際さておき、洗い物や片付け物は残る三名に任せ、観月もブルー・ボックスを後にした。

「まったく。まるで自宅の扱いね。家賃、取ろうかしら」

ぼやきを夜に投げる。

新月の夜だった。

全体に暗い分、街灯の明かりが冴えて見えた。

終バスはとっくに終わっていた。タクシーを呼ぶほど足弱でも気弱でもないので、メトロの駅を徒歩で目指した。

腹ごなしの意味もある。

（それに――）

その他、観月には少々気になることもあった。

ショートカットのつもりで新田《しんでん》の森《もり》公園に入った。

細長い、森の小道のような公園で、これはもう歩きのときの恒例だった。

昼間は雰囲気のある小道だが、今は街灯の明かりだけが頼りの夜だ。

風もない夜だった。そのせいで少し蒸し暑かった。

公園を中ほどまで入ったところで、観月はふと足を止めた。

前方から声もなく、のそりと姿を現す二人組があった。

「やっぱりね」

感じるのは、ブルー・ボックスを出るときからあった邪《よこしま》な気配だ。

気になっていたのはこのことだった。

ゲートを出たところで一度消えたので、それならそれでと思っていたが、先回りして待ち伏せただけのようだ。

背後からも、近寄ってくる同様に剣呑な気配があった。

前後にそれぞれ二人ずつが、観月を挟むように湧いて出た。

「こっちもこっちで、まったくだわ」

今宵《こよい》二度目のぼやきだったが、一度目と同様、良し悪しはこの際さておく。

四人なら、パンプスのままでもどうとでも出来る。

いや、しなければならない。

なにしろ、引き締めストッキングは高い物だ。

それに、賑やかさに乗って観月も、それなりに白米も納豆も梅干しも、缶詰も食べた。

あしらう程度に留めるとして、せめて消化の助けくらいにはなるだろう。

そのままの位置、そのままの体勢で、観月は動かなかった。

「来なさい」

誘いの声を掛けてみた。

どうとでも出来る、とは相手によっての見切りではあるが、侮ってパンプスのまま仕掛けることなどはしない。

後の先。

隙を見せず、隙を窺い、虚を突く。

観月の修めた関口流古柔術に限らず、これはどの武道にも通じる真髄、あるいは極意にして基本だ。

前方に立つ二人が、ゆっくりとこちらに動き出した。

その手に、街灯の光を撥《は》ねるナイフがあった。物騒なことだ。

背後からの二人は見たわけではないが、気配の揺れからして全体、前の二人と動きは同じだろう。合わせたようだ。

足音も、刃が飛び出すような金音もほぼ同時にした。

観月に集まる獰猛《どうもう》な気配ばかりは濃くなっていくが、誰からも声はなかった。

徹頭徹尾、四人が四人とも無言だった。

ただ背後の観月から見て右の一人が、息遣いが荒かった。

一番若いか、あるいは未熟なのだろう。

間違いなくそこが突くべき後の先、相手の隙だった。

それにしても、風のない夜だった。

風のない夜に風を吹かすには――。

簡単なことだ。

観月が風になればいい。

前に立つ二人が、おそらく観月に向けて何かを言った。

何を言ったかはわからなかったが、恫喝《どうかつ》の類、それだけは間違いなかった。

背後から鉈《なた》のような気配が膨れ上がった。すぐに爆発した。

――呀哈阿《ヤハア》ッ。

耳慣れない発声だったが、背後の右からで間違いなかった。

掛け声の間《ま》に間《ま》で、思考するより早く観月はすでに風だった。

背後の二人には、観月の動きは捉えられなかったに違いない。

わずかに右足を外に踏み出し、踵《かかと》を軸に転回する。

右ストレートのように突き出される男のナイフが、それまで自身の影があった場所を通過するところだった。

回転の力を利して左手を出し、男の手首をつかんで捻《ひね》る。

捻ったまま、差し上げた男の腕の下を巻くようにしてもう一転する。

それだけで男の足は、浮揚するように地面を離れた。

柔《やわら》に力はいらない。

剛を制し、滅す。

それが柔だ。

捩《ね》じった力を解放するように前方に押した。

地と縁が切れた男の身体は、ただの塊だった。岩も同然だ。塊として宙を飛んだ。飛ばしたのはパンプスを履いた一人の女性だ。

「ダァア」

この状況で、仲間が吹き飛んでくるとは夢にも思わなかったろう。真正面からくる男の声には恐れが聞こえたが、もう遅い。

「ゴブワッ」

二人は絡んで、アスファルトに大いに激突した。

このわずかな間に、背後からもう一人が迫っていた。躊躇《ちゅうちょ》しないということは、最初の男よりは荒事に馴染んでいるようだった。

それなりには、だが。

「チュスー！」

何かを言った。

間違いなく、そのときは前方にいる観月の背に向けて放った言葉だ。

それを観月は、今度は左足の踵を軸に転回し、男の背後で聞いた。

男は愕然《がくぜん》とした表情を固めて振り返った。

観月に躊躇はなかった。

男の鼻に、真正面から細い手の掌底を突き入れた。

鈍い音がした。

男の鼻骨が潰れた音だった。

ここまではすべて、ただ渡る風の一陣の出来事だった。

「ゲェェッ」

ここまではただ、右肩にトートバッグを掛けた観月の、左手一本が為した出来事だった。

蹲《うずくま》る男の向こうに、最後の一人が立っていた。

街灯のランプのせいばかりでなく、顔色が青白かった。

脅すように構えてひと足差せば、男は何かを捲し立てながら両手を左右に振り、慌ててナイフを収めて駆け出した。

他の三人も口々に意味不明な言葉を叫び、あるいは喚きつつ、一斉にバラバラの方向に逃げ始めた。

蜘蛛《くも》の子を散らす、というのはこういう場合有効で、逃げ方にもまた、連中は慣れているようだった。

追う気はもともと観月にはなかった。

パンプスなのだ。

いや、パンプスがスニーカーだったとして追ったかどうか。

どう考えても監察の職務から逸脱してもいるだろうし、知ったら露口参事官は青くなって護衛の十人も用意しそうだし、〈暴漢に襲われ、危険な目に遭った〉というには、内容はハードにして過剰だ。手代木辺りの聴取を受ける可能性も、始末書の可能性もある。

全部願い下げだった。

風のない夜に顔を上げ、観月は四方に散った逃げ足の欠片《かけら》を探った。

全員がすでに、公園外のようだった。

「ふうん。チュスーね」

観月は、先程鼻骨を潰した男が吐いた言葉を繰り返してみた。

中国語だと、そのくらいの単語なら観月にも理解出来た。

チュスーは死ねの意味だ。チャイニーズ・マフィアのチンピラが使うなら、啖呵《たんか》と言ってもいい。

「チュスーか」

もう一度口にして、観月は街灯に目をやった。

「何かあると毎回毎回襲われるなら、ここに私専用のカメラ、こっそり真紀につけてもらっちゃおうかな」

などと〈違法〉なことを呟く。

「それにしても――」

トートバッグを揺すり上げ、近くの小道に顔を向けた。

十メートルほどのところに車止めがあり、そこから公園の外の大通りに繋がる道だった。

暴漢達が現れて即、そちらに湧いたかすかな視線が気になった。

車止めの近くに人の影があった。

一瞬だけ目が合った気がしたが、気のせいだったか。

なんにせよ、観月の古柔術を最後まで見ずに、影は足早に立ち去った。

街灯の明かりの下に、影が一度だけ本性を晒した。少なくとも男だとわかった。

いや――。観月にはそれ以上のこともわかった。

「なんの見学？　私の魅力？　まさかね」

電気的信号による頬の攣れは、自嘲だったろうか。

観月は首筋に手をやった。

傍《はた》から見れば激闘も、汗の一滴すらかいてはいない。

乾いた髪に手櫛を差す。そのまま叩く。

「やれやれ。面倒だわ。まったく」

今宵三度目のボヤキが、風のない夜の闇に溶けた。

第五章

一

翌日は土曜日だったが、観月にはあまり曜日は関係がない。庁内での事務仕事を終えた後、この日は思うところがあって一人で池之端の来福楼に向かった。

ブルー・ボックスには顔も出さなかった。なので当然というか、前夜の暴漢との対峙の話もしていない。する機会を持たない。

こういう話に、係長である牧瀬は敏感だ。参事官の露口に似ているところがある。いや、考えようによっては露口より過激だ。

どうにも牧瀬は、あらゆる場面で観月の盾とも、防波堤ともならんと決意しているところがある。

有り難いと思わないでもないが、反面、行動も思考も制限される感じで、少し不自由でもあった。

部下なら上司の下で懸命に働くのは当然でしょう、と牧瀬は言うが、下で働くことと前に出ることはイコールではない。部下をいかに危険な目に遭わせることなく、自己実現の達成へ向かわせられるか。いかにストレスフリーな職場を創造出来るか。これは観月のテーマにして、上司・上級職の勤めだ。

それで、〈時と場合によっては言わない〉という戦法をとるのだが、これが、敵も然《さ》るもの引っ掻くもので、最近は牧瀬も大分勘が鋭くなってきた。

この日もブルー・ボックスに行けば、言葉の端々、微細な表情や挙措の何某かから、牧瀬は何かを読み取るかもしれないという危惧があった。そのくらいの鋭さだ。

警察官として出来上がってきた、と思えば上司として喜ばしいが、なんとも――。

この日、観月が来福楼に向かったのは、前夜の男達が口にした中国語が気になったからだ。間違いなくネイティブだった。

ならば暴漢に襲われる理由について、近いところでは魏老五しか思い浮かばなかった。一番妥当な気がした。

そう思えば暴漢の気配は、先だって来福楼の奥で感じた未熟な怒気に肌合いが似ていた。組対特捜の東堂なら、あるいはもっと正確にわかるのだろうが。

いずれにせよ、少し挑発が過ぎたのだろうか。

いや、初顔合わせだ。あのくらいでちょうどいい。

これが観月の出した結論だった。

舐められたら、この先も舐められる。舐められっ放しになる。

来福楼に着いたのは、八時に近い頃だった。

土曜のこの時間になると、上野を訪れる客達の足は池之端からは離れるようだ。

馬の店もピークは過ぎたようだった。

その証拠に店に入った途端、奥の方から揉み手の馬達夫が飛んできた。

「いらっしゃいまぁし」

いつも手を揉んでいるのは、この店主の癖だろうか。

「お一人ですか？　あの堂々としたお姉さまは？」

「残念。一人は一人だけど」

言いながら二歩、店内に進んだ。そこから個室の並ぶ通路が見えた。

最奥の、竜虎の扉は開いていた。

「今日、ノガミのボスは？」

「残念。ボスなら昼、来てくれたね。その足で今頃はもう、香港《ホンコン》かね」

少し、肩透かしを食らった感じになった。天井を振り仰ぐ。

いれば最悪、馬達夫には悪いが場合によってはひと騒動も辞さず、の覚悟はあった。そんな〈満々なやる気〉を牧瀬に勘付かれることを恐れて、敢えてブルー・ボックスには行かなかったのだが――。

「じゃあ、どうしたものかしらね」

店内を見る限り、ピークは過ぎたとはいえ、席はほぼ埋まっていた。カップルかファミリーか、なんにしても複数で。

返す返すも土曜日の夜だ。

魏老五がいないなら、極端に言えば、いても仕方ない。

――帰ろうか。

とはいえ、この店の芝麻球は捨て難い。

純也が教えてくれた通り、甘さも香りも絶品だったが、前回は魏老五の手前、無理してひと齧りしかしていない。

どうしたものかと迷っていると、背後に馬鹿みたいな気圧の気配を感じた。

店の自動ドアが開いたのはその後だ。

「おや」

先に向こうが声に驚きを表した。

組対の東堂絆だった。観月の知らない男を背後に一人、伴っていた。

半袖のポロシャツにコットンパンツの軽装だが、とにかく分厚い。それが、男に対する観月の第一印象だった。中肉中背なのだろうが、そんな印象のせいでひと回り以上大きく見えた。

高い鼻に角張った顎。白髪が混じったオールバック。還暦は超えているだろうか。鷹《たか》を思わせる眼光は警察庁の長島にも似て、圧力はそれ以上か。

なんにせよ、あまり近くで見ない男だった。

いや、近くにいて欲しくない類の男、か。父とも長島とも手代木とも重なる部分があり、いると色々、なにかと面倒な気がした。

「ああ。管理官、紹介します」

観月の視線を読み、東堂が脇に退《の》いた。

「矢崎啓介さんです。同居人というかなんというか。そんな感じで」

湯島のビルの三階に住むことになった武骨な男。元陸上自衛隊中部方面隊第十師団師団長にして、現防衛大臣政策参与。

名を告げられただけで、体格も風格もすぐに納得だった。

威儀を正し、頭を下げた。なにごとも初見の印象が大事だ。出来れば悪い印象は持たれたくない。

「初めまして」

「いや。こちらこそ。けれど、色々聞いているので、どうにも初めての気はしないがね」

バリトンの響きが心地よかった。

「はて、色々とは」

「武勇伝その他。ふむ。ほぼ武勇伝かな」

「ああ」

「納得かね」

「いえ。少々不満はありますが」

矢崎の目は優しかったが、東堂は少し困った顔をしていた。

「あの。政策参与。失礼ですが」

ふと気になって聞いてみた。

「なんだね」

うちの加賀美と昔、何かありましたか。

「加賀美さん。やあ、こちらも忙しさにかまけて、最近は連絡も取れていないが、どうだね。元気にしているかね」

加賀美も親しげだったが、矢崎も同様だ。なんというか、同志感がある。

「──あの、それで」

「今でも思い出すよ。実に美しい、ウエディングドレスのような姿だった」

やや遠い目で、矢崎が何かを口にした。

何かを、何かを。

ウエディングドレス？

誰が。

加賀美？

「えぇぇえっ！」

「あいやー。ビックリね。何よ、それ。何よ」

すぐ近くで聞いていた馬が仰け反る。さすがに揉み手の姿勢が崩れた。

「ああ。すいません。大きな声出して。あまりの衝撃だったもので」

「えっ。今の、驚いてたの？　あいやー。その方がビックリね」

「あの、管理官。真顔で驚かないでくれますか。周りがみんな驚いてます」

とは、絆の提言だ。

見れば、カップルからファミリーからの視線が、観月に集中していた。

「あ、ごめん」

真摯に受け止める。

「ここで立ち話はお店にも迷惑です。一緒に夕飯でもどうですか。ご馳走《ちそう》しますよ」

これも絆の、提言の二だった。

珍しいこともあるものだと思いつつ、簡単には乗れない。こちらが歳上でもあり上級職でもある。

「奢ってもらう謂《いわ》れはないわ。いつも押し付けてばっかりで、こっちが奢らなきゃいけない気もするけど」

「実は、爺さんが一般病棟に移ったんです。快気内祝いというか、退院はまだですけど、あの怪物に一般病棟は、もう退院みたいなものですから」

「あら、そう。それはおめでとう」

「妖怪のみな――、茶会の皆さんも、ずいぶん気にしてくれてたって、うちの隊長に聞いてます」

朗報だった。朗報なら乗るに限る。隣で矢崎も頷いていた。

「そう。じゃあ、お言葉に甘えて」

揉み手に戻った馬に席に案内される。

個室を勧められたが、それは矢崎が断った。

「この歳になってくると、人との交わりの中が好きでね。賑わいもご馳走だよ。どれだけ入れても腹が膨れないのもいい」

となって、厨房《ちゅうぼう》に近い四人掛けのテーブルを貰った。

ふかひれの姿煮とナマコの醬油煮込みも出なかったが、充実した宴席になった。

とある事件の折りに、とある不測の事態があってTBSの衣装部から借り出したものだと落ちが付いた加賀美のドレスの話も、山と積んで供してもらった芝麻球も、実に味わい深かった。

矢崎も自身で言うより、実に健啖《けんたん》だった。大いに吞み、大いに食った。

食事も進んだところで、世間話や一般論として、前夜の中国語について聞いてみた。

意味は不明だが、耳から入った音としては観月の記憶に鮮明だった。

何を言っていたのか。

あるいは、何か特徴はないか。

元陸自の将校や組対の方が、大陸の言語には長《た》けているかもしれないと思ったからだ。

案の定、矢崎は日常的な会話くらいならなんとか、と言った。東堂は知らん顔だ。

だが――。

中国語は発音だけではわからない言葉も多く、観月が上手く発音出来ないワードも多い。

「世間話とも一般論とも思えないが」

と前置きしながらも矢崎は考えてくれたが、最終的には首を横に振った。

「夜道は怖い、とか。命までは要らない、いや、取らない、とか。命令、という言葉はありそうだ。後は、余計な話をするなとか、ああ、逆か。知らないとか。女じゃない。化け物だ、それに、逃げろ、かな。――これ以上は、君の話と発音だけではどうも。それにしても、物騒な言葉ばかりだね。とても食事時の話題とは、普通なら思えないけれど」

だが嫌いではない、と言って矢崎は東堂に顔を向けた。

「さて、内容その他の特徴だが、私は上海の言葉かなと思うくらいだね。東堂君。君はどうかね？」

矢崎が聞けば、そうですね、と東堂が知らん顔から素に戻った。

「何を言ってるのかは知りませんし、知る気もありませんが。今じゃ、日本の半グレ並みにうじゃうじゃいる、中華系のあぶれマフィアやギャングの連中から、どれもよく聞く言葉ではあります。この辺のボス、魏老五のとこの若い連中からも」

東堂が強い目を向けてきた。探ろうとするわけではないだろうが、何かを透かそうとはする目だ。

知らん顔、というか、いつもの無表情で観月は顔を背けた。

その後、一時間ほどで食事はデザートに移った。

「腕に縒《よ》り、掛けたね」

馬が恵比寿《えびす》顔で寄ってきた。

ワゴンを押していた。

乗っているのは出来立ての寿桃花包《スートーホアポウ》、桃饅頭だ。

「最近の企画。出来立て熱々をあなたに。手押しの押し売りね」

「何か違う気がするけど、頂こうかしら。そうね。私は十個」

矢崎が唸りながら腹をさすった。

食べたくともすでに、この政策参与は満腹のようだった。東堂はまた知らん顔だ。

桃饅頭が好きではないのかもしれない。

仕方がないので我慢することにして、三個にした。

すぐに食べ終わった。

御馳走しますと言ったのは東堂だったが、会計はやはり、矢崎がしてくれた。

その矢崎が、この後はどうするね、と東堂に聞いた。

「すいません。俺は明日、ちょっと外せない仕事があるんで。なんなら、そっちの管理官に付き合ってあげてください」

東堂は踵を返した。

「ふむ」

矢崎は顎に手を置き、少し考えてから顔を観月に向けた。

「では、小田垣さん。どうするかね。希望があるなら善処するが」

「そうですか。でも、もうさすがに中華とかそういうものは」

「そうだね。なら、ショット――」

「甘い物ならまだ普通に」

と、普通に普通のことを言ったつもりだが、なぜか矢崎は苦笑いで片手を上げ、

「ごきげんよう」

東堂の後に続いて、来福楼の店先から去った。

二

月曜日、観月は朝からブルー・ボックスに入った。

――すいません。俺は明日、ちょっと外せない仕事があるんで。

二日前の夜、そう言って去った東堂の仕事については、前夜のうちに内容は把握した。

これは聞いたと言うより、その段階で情報として上がってきたからだ。

今朝方になるとそれは、もう人伝《ひとづて》でも警視庁内の関係部署に広く流布した。

――ティアの食えねえ世はつまらねえってぁあ。けけけっ。

そんなことを口走りつつ、子安翔太《こやすしょうた》という男が目薬型の容器から危険ドラッグを舌に垂らしたという。

ティアドロップエグゼ。

一滴一殺。

致死のクスリ。

少なくとも、東堂絆を狙い、東堂典明の腕を飛ばした上海からの連続殺人犯も〈服毒自殺〉に使い、子安という地味な、市井に紛れたジャンキーまでが、〈大阪弁の神〉にもらったという、この悪魔のクスリを自ら口にして死んだ。

二人も死んだ。

上海からの男が死んだだけなら、言い方は悪いがまだいい。けれど、子安の死はいけない。まったくいただけなかった。

市井に紛れたジャンキーの、古い住宅街の一軒家のガレージに、恐るべき致死のクスリがあることなど誰も知らなかった。夢にも思わなかった。

どこにでもある普通の場所で、どこにでもいそうな普通の男が死んだ。

そういうことだ。

つまり、リー・ジェインこと磯部桃李の置き土産として、観月が東堂に押し付けた爆弾は、すでに国内に出回り始めているかもしれないという可能性があった。

ティアドロップエグゼの流通とはすなわち、死の流通だ。

しかもこの流通には、竜神会本部も東京竜神会も、ノガミの魏老五も関わりが強く疑われるようだ。

ことは警視庁管内というだけに留まる話では到底なかった。警察庁刑事局、あるいは警備局から、速やかに全国に布達されるべき情報といえた。

それで、少なくともこの朝からは、警視庁内各関係部署に、広く浸透していた。

警務部監察官室の所属である観月には関係が薄い気もするが、ティアドロップエグゼの〈第一発見者〉という扱いで、情報は組対部長の大河原直々にもたらされた。

論功行賞と言えば噴飯物だが、ギブアンドテイクなら化かし合いの宣言になる。

とかく警視庁内は、野放図には泳ぎづらい場所だ。

そんなことを考えながら、この朝はブルー・ボックスに出た。

――本工事の休工も三日目に入ったわ。今日を入れてあと三日、当初の打ち合わせ通り工事主任はいないけど、気を抜かないで。安全第一はいつも同じだから。

ハンドメガホンで拡大された真紀の声に、我に返る。

――それでは今日も一日、ご安全に。

十人足らずだが、職人達の動き出しは朝に相応しく、いつ見ても気持ちのいいものだ。

始まりの月曜日、市井の朝、繰り返す日常。

ティアドロップエグゼとは、あまりに遠い。

「じゃ。私は帰るけど、その前にさ」

真紀が寄ってきた。

この土、日で、第一ブロックを仕切っているフラットパネルの移設は無事に終了した。順調過ぎるほどだった。

それで真紀が提案してくれた。

この日からは逆に広げたエリアの一部をもう一度フラットパネルで隠し、移動避難させてあった既存の収蔵物の再収納をすることになった。必要な工事の大方は、前日の終了間際にすでに済ませてあった。

日中だけの作業になるが、休工で手の空いた個人営業の職人達に手伝わせるという。彼らの日給を救済する意味もあるらしい。

だから乗った。通常の搬入に加え、そちらの立ち会いも収蔵場所と内容のチェックのこともあったから観月以下、牧瀬班全員が出勤になった。

作業が大いに捗《はかど》ることは確約されたも同然だった。

「木曜日から本工事は再開するけど、昨日、メーカーから連絡があったわ。どこかでもう一回くらいは滞るかもしれないけど、とにかく残りの三階の分は絶対に水曜中に仕上げるって。だから、こっちも本腰入れるわね」

ハンドメガホンを弄びつつ、真紀はそう断言した。

「そう。メーカーも頑張ってくれてるのね」

「仕事だからね」

嚙み合っているような、いないような。

これが官民の差かもしれない。

「木曜から三日、三日で工程を組んだとして、それぞれ二十五パーセントずつで、合わせて五十パーセント。これで三階の残りは全部。来週の火曜一杯には終わらせる。そうしたら次は、三階のフラットパネルの撤去と同時に、二階への搬入に移るから。今日からの三日間で既存物の再収納にも手が馴染んだら、そんな辺りも、もしかしたら作業があるとして、十一月の頭には二階の本工事が始まるわ」

「へえ」

としか観月には言い様はなかった。

恐ろしく手際がいいことはわかる。地震の当夜に、あの惨状を見た者ならば誰しもが驚くほどの復旧スピードだ。

第一、工事自体の着工が尋常ではないくらいの素早さだった。

地方自治法施行令第一六七条云々《うんぬん》に拠る特命随契、緊急随契、つまり、その辺を有耶無耶にした結果の、長島の鶴の一声という後ろ盾はあったが、実際に契約自体、一体どれほどの管理能力と労働力に下支えられているのかは観月にはわからない。

引き続きよろしく、と言えば、真紀は胸を叩く仕草をしながら乗ってきた営業車へと去った。

「さあて。私らもやりますか」

三階の新開放ブロックへの搬入も、フラットパネルで仕切られたブロックへの再収納も、この後おおむね順調に進んだ。

順調過ぎて、新規分も再収納分も合わせて一人でデータ化を担当した馬場が音を上げたくらいだ。

――勘弁してくださいよぉ。頭は、一個しかないんですからねぇっ。

そんなブルー・ボックスへ、お初の来訪者があったのは午前の休憩時間、〈お十時〉を終えた頃だった。

真紀や工事主任など、すでに観月が見慣れた他の誰より、サイケな赤の作業ジャンパーが似合わなかった。

半白の七三に分けた頭、いや、ダブルのスーツ姿を最初に見てしまったからかもしれない。

「聞きしに勝るデカさ、ですね」

アップタウン警備保障横浜営業所長の紀藤雄三は外部からブルー・ボックスを見上げて言った。

日によっては不意の訪れは誰であれ却下だが、馬場が悲鳴を上げたので再収納分のペースを落とし、観月の手が空いたこともあり、また、現ブルー・ボックスの警備及び工事を取り仕切る会社の横浜所長にして元警視庁の警察官だったこともある。

が、なにより、

「これ。皆さんでどうぞ」

と、横浜中華街の名店、重慶飯店《じゅうけいはんてん》のミニ月餅《げっぺい》十二個入りを手土産に携えてきたことが大きい。しかも五箱もだ。となれば、イスラエル製のボラードも自動で下がろうというものだろう。

聞けば、最前に観月と話をしたことで興味を持ち、しかも自社が警備を管理担当しているということもあり、横浜及び神奈川全域における社内教育用として、ブルー・ボックスの幹部職見学を本社に提案したところ、大筋で通ったのだという。

〈警視庁担当部署との事前協議・摺り合せ〉は当然のように委ねられたらしい。

「それで、まずこの目で見ておこうと思いまして。本稼働以降、まあ、弊社でリニューアルも請け負っている現状は、稼働率という意味では一番下がっている状態というのも都合がいいかと思いまして」

「勝手に決められても困るけど」

一応、釘《くぎ》は刺しておこうとしながらも手は重慶飯店の手提げ袋にどうしても伸びる。

「まあ、大阪府警からも見学者があったし、いずれは一般にも開放するんだとは思うけど」
「有り難うございます」
「勘違いしないで。いずれはって話だから。今はとにかく、ここのありとあらゆること
には守秘義務有りよ。あなたの会社の開発したものであってもね。大体まだ、ブルー・
ボックスって名称も、警視庁の外部委託保管庫ってことも一般には公表されてないから。
そこのところはよろしく」
「わかってます。ただ、表ゲート脇のコンクリート塀に、小さくですが住所の入った施
設銘板が掛かってますし、来る途中で確認したところでは、仕出し弁当屋にも配達先と
してはここ、警視庁さんのブルー・ボックスで通ってるようですが」
観月としては珍しいことだが、絶句した。
銘板はまだしも観月が管理担当する以前からの物だから目を瞑《つむ》るとして、近所との関
係がそんなことになっているとは、さすがに思わなかった。
ただ――。
(ああ。そう言えば消防訓練もあったっけ)
リー・ジェイン、磯部桃李の関係者がどさくさに紛れてティアドロップエグゼをブル
ー・ボックスの収蔵品に紛れ込ませたのは、観月が和歌山に行っている間の消防訓練だ
った。

このときたしか、地元町会からも有志の消防団員が大勢参加していたと聞いた。

全体的に考え合わせれば、すでにブルー・ボックスは地域に根差しているような気もするが――。

「聞かなかったことにするわ。言わなかったことにして」

絶句から吹き返す息に混ぜて、観月は紀藤に念を押した。

「了解しました」

その後、紀藤はブルー・ボックスの内部を観月の立ち会いの下、入念に見学していった。

午前だけでは済まず、昼を挟んだ午後になっても見学は続いた。

それだけブルー・ボックスが広く、様々な知恵や技術が導入されているということでもある。

組対の大河原でさえ一階のみで二階以上には上げなかったが、紀藤は地震の惨状を知るアップタウンの関係者ということで、特に隠しもしなかった。本気で覗こうと思えば業者に紛れるなり、実際、今のうちならどうとでもなる。こそこそされるよりは、堂々と門戸を開いた方が管理・監視はしやすい。

貰ったミニ月餅は午後の休憩時間、〈お三時〉に四十八個を職人と警備員と中二階も含めた警視庁職員に振る舞った。

紀藤が満足して帰っていったのは、職人達とほぼ同じ、夕焼けの頃だった。

この頃には職人にもサイケな赤いジャンパーにも、紀藤が馴染んで見えた。

二日後、やってきた真紀に紀藤のことを聞いてみた。

桜木町で会ったことも、当然ながら話していない。紀藤とはそういう約束だ。

「紀藤。ああ。うちの横浜営業所長の。へえ。なんでまた」

「ちょっとね」

「ふうん」

真紀は腕を組んだ。

どんな人よ、と聞いてみた。

「遣り手よ。中途採用の中でもトップじゃないかな。――実際、もう何度か近畿ブロック統括にどうかってことで、名前が挙がってるもの。何か気掛かりがあるなら、そのうちでいいから教えてね。うちの人事考課にも関わるから」

そうだね、とだけ答えた。

そうだねとしか、今は答えようがなかった。

三

本工事が再開された木曜日は朝も早くなったが、夜も帰宅の途に就くのは遅くなった。朝は当然、〈二期本工事〉の開始に当たり、〈一期本工事〉同様、その朝礼に、ブルー・ボックスの責任者として立ち会う必要があったからだ。

真紀も二期の初日ということもあって、この日は一日、ブルー・ボックスに詰めた。聞いていたので観月も本庁監察官室での業務は前後に振り分け、同じような予定にした。

作業はスムーズであり、特になんの問題もなかった。

夕方になると、「じゃ、私は本社に戻る。まだまだ今日は終わらないわ」と、真紀は笑って、ブルー・ボックスを後にした。

一つ終わってもそのまま帰宅にならないところが、民間企業の粘りというか、真紀の粘りか。

（ま、私も似たようなものだけどね）

真紀と別れた観月も、まだ帰るどころではない。ある意味というか、少なくとも真紀以上に、肉体的には危険な作業が残っていた。

二階に上がり、借り受けの化学防護服を着る。このところは主に牧瀬が一人で担当していた作業だ。

神経を使う作業なので夜間は無しだと、これは観月が厳命した。

〈空いた〉夜間を、牧瀬は安全と確認された箇所の片付けに当てているらしい。

今まではこれらの流れを、新規搬入における立ち会い作業の合間を縫って、時田と森島がときにサポートした。オペレートもメインは馬場で、時田と森島が交代でサポートだ。

が――。

すべての作業が順調であるためには、危険物や不審物の除去と洗い出しがまず、先決だった。現状は問題ないが、本工事は人数を投入してすでに追い掛けてくる格好だった。指折り数える程度の簡単な算数でも、早晩追い付かれることは目に見えていた。

それで暫時、化学防護服の人員を常時二人体制にすることにした。

全体の工程表を睨んで考え、観月が指揮するもう一斑の横内班から、一番若い久留米《くるめ》を数日間投入することにした。

若いと言っても久留米は、馬場より一歳年上の三十歳だ。前職の外事で相当鍛えられたようで、そのまま場内にもオペレートにも使える優れものだった。

――けど、管理官。こっちも手が有り余ってるってわけじゃないんで、昼間だけにして下さいよ。いいですか？　それで、三、四日ですよ。いいっすよね。

横内にはそんな念押しをされた。懇願に近かったか。どこも暇な部署などは少ない。

特に監察官室は少数精鋭だ。

一日中ブルー・ボックスにいることにした観月の、この日の締めは、久し振りに化学防護服を着て場内に出ることだった。色々な工程の再スタートということもあり、自ら買って出た。

新規搬入が終了する夕方の時間、およそ五時半過ぎから、自分で決めた〈夜間〉の始まりに相当する、午後九時まで場内に出る。

夜間というには早い気もするが、区切らないと牧瀬はトイレと昼食以外、化学防護服を着て延々と場内に居続ける。

だから誰がなんと言おうと、夜九時から朝七時までは〈夜間〉ということで設定した。

この夜は、特に目立った不審物も危険物もなかった。

防護服を脱ぎ、総合管理室で帰り支度をしていると、シャワーを浴びた牧瀬が自前のタオルで頭を拭きながら入ってきた。

汚れや人脂が落ちたという意味ではさっぱりしているが、いくぶん頰は瘦《こ》け、目は赤く充血していた。

時と場合に依っては、横内班からさらにもう一人投入、などと思わないでもない。

観月は、監察官室で二班を預かる管理職だ。

「ああ。管理官。お帰りなら、そうだ。俺の車、どうぞ。使ってやって下さい。動かさないと調子も落ちますから」

観月の考えをよそに、牧瀬が停めっ放しの愛車のことをそう言った。

やはりこの夜も帰る気はないということだ。上司としては、〈動かせない〉という状況の方を重く見る。

借りる対価として、心ばかりの夕食を振る舞うことにした。この際、牧瀬だけでなく夜勤当番の森島にも、中二階の高橋にもだ。

「じゃあ、俺が注文します。管理官は？」

牧瀬がピザのメニューを手に取って開く。

「私はいい。払ったら帰る。あ、係長。領収書を頼んで。ブルー・ボックス小田垣でって。——ああ」

言ってから、なるほどこういうところで水漏れが起こるのか、と納得する。

ピザの支払いまでいて、その後、観月は牧瀬の愛車に向かった。

鍵を開けて一瞬立ち止まり、目を凝らす。

「ふうん」

夜の闇に透かせば、真っ赤な軽もカラスのように真っ黒だ。

「まっくろくろすけ出ておいで、か」

そんなことを呟きながら、乗り込んでエンジンを掛ける。

エンプティーランプが綺麗に点灯した。

近くのガスステーションで十リッターだけガソリンを入れた。

夕食は奢った。人間は満たしたので、給油は必要最低限だ。

大通りに出ると、ハザードを出して停まっている普通車両が二台あった。

観月が通り過ぎると、どちらも合わせるように動き出した。

「まっくろくろすけ出てきたか、だね」

特に動じることはなかった。

ブルー・ボックス周辺に、また剣呑な気配があることは最前からわかっていた。

車での帰宅は不意のことで、気配はそのまま立ち消えになるかと一度は思った。

だが、直後のガスステーションにいる間に、通りからの毒々しい視線としてまた気配は復活した。

二台と気配は今度こそ、消えることなくどこまでもついてきた。

大通りからひと角曲がり、官舎にほど近いコイン・パーキングに軽を入れる。

見知った中から選んで、大通りから路地に少し入ったパーキングに決めた。何があっても、〈被害〉を最小限に抑えられるように。

六日目の月は、すでに西の端に落ちていた。空に輝くのは星々ばかりだ。

この日は朝からブルー・ボックスを歩き回るつもりだったから、スニーカーだった。

動きに不自由は一切ない。

軽から降り、パーキングと生活道路を仕切るガードパイプの一つに腰掛けて待つ。

やがて吹き来る風に、危険な匂いと足音が混じった。

「まっくろくろすけ、ご到着」

口の端の引き攣れはかすかな笑み、そんな自覚があった。

見せ掛けでも強がりでもない。そんな芸当が出来るくらいなら、笑顔こそ簡単だ。

果たして、大通り方面から五人の男達が生活道路に入ってきた。車から降りたようで徒歩だった。

全員が黒いジャージを着ていた。

入った途端に、パーキングで待ち構えるような観月に気付いて男達の気配は大いに揺れた。

慌てて全員が、同じような黒い目出し帽を取り出して被った。

それで、黒一色の集団の出来上がりだった。

自分達の優位性を挽回《ばんかい》するように、ゆっくりとした足取りで観月に近寄ってきた。

一足ごとに、集団は剣呑な気を徐々に募らせた。

だが、だからと言って――。

夜も遅い。待ってやる気など、初めから観月にはなかった。

先頭の男が十メートルに近付いたと見るや、音もなく観月はアスファルトを蹴った。

男達の気配が揺れるのがわかった。

いきなり突っ掛けてくるとは夢にも思わなかったのだろう。

かろうじて動きを見せた先陣の二人の手に、街灯の光を撥ねるナイフが見えた。

——うりぇあっ。

——っじゃあっ。

気合い付けもこの二人だ。リーダー、もしくは場慣れしているのだろう。気配を捩じ上げて殺気に集め、危険なのもこの二人だ。

だから——。

先に片付けるに如くはない。戦いの鉄則だ。

二人も観月に対するように地を蹴り、こちらに駆けてきた。

投げ付けられる剣呑な気は、今や純然たる剝き出しの殺気だった。

右手を出し、握るようにして闘気で潰す。

迫る二人は肩を寄せるようにして真っ直ぐにくるが、そのままではどう考えても窮屈だ。

おそらく観月の直前に至って、左右に転回するつもりなのだろう。間違いはない。

左の男の動きが右に追随するものだということは見て取った。最初から見切っていた。

好き放題を許すつもりなど毛頭ない。

繰り返しになるが、夜も遅いのだ。

二人が左右に分かれた瞬間、後の先にとって観月も右の男の方に飛んだ。目出し帽から覗く目が見開かれる。

一歩踏み込み、観月は沿うように男の右腕の脇に立った。

右腕とナイフを封じる位置取りだが、だからと言ってそのままにはしない。

右手で男のジャージの肩をつかみ、左腕を男の右脇に突き入れ、瞬転する勢いに巻き込んで背に担ぎ上げる。

拍子が合えば、人の身体など簡単に大地を離れて飛ぶ。

重量を失ったに等しい男の身体を、ナイフを腰溜《こしだ》めにして駆け寄ろうとする左の男に投げ、頭上から落とした。

「ぐぶぁっ」

鈍い音がした。どちらからの音かはわからない。知ったことではない。

残る三人が動き始めるところだった。

真ん中の男がバタフライナイフを手に、前に出てきた。

観月は緩急の動きで幻惑しつつ、男の真正面にその身を晒した。

無造作に見えて、たとえば組対の東堂などがいれば、縦横に自在なバランスを得た見事な即妙体だと理解するだろう。

「チュスー！」

男がナイフを突き出しながら、聞いたことのある何かを叫んだ。

かすめるほどの位置でかわし、伸びた男の肘を掌底で下から叩けば、それだけで腕は有り得ない方向に曲がり、ナイフが手から落ちた。

苦鳴を上げつつ前屈《まえかが》みになる男の顔面に膝を入れ、上体を持ち上げる。

無防備になった男の胸を蹴り飛ばせば、男は勢いよく倒れ込んで真後ろにいた別の一人を巻き込んだ。

その間に、最後の一人が観月の左側に近かった。

右手に、二段の伸縮警棒を握っていた。

「しゃぁっ」

真っ向から振り下ろしてきた。

隙だらけだった。

先に飛び込んで右手で脇を押さえた。

それだけで警棒は勢いを失った。

止まることなく左手で警棒の手首をつかみ、肩に背負った。変形の袖釣り込みだ。

観月の昔からの得意技にして、手加減しなければ必殺の技、殺しの技となる。

投げの途中で方向を定め、余裕を持って手を放せば、男の身体は宙を大きく走るように飛んだ。

目標は最前の、最初に動き出した男の方だった。起き上がろうとするところだった。

また鈍い音と、苦鳴が聞こえた。

音もなく歩を進め、足を大きく振り出した。

最後の男もまた、バタフライナイフの男の下から起き出そうとするところだった。その顔を蹴り上げた格好だ。

スニーカーの足先に軽い衝撃があったがそれだけだった。男はもう動かなかった。

全体、一分も掛かってはいないだろう。

風が吹き流れたくらいのものだ。

手を叩いて、観月は五人から離れた。

物音を聞きつけ、隣家から人が出てくる気配があった。

パジャマ姿の中年の女性がドアから顔を出した。

「来ないで。危ないわよ」

——け、警察を。

「大丈夫。私が警察だから」

そんな遣り取りの間に、大通りから曲がってくるタイヤの軋みを聞いた。

夜の静寂を破るものだった。二台続いていた。

咄嗟に観月が避《よ》けると、呻きながらも五人が先頭の一台に乗り込んだ。

観月は遠くに眺めるだけで動かなかった。

いや、動けなかった。

二台目の助手席から突き出た手が、何かをこちらに向けていた。真贋《しんがん》は別にして、形は間違いなく拳銃の類だった。

自分だけならまだしも、女性がまだ顔を出したままだった。住宅地なのだ。定員オーバーの一台目が動き出し、二台目が観月を牽制《けんせい》しながら、ゆっくりと続いた。見送るしかなかった。

「ふうん。チュスー、ね」

その場に立ち、観月は小さく呟いた。

同じ言葉、同じニュアンス。ただし、前回とは違うものだ。

六日前は上海語だったが、今度はなんだろう。標準語か。とにかく、上海の滑らかさはなかったが――。

とまあ、そのくらいの聞き分けなら観月にも出来た。

「なんの真似。誰の真似」

囁《ささや》きを送る。

二台のテールランプが、住宅街の奥に消え去るところだった。

四

翌日、観月は前回と同じ頃合にストレイドッグを訪れた。いい陽気の昼下がりだった。午睡の頃だ。

本来ならもっと早く、六日前にでも顔を出したかったところだが、思うより時間が過ぎた。

監察官室の管理官として、あるいはブルー・ボックスの総責任者として、日々に詰め込まれる業務は盛り沢山だ。

このところは特にブルー・ボックスのリニューアルが、メーカーさえ悲鳴を上げる欠品期間の〈二期予備工事〉を挟んで、ようやく〈二期本工事〉へと突入したところだ。課員総出でも手は足りず、久留米がこの日の朝からブルー・ボックスに出向中だった。

ブルー・ボックスに入ればしなければならない作業、出来る作業は次から次へと無尽蔵にあって果てはない。

本庁の監察官室に顔を出しても、デスクに決裁及び確認書類は山と積まれ、いつものことだが一時的に〈丘〉程度に減じることはあっても消滅することはなく、目を離した隙にすぐ山として蘇る。

現実はもう、都市伝説よりもはるかに過激だ。

その他、誰もいなければ雑事と呼んで差し支えないと観月は思っているが、切ってしまっては後々、確実に自分の首を絞めることになるとわかる物事は多い。

かくてクイーンはクイーンでありながら、時に衛士も闘士も、庶務さえも兼務となる。

それで、うっすらと透き見えることはあったが、間隔は空いた。

ただし、ただでは転ばない。転んでもただでは起きない。格安でも起きない。

何度も繰り返しになるが、これは観月がキャリアとして学んだ処世術の一つだ。

間を空けることによって、一度掻き回した水の澱みが透けることもある。

そんな期待は大いにした。

ストレイドッグの扉を開ける。

錆びたようなカウベルが鳴るのはわかっている。

前回と同じ頃合であったが、外に流れ出る狭霧のような紫煙はなかった。

「ふうん。当たりかな。ま、こんなことじゃないかとは思ったけど」

ただ、低く聞こえ来るマイルス・デイビスのトランペットの調べと、そこかしこに染み付いたような煙草の匂いだけは同じだった。

いや――。

同じものがもう二点。

陽溜まりの中で、濃紺のクラシカルスーツに身を包んで酒を舐めるボルサリーノの老人と、テーブルカウンターに寄り掛かる作務衣姿の笠松も、場所と言い、格好と言い、前回のままだった。

「やあ。いいお日和で」

老人がスーツと同色のボルサリーノの縁に手を掛け、気障な仕草で傾けた。

陽溜まりの中だ。

眩暈《めまい》がするほど、その一角は時間が止まって見えた。

「おや、まあ」

奥で笠松が相好を崩した。

まるで異界に迷い込んだ感じだ。

観月は広く見渡しながら、店内に足を踏み入れた。

バーカウンターの向こうで、観月の訪れを認めた杉本が競馬新聞を投げ捨てた。

くわえ煙草を押し潰し、荒々しく立ち上がる。

そのくせ口元が歪んでいるのは、苦笑、いや、侮蔑、嘲笑。

「来いとは言ったが、本当に来るとは思わなかったぜ。しかもこんな、舌の根も乾かねえうちに」

なるほど。

異界めいているのは老人達だけで、店主にはそれなりのリアルがあった。聞けば腹も据わる。

現実感に棹を差す。

「また来るって言った舌の根が乾いたら嘘になるじゃない。言った以上は来るわよ。民間の場所で平気で嘘をついてたら、警視庁の監察官は務まらないわ」

スツールに腰掛け、身を乗り出す。

「ああ？　口が減らねえな」

「何？　そっちこそひと言多くない？」

「俺の店だ」

「私はお客よ」

観月も負けてはいない。

負けてはいられない。

「まあまあ。いいじゃないですか」

笠松が割って入る。

「たしかに、また来るって私も聞きましたから。それなら私も自分で言った言葉の通り、可愛らしい管理官さんに奢らなくちゃいけませんねエ」

「結構です」

観月は首を横に振り、マッシュボブの裾を揺らした。
「おや。それはまた」
意外な言葉を聞いた風だ。笠松が大仰に驚いて見せた。
「ヤクザの方から奢られるわけにはいきません。先程も言った通り、私は民間の場所で
嘘一つつけない、警視庁の監察官なので」
「けっ。鯱《しゃちほこ》張って、なんだってんだ」
吐き捨てるように言って、杉本は頭を掻いた。
ヘア・ワックスで固めたオールバックに波が立つ。
良く言えばワイルドに見えた。
悪く言えば、現役のワルだ。
「なあ、管理官さんよぉ。このおっさんはもう十年も前に足を洗ったんだ。引退してん
だぜ。それに、作った組そのものだってもう、この世にありゃしねえ」
「それが何か?」
杉本が気色ばむが、観月は平然と受けた。
ゆっくりと視線を笠松に回す。正面から見る。
笠松も穏やかな目で観月を見ていた。
どちらかと言えば、少し面白そうにしていた。

杉本と笠松の対比。

本物の任侠《にんきょう》とは、こういうものか。

――ヤクザがヤクザの名前で、真っ当なとこに花なんざ送れませんや。だから、ヤクザなんです。引退しようと、何をしようと。

前回ストレイドッグを訪れた際の、笠松の言葉だ。

「そういうものだと、笠松さんは仰《おっしゃ》いましたよね」

「ええ。言いましたねエ」

「その性根がある限り、私は奢られるわけにはいきません」

「ほう」

笠松は目を細めた
「なら、なければ奢られるとでも？」

「いえ。なければ、私はきっと話さえしません。同席も同じです」

「どちらにせよ、私は奢れないというわけだ」

「そういうことになります。すいません」

「謝ることではありませんよ」

「感謝と陳謝は、言葉にすると似たようなものになります」

「――面白いことを言いますね」

「面倒臭い性分です」

けっ、と杉本がまた頭を掻いた。

「注文は？　また、ハイボールのウイスキー抜きでいいのか」

荒い言葉で割って入る。けれど先程来の棘《とげ》は、今回の言葉には感じられなかった。

「ええ。お願い」

グラスにクラッシュアイス。

炭酸水が注がれる。

手際を眺めれば、透明な泡がすぐにカウンターの上に出されて弾《はじ》けた。

「で」

「えっ」

「本当にここまで、炭酸水を飲みに来たわけじゃねえんだろ。何かあんならサッサとしてくれ。こっちは、今度の天皇賞の予想で忙しいんだ」

そう。

たしかに聞きに来たのだ。

炭酸水をひと口飲んだ。

「袖すり合うも他生の縁。ううん。ちょっと違うかも」

「ああ？」

競馬新聞を広げ、杉本がまた煙草をくわえた。

「袖をすり合ったって言うか、取り合ったんで」

「んだよ。まったくわからねえが」

杉本は煙草に火を点《つ》けた。

「この間、この席に座っていた人は、どこのどなた？」

立ち上る紫煙の向こうで、杉本の眉間に皺が寄った。

「どなたって、なんだよ。なんかあったのか」

「ええ。夕べ、襲われたので」

杉本の動きが止まった。紫煙が口元から溢《あふ》れるようだった。

すぐに吐いた。

「けっ。あっさり言うじゃねえか」

言葉は少し、邪険に聞こえた。

「訳ありか？　なんだか知らねえが、大丈夫だったのかよ」

「お陰様で」

「時候の挨拶じゃねえってんだ。まったくよ」

もうひと口煙草を吸う。

「ま、今そこに平然と立ってること自体、無事だった証拠だろうが」

「お気遣い、どうも。で」

「でって言われてもよ。――なあ。襲った襲われたってのはたいがい物騒な話だぜ。本当にそこにいた奴なのか。後で人違いって言って――」

「それは有り得ない」

杉本が肩を揺らした。

「へっ。えらい自信だな。なんでそう言い切れる」

「私だから」

即答で観月は断じ切った。

一瞬の間は、マウントの取り合いのようなものか。

杉本とは目で鬩《せめ》ぎ合った。

笠松が相変わらず面白そうだった。

知らねえよ、とぶっきらぼうに言って杉本はそっぽを向いた。

「あら。みんな常連って言ってたわよね」

「そうだったか？」

「ていうか、この前、ここにいた人達って、全員、もしかして私を見に来た？　値踏み、とか」

「ほう。どうしてそう思うのかね」

笠松が寄ってきて、空のコップをカウンターに置いた。

無言で杉本が次を作る。

観月は炭酸水をもうひと口飲んだ。

「今思えば、私をずいぶん気にしてました。そんな思考が感じられました。で、抜き打ちで来てみました。入る前に、近所で聞いてきましたよ。ここの評判」

「なんて言ってました」

「やってたんですか、あの店、って。口を揃えるようにみんなが」

笠松は笑った。

「で、杉本さん。答えだけど」

煙草を消し、杉本は笠松用のお代わりをカウンターに置いた。

「さぁてな。顔見知りイコール常連。そんな付き合い方もあらぁな。素性なんて知らなくても、商売は出来らあ」

「お邪魔様」

炭酸水を飲み干し、料金をカウンターに置いてスツールから立った。

杉本がおい、と声を掛けてきた。

「こんなんでいいのか。これだけで」

「想定内よ」

返事も待たずに外に出た。

収穫がなかったわけではない。

杉本は前夜の一連に関係なかった。

それだけはまず間違いのないことだった。

それならそれでいい。

色々、業務は盛り沢山で、雑事は山積みだ。

(なんで、こんなにしなきゃならないことが多いのかしら)

キャリアならこなせ。こなしてこそキャリアだ。

長島や手代木なら、顔色も変えずそんな風にきっと言う。

五

翌週水曜は、月も新たな十一月に変わった、その一日《ついたち》だった。

この日、観月は本庁に用事があったが、まず朝イチはブルー・ボックスに顔を出した。

リニューアル工事に大きな進展があったからだ。ひと区切り、と言ってもいい。

工事は至極順調だった。真紀が工事主任と組んだ工程より、わずかに早く本工事は進んだ。

先立つ危険物や不審物の除去と洗い出しにも、ある程度の余裕は出来た。横内班から借り出した久留米も、予定通り〈返却〉出来た。

それで前夜、全体の今後の工事をスムーズに進めるため、準備として久し振りに大掛かりな夜間工事が敢行されたのだ。

工事業者に指示された内容は、
A、三階フラットパネルの撤去と壁床の補修及び清掃
B、同パネルの二階への搬入及び設置
C、三階新キャビネットへの物品の大まかな再収蔵の補助
の三工程だった。

AとBは一工程と取ることも出来るが、Cには単独で十五人が投入された。五人ひと組に対し牧瀬班一人が付き、仮置き場から大型の台車で、大まかなブロックへ移動する作業だった。厳密に言えば搬入ではなく、その前作業なので、補助という言葉になったようだ。

再収蔵もその量は膨大で、一気に進めてはデータ化が追いつかない。と言って物品を仮置き場にそのままにしておくわけにもいかない。Cはこの二点を繋ぐ、ハブのような作業だった。

Bに関してはアップタウンに一任ということになるが、新規収蔵品の搬入は三階の第

一ブロックのみでまだ間に合っている現状、二階は閉鎖のまま作業出来る。

なのでパネルの設置目的は〈遮蔽〉ではなく、工事エリアの〈区割り〉の意味が強かった。二階場内を大きくパネルで二分割し、一番リフト側を〈第一工区〉、二番リフト側を〈第二工区〉と便宜上呼ぶことにした。

先の工期が第一工区で、第二工区が後になり、リフト側から順次工事が進められる。

つまり、第二工区のリフトから一番遠いA面側に位置する総合管理室前がリニューアル工事の最後となる。

勿論《もちろん》、最後まで工事の搬入搬出には二番リフトを専用に使い、新規搬入には一番リフトを使うことは言うまでもない。

この各作業に、一晩掛かった。

牧瀬班からはこの日の分の新規搬入作業に携わる森島以外の三人だが、馬場はデータ入力担当になるから場内に一人足りず、中二階から高橋の協力を仰いだ。

なんの問題もなかったと顔中に脂の浮いた高橋から報告を聞いたが、この聞くという作業が何より大事だ。コミュニケーションが上司と部下の関係を作り、責任の所在を厳正に明らかにする。

三階に仮搬入された再収蔵品についてはまあ、諸々、後々にぼちぼちやるとして、とにかくリニューアル工事はこれで二階に移り、後半戦に突入ではある。

牧瀬班の安全確認作業に関しても、勿論、常に緊張感は必要だが、一つの山は越え、ゴールは見えたようだった。

その後、観月はブルー・ボックスを後にし、この日本来の目的のために本庁に向かった。

こういうとき、徒歩やバスと違って牧瀬の車は便利だった。時間に対するラグといういうか、もどかしさがない。軽というのもいい。なのであれからもう十五リッター入れた。

（スクーター、買っちゃおうかしら）

と、観月は本気で考えたりもした。

特に渋滞もなく、観月が警視庁本庁舎に到着したのは九時少し前だった。

ただし、通常業務として登庁したわけではないから、監察官室には向かわない。

観月の目的は本庁舎八階の生安総務課だった。増山のところだ。

これは、広く生活安全部のことでも、生活安全総務課を意味するわけでもない。ピンポイントにその課長室、本当に〈増山のところ〉を指す。

警視庁のとあるデータベースに触るに当たり、警視正・生安総務課長の職域と職権を借りたかった。

当たり前のことだが、警視・警務部監察官室所属で触ることが出来るデータには限りがある。区切りと言ってもいい。今まさにブルー・ボックスで行われている工事のようだ。

警視庁本庁の課長は所属長級であり、第一線の警察署長と同格という意味でも、署に署長室があるように、各課にも課長室が漏れなく配置、配備されている。

そういった意味では赤坂署長である加賀美の職権でも同じで、職域も広く浅く全体を網羅する署長なら大して変わらないのだが、本庁内からと所轄からの物理的なアクセスのルートを考慮し、庁内の増山に頼むことにした。

前週の金曜朝には連絡を入れた。

本当ならすぐにでも済ませたいところだったが、増山のスケジュールが立て込んでいて予定が取れなかった。それで土、日を挟んで大いに間が空いた。

――いいわよ。勝手に使っても。周りには来るって話しておくから。

と増山は言ってくれたが、これは丁重にお断りした。

一人で課長室に籠り、そのアクセス権でデータベースに触るのは、公明正大を売りにする監察官室の人間として大いに気が引けた。

そもそも、監察官室の人間が目的も知らせず来るとなって、気にならない職員はそうはいないだろう。それでこの日になった。

部屋の主を応接セットに追いやり、観月が増山のデスクに陣取ってWSのモニタを睨んだ。

二週間前の、初めてストレイドッグを訪れたときに店内にいた客は、全員がその服の皺一本まで観月の記憶の中に鮮明だった。

その内の一人を、笹塚での襲撃者の中に観月は見た。

星々と街灯のわずかな明かりの下、目出し帽を被る一瞬の素顔だったが、一切を画像として記憶する観月には間違えようのない視認距離だった。

主にはその記憶を頼りに、データに触るつもりだった。

要するに、〈一般人〉の逮捕・前歴・前科に関する照会だ。

警察官の警察と呼ばれる監察官室からは、一般人ははるかに遠い。

アクセス中、応接セットで増山は動かなかった。観月の集中を乱さないよう、最大限の注意を払ってくれているようだった。

超記憶がただ便利な〈特技〉というわけではなく、犠牲にしたもの、引き換えにするものがあることを増山なら知る。

マウスを操作する観月の指先がスピードを上げてゆく。スクロールされてゆく画面は一度として留まることはない。常に残像のようなものだ。

脳の奥が次第に、熱を帯びる感じだった。

〈脳疲労〉は過ぎれば〈脳過労〉を引き起こし、下手をすればニューロフィラメントが焼き切れる。

やがて、観月の指先が動きを止めた。

大きく椅子の背凭《せもた》れに体重を預けた。

「ふうん。なるほどね」

阿吽の呼吸で、増山が虎屋の〈羊羹・最中詰合せ6号〉をデスク上に置く。増山への土産として観月が持ってきた物だ。

ちなみに〈羊羹・最中詰合せ6号〉は箱のことで、ひと口羊羹と最中が味を取り交ぜて、それぞれ十二本と八個入っているバラエティーパックをいう。

小皿などに飾ることなく、しかも持ってきた本人の前に箱ごと出すのが増山らしいといえばらしいが、この場合はそれが嬉しい。

白梅を模《かたど》ったこし餡入りの最中、〈御代の春 白〉と、桜を模った白餡入りの最中、〈御代の春 紅〉を立て続けに頬張る。

それから小倉餡の〈弥栄〉を口にし、ひと口羊羹の〈夜の梅〉、〈おもかげ〉、〈新緑〉、〈はちみつ〉、〈紅茶〉と、要するにすべての味をひと巡りしてようやく人心地が付く。

〈脳疲労〉に付き物の偏頭痛が潮が引くように治まってゆく。

「どう？　手応えはあったたって顔だけど」

増山が温かい緑茶を運んでくれた。

「あ、顔でわかります？」

「ううん。誰もわからないと思うけど」

はっきり言うところもまた、増山らしい。

〈二周目〉に突入しながら緑茶を飲んだ。

生安部の課長になると緑茶も美味い。

経費だろうか。

「手応えは、そうですね。あるにはありました。あったから止めました」

「何それ」

「今回必要なのは、とある二人だけです。他にも関わりそうな顔はありましたし、もしかしたらもっとヒットするかもしれませんけど、私の中に、それ以上をサーチするための動機がありません」

「動機？　どういうこと？」

「そうですね」

観月はもうひと口、会話と甘味の間で緑茶を口にした。

「極端なことを言えば、――そう、もう一万五千人以上のリストは見ましたけど」

「うわ。あの時間でそんなに見たんだ」

「見ました。それで、たとえば笹塚駅近くのクリーニング屋の息子さん。葛西駅前の立ち食いソバの若い衆。池袋駅西口の喫茶店のマスター。他にも多数。本当に多数なので割愛しますが、とにかくその人達に、〈マエ〉があることを私は今知っちゃいました。みんな、明るく元気に今を生きている人達です。これは、知らなくていい情報です。いえ、覗き見の感覚では、本来得るべきではない知識です。データベースのリストを総覧するということは、私の記憶の中にある人物を全員、〈マエ〉の有る無しに振り分けることに等しい作業です。動機はすなわち、私自身に対する、そういったものの許容、許可、ですかね」

「ああ。なるほどね」

増山は頷いた。

「わかります？」

「ええ。あなたにしか出来ないってことはわかる。だから踏み込まない、踏み込めないってこともね」

「助かります」

「どういたしまして」

この辺の呼吸も増山ならではだ。いや、増山に限らず、カルテットやクインテットのメンバーは心安く、心強い。

「それでつまり、必要最小限は拾えたってことでいいのかな」

「ええ」

「多くは聞かないけど、少しは聞いてもいいのかしら」

「いえ」

観月は首を左右に振った。

「ご協力には感謝します。けれどこれは、私の職分でのみ、誘うように鈍く光るものかもしれません」

「ふうん。監察でってこと」

「はい。——瑕疵を探すな。離れて、大きな歪みを見ろ。その歪みを、強い力で叩け。それが、監察官だ。私は監察官室の人間としてブルー・ボックスに着任するに当たり、警察庁の偉そうなおじさんにそう言われました」

「ああ。あのメッシュのおじさんね。なら聞かないけど」

増山は手を叩いた。叩いた手をそのまま出す。

「じゃあ、今日の返礼には何をくれるのかしら」

「えっ。——あの、虎屋の、やつ」

「ああ。さっき持ってきたやつなら、今あなたがほとんど食べたでしょ」

「——ああ」

いいところというか、美味いところというか、鋭いところを突いてくる。

「返礼ですか。そうですね」

考え、膝をはたと打つ。

ただし考えたのはポーズで、膝を打ったのはオマケだ。こうなることも想定して、最初からある程度は考えていた。

観月は日比谷にある、さる老舗の鰻屋《うなぎや》の店名を口にした。

「あら。嬉しい。奢ってくれるの？」

「早飲み込みしないでください」

「えっ」

「実は今日の昼、この鰻屋にJ分室の面々が出没するとかしないとか」

「Jって、だから何」

「いれば、どれだけでも奢ってもらえます」

「呆れた。それが今日の返礼？」

「情報には情報ってことで」

「いなかったらどうするのよ。それこそ、あんたの奢り？」

「いえ。その場合は割り勘で、後日また虎屋の詰め合わせを。今度は〈詰合せ3号〉で」

「――Jの室長とは言わないまでも、誰かいることを祈るわ。うちの部長、組対の部長、警察庁のメッシュのおじさん。誰でもいいから」
増山は溜息をつき、けれどいそいそと自分のバッグを手に取った。

第六章

一

翌日、夕刻の新宿だった。

観月は、新宿区役所近くにいた。

住所としては新宿五丁目になり、新宿総鎮守として今も賑やかで華やかな、花園《はなぞの》神社も目の前という場所だった。

新潟を拠点にする北陸の広域指定暴力団、辰門会直系・田之上組《たのうえぐみ》の事務所があった。

観月の目的はズバリ、その田之上組そのものだった。現組長の窪城《くぼしろ》に会うためだ。

田之上組は今から四十年近くも前、新宿歌舞伎町を狙って新潟から送り込まれた田之上という男によって作られた。

田之上は相当に切れる人物だったらしく、遅れて入ったにも拘らず見事に歌舞伎町に所場を得た。

二〇〇八年には引退したようで、警視庁のデータにもそんな記載があり、以降、田之上組の二代目は窪城ということになっている。

観月はこの日、午後から森島と二人で新宿署の業務監察に入っていた。通常の業務運営を具体的に把握するための総合的監察だ。午後イチから入り、終業時間まで各所に立ち入る事前告知は出しておいた。つまり、スケジュールとして前から予定された業務だった。

どうせ新宿にいるのなら、〈一石最低でも二鳥〉を狙うのは正しいキャリア精神だ。

窪城の所在確認に、牧瀬に張らせておいた。

ブルー・ボックスはこの日、馬場と時田で多少手薄にはなるが、そのくらいの余裕は持てるようにはなっていた。

――窪城、入りました。

そんな連絡が牧瀬から来たのが、午後五時半を回った頃で、この日の監察を終了した直後だった。

田之上組のことがあったので、新宿署内での業務は最初から森島主導で行った。なので後のことはすべて森島に任せた。

最終的な報告書の作成は上司の役目だが、その辺は後日に回す。

花園神社の境内を抜けた先に、地味な古い三階建てのビルがあった。風景に溶け込んだ、年月を思わせるビルだった。

そこが田之上組の事務所だ。

「管理官」

電柱の陰に、牧瀬はいた。ひっそりと立っていた。

公安講習を牧瀬は受けている。それがわかる見事な控え方だった。

無言で頷き、観月は足を止めなかった。一人で入ることは打ち合わせ済みだ。一人入って一人待機は、こういう場合の鉄則だろう。

田之上組の一階はガレージと、組が運営する怪しい不動産会社になっている。その辺は警視庁のデータで確認済みだった。

中に入ると、目付きの悪い男達が五人いた。一階は飽くまでも隠れ蓑《みの》で、二階以上が組事務所だと、これもわかっていることだった。

観月は証票を出した。

「警視庁。窪城さん、いるわよね」

スーツを着た三十代に見える男が無言で立った。証票に目を細める。

「警視」

わずかにこめかみに筋が揺れたが、それだけだった。さすがに新宿に古い組の若い衆ということだろう。躾は行き届いているようだ。

「取り次いでくれる？」

頬を強引に吊り上げて見せれば、男はさらに若い男に顎をしゃくった。

「変な顔して笑う女の警視さんだってよ。聞いてこい」

内容に問題はあるが、情報としては及第点だ。腹の据わった男なら拒絶はしないだろう。

案の定、

――兄貴。上がらせろってことっす。

そんな答えが降ってきた。

一階はガレージと事務所がほぼ半々だったが、二階はそれよりはだいぶ広かった。上がるとすぐがリビングスペースで、やけに長いコの字型のソファと、花瓶に大きな花が活けられた応接テーブルの組み合わせになっていた。

一番奥には二部屋があって、三階に上がる階段もそちら側にあった。

「おや？　女性の警視だとは聞いたので、キャリアの方だとは思いましたが、これは情報不足だった」

奥の席からソファに歩いてくる男が、低く尾を引くような声でそう言った。

口調と話す内容からして、この男が田之上組現組長、窪城で間違いないようだった。

データでは五十九歳になっていたが、見た目だけなら四十代にも見える。細面でスマートだが、優男には絶対に見えない。目の光がその辺のサラリーマンからすれば尋常ではないほどに強かった。

二階には先の若い衆と窪城を含み、都合六人の男達がいた。

先の若い衆が応接テーブルにコーヒーを二人分運んだ。テーブルを挟んで斜向《はすむ》かいに置く。それが組長と〈招かれざる客人〉の座る位置と、最初から決まっているようだった。

コーヒーの香りが強かった。ずいぶんいい豆のようだ。窪城の分だけは――。

「ずいぶんとお若いキャリアさんだ。しかも可愛らしい。わかっていれば、私と同じコーヒーを淹れさせたのですが」

足を組み、窪城はコーヒーをひと口啜った。

「老婆心ながら、ここは、あなたみたいな可愛らしい方が足を踏み入れるような場所じゃありませんが」

「可愛らしいかどうかは主観だから気にしないであげるけど、お嬢さんっていうのには引っ掛かるわね。嫌み？」

「そういう、いちいち面倒臭い話し方をする連中を、私も商売柄、警視庁の中に何人か知ってますが、一応お聞きしましょうか。――お嬢、いえ、警視の所属は」

聞かれれば答えないわけにはいかない。警務部監察官室は、本来ならヤクザとは交わることのない遠い部署だ。

名刺を出す。

窪城は身を乗り出し、手に取った。

何か極端なことを言われるかと思ったが、

「ほう」

と囁くだけで窪城は黙り、やおらスーツの内ポケットから自分の名刺も取り出した。

テーブルに並べられた物は、五枚あった。

「どれでもどうぞ」

〈田之上興業株式会社　代表取締役　窪城啓太郎《けいたろう》〉、〈新宿花園エステート株式会社　代表取締役　窪城啓太郎〉、etc.

「ヤクザの名刺なんてどれも同じ。じゃあ、一番わかりやすいこれだけ頂くわ」

観月は田之上興業の名刺だけ手に取った。

窪城は残り四枚の名刺もそのままに、「で、ご用件は」と観月を促した。

「チュスー。教科書通りって言うか、下手な中国語だったわ」

観月もコーヒーに口をつけた。たしかに泥のようなコーヒーだった。

「なんです?」

窪城が眉を顰《ひそ》めた。この会見で初めて見せた隙、だったかもしれない。

「チュスー。そう言ったのよ。ストレイドッグで、ハイボールを注文した声が」

鈴木守《すずきまもる》、と、観月は一人の男の名前を口にした。それが、増山の部屋でデータをチェックした結果、浮かび上がった男の姓名だった。ストレイドッグで見た顔で、観月を笹塚で襲った男の一人だ。

この男、鈴木守は田之上組の構成員だった。

「鈴木、ですか」

「そう。知ってるわよね。なんたって、ここの、そう。盃《さかずき》を受けたっていうのかしら?」

窪城は多分、鼻で笑った。

「残念ですね。ついさっき破門にしたばかりでして」

「あら残念。まるで蕎麦屋《そばや》の出前持ちみたい」

「たとえが蕎麦屋の出前持ちですか。なるほど。たしかに、お嬢さんと言ったのは私の眼鏡違いでしたね」

「へえ。言い返すわね。まあいいわ。コーヒーは不味いし、時間も惜しいから。次──」

冬木哲哉、と観月は直球で聞いた。

「冬木? 誰ですか」

「こっちが聞いてるんだけど。今のところ、私とこちらの接点はそこしかないから。いえ、正確にはストレイドッグを介した、冬木哲哉という故人だけど」

窪城はコーヒーカップを置き、腕を組んだ。

いちいちが余裕を見せ、余裕の裏に何かを感じさせる仕草だ。

立て続けに冬木のエピソードを口にしてみるが、暖簾に腕押しだ。要領は得ない。

虚と実。明と暗。赤と青。黒と白。

ヤクザの胆。

窪城はコーヒーを飲み切った。

「あまりに要領を得なくて、どうにも狐に抓《つま》まれた気分ですが」

「それでもいいわ。でも、狐じゃないわよ」

「は？」

そんな会話をしていると、携帯が振動した。外の牧瀬からだった。

こちらから話すことはない。内容だけ聞いて切り、観月は立ち上がった。

「抓むのは狐じゃなくて、私。要領を得ないなら、得るまで来るわ。何度でも」

窪城は観月の様子を目だけで追ってきた。

「大迷惑ですが」

「お気遣いもお構いもなく。私は私の職分で動いてるから。ああ、だから次があったとしても、また泥のコーヒーでいいわよ。私は怒らないから。――お邪魔様」

「本当にお構いもしませんで」

「ああ。そうそう」

階段に足を近づけ、思い出したように一度振り返る。

「何か？」

「この後は無理だけど、近々、私がどこに顔を出そうと思ってるか、わかる？」

「さあ」

「五反田《ごたんだ》の千目連《せんもくれん》」

「なんです？」

金山賢太《かなやまけんた》、と観月はデータベースから浮かび上がった、もう一人の男の名を口にした。

千目連は旧沖田組、現竜神会系の二次組織だ。

魏老五の配下に襲われた、と思われるあの夜のことだった。公園の小道にいて、一瞬だけ目が合ったと感じた影の一瞬の本性は、その場で即座に理解はされた。こちらもストレイドッグで間違いなく見た顔だった。

二度目にストレイドッグを訪れた際、日々の業務に忙殺されてままならなかったが〈本来ならもっと早く、六日前にでも顔を出したかったところだが、思うより時間が過ぎた〉と思ったのは、だからだ。

襲われたときには、後に金山という名前を知るこの男も、魏老五の配下の一人だと思っていた。

ストレイドッグには国の違う男達もいると、杉本が言っていた。たしかに大陸系に見える男も何人かいた。その一人だと簡単に考えた。ならば、少しくらい後でもいいかと、これも忙しさの弊害ではある。

データベースで、どちらも洗った。鈴木と金山の出身地から年齢から、データに残る事由から、すべてに共通点は何もなかった。

ただ二人とも、それぞれに〈半グレ〉として修業を積んだ後、二十歳を迎える頃には立派なチンピラに成り下がっていた。

「面白いこともあるものね。辰門会系の田之上組と、旧沖田組、いえ、東京竜神会系の千目連って、警察以上に水と油じゃないの？」

ほんの一瞬だが、窪城の目に針のような光が宿る。気のせいか。

「馬鹿臭ぇ。あ、いや――」

間違いではないようだ。あるいは垣間見《かいまみ》せる、二度目の隙かもしれない。

「水と油ですよ。それ以外に何が」

「あらそう？　乳化って手もあるけど」

「冗談はね、警視さん。相手を見て言うもんですよ。でないと」

「でないと、何？」

「さぁて。不幸が突然訪れたり、ま、生き急ぐことにならなきゃいいですがね」

「月夜の晩ばかりじゃねえぞって？」

「そりゃあ、東映シネマの見過ぎでしょう」

「それなら下手な中国語でまた、チュスーって言わせる？　それこそ芸がないけど」

窪城はもう何も言わなかった。

観月は片手を振り、階下に降りた。そのまま外に出る。

牧瀬が最前と同じところに、同じような格好で立っていた。少し違うのは、耳にイヤホンを当てているところだ。

観月がソファに仕込んできた、盗聴器の受信機だった。限界距離二百で電波の発信はおよそ三十時間で、ワイヤレス・イヤホンで三人まで同時に聞くことが出来る優れモノだ。

かつて組対の東堂が使っていた物とほぼ同等品で、アップタウンの研究所に真紀を通じてオーダーした。

――ＯＫです。

先程の牧瀬からの電話は、受信が良好なことを知らせるものだった。

歩きながら牧瀬が渡してくるイヤホンを耳に当てた。

――組長。いいんすか。舐められたら極道は終わりだって。

誰かの声。聞いた声だ。中国語で。

――まあ、待てよ。まあ、そう。舐められたら終わりだが。

やけに遠い窪城の声。

達観、諦念。

いや、なんだろう。

――そうじゃなくとも、終わることもある。いや、終わらせたら任俠が廃ることもある。

死ぬか生きるか。生きるか死ぬか。さてさて。ここが腹の据え処《どころ》だ。

盗聴器は、聞かせてもらったことがある東堂の物より鮮明な音声を送ってきた。

（ふぅん）

牧瀬を従え、花園神社方向に歩く。

ひと晩だけ、このまま盗聴を牧瀬に頼む予定になっていた。花園神社の境内でも、盗聴器は確実に音声を受信機に届けた。

（なるほどね。結局はタヌキだわ。花園のタヌキ）

さて、タヌキはどう動く。

（なら、私の方はっと）

花園神社に来たなら花園万頭《まんじゅう》を買って帰ろう。これで一石三鳥だ。

牧瀬にはこれから一時間に一つとして十個入りをひと箱、ブルー・ボックスの分でふた箱、自分ので取り敢えず五箱を目途《めど》に。

今からなら走れば、本店の閉店時間、午後七時に間に合うはずだった。

二

十一月の三日は全国的に休日だった。文化の日だ。

――どう。ちょっとした収穫祭やるけど、来てみない？　食べ放題よ。呑み放題は自腹だけど。

バグズハートの久保寺美和からそんな誘いがあったのは、前日の昼前だった。ちょうど森島と新宿署に出掛けようとしていたときだ。

「ああ。いいですね」

断る理由もなく、承諾した。観月自身もこの日は、休みといえば休みだった。まあ、休みでないと言い切れば休みなどどこを探しても見当たらない身の上ではある。

一人で行ってもよかったのだが、

――誘える人がいたら誘って。じゃんじゃん。

という美和のリクエストもあったので馬場を連れ立った。

馬場は夜勤明けだったが、聞けば行きたいということだったので、これは命令ではなく本人の希望だ。

ブルー・ボックスの運用エリアは現在、予定通りの広がりを見せていた。三階はもう完璧で、二階の緊急避難的に移動させてあった既存収蔵物を、問題のない物は順次三階に運び込み始めてもいた。そのデータ化も順調だ。

三階に関しては運用・収蔵を旧態に戻しても構わなかったが、地震以降、緊急ではあっても夜間の搬入出は基本、受け付けてはいなかった。現在もまだそれは維持されている。出来ればこのまま、通常運用が始まっても維持したい、というのが基本方針だ。

全体に、新生ブルー・ボックスに向け、一息つく頃合いだったろうか。

夜勤明けであっても、昼夜の別さえなかった地震以降これまでと比べれば、激減に等しい仕事量の少なさだったろう。そろそろ寮に帰ろうかと、まだ帰ってはいないが〈あの〉牧瀬が言うくらいだ。仮眠の時間も取れたはずだ。

それが証拠に、池袋で待ち合わせしたが、馬場はこざっぱりとした格好にナップザックを背負い、なんと言っても目が赤くなかった。

「お早うございまぁす」

これが時田や森島なら、せっかくの休日くらい家族サービスにという段になる。というか、そう命じもする。

が、馬場は、いや、特に馬場に限っては一人者ということもあり、何某かの出会いを求めて外に連れ出すのは、大いに上司としての務めだ。

美和に指定された開放農園は、西武池袋線の石神井公園が近かった。

農園の正式名称は、〈第三石神井区民農園〉というらしい。

「あら」

「げっ」

自然発生的に二人とも声が出たのは、農園入口の駐車場に一台の乗用車を認めたからだ。

玉虫色の地に稲妻のラインがこれでもかと走るミニクーパーだった。

「――管理官。聞いてないっすけど」

「そりゃそうよね。言ってないもの」

「汚ったねぇって言っていいですか?」

「ダメ。私も聞いてないから」

中に進んでいくと、まず赤いツナギの袖と足元を捲った美和がいた。

一応、最低限の苦情は上げてみる。

「聞いてないんですけど」

「言うわけないでしょ。はい、これ。軍手」

それで終わりだった。後ろにいる爺さんと婆さんの群れが、ちょうど次々に動き出して作業に向かったところだった。

「よう」

組対の大河原が、麦わら帽子に麻の開襟シャツ、七分丈のカーゴパンツ姿で、葉物野菜の茂った区画の中に立っていた。

一人ではなかった。まったく同じ格好で、組対特捜の浜田隊長もいた。

軍手をはめて近寄った。

「ま、あれだ。前に東堂がどうのって、なんだかんだ言って美和ちゃんを紹介したけどよ。こういう菜園ってのは、手はあったらあっただけ助かるからな。そんな思惑がないわけでもなかったんだ」

などと鼻を膨らませて得意げに話す。

馬場は前職が組対の総務課だった。だからどちらのことも知るのだろうが、部長も隊長も馬場からすれば雲の上だ。

二つの麦わら帽子の間に挟まり、馬場はただ固まっていた。

何某かの出会いを求めて連れ出したが、今日の目的はこれではない。

「馬場君。プライベート、休日だから。あんまり堅苦しくしたら失礼よ」

と、聞こえよがしに言って大河原と浜田に〈色々〉な釘を刺す。

それからまずは足元の、ベビーリーフの収穫だった。

馬場は観月達の許を離れ、老人達の手伝いに回った。美和に呼ばれた。

観月は大河原達と葉物の収穫だ。地べたに近付かなければ刈れない葉物はなるほど、少人数ではなかなか骨が折れる作業だ。

「どうだい。ブルー・ボックスも冬木課長の方も、進捗はどんな具合だい？」

作業をしながら大河原が声を掛けてくる。作業の合いの手のような無駄話のつもりなのか本気かは、麦わら帽子の向こうに隠れてわからなかった。

こういうときは、はぐらかすに限る。その一手だ。

「勤務時間外ですから」

「それだけかい？」

「監察官室の人間ですから」

「ほう。ならやっぱり、組織内部に潜っていく話なのかい？」

「それならなおさら言えませんから」

「てこたぁ、そうなんかい？」

「ブルー・ボックスは順調ですよ。もう三階は片付きました」

「そいつぁ、目出度《めでて》えや」

などなど、嚙み合わない会話は際限がなかった。

気が付けば、馬場が爺さん婆さんの間で人気者になっていた。

——馬場ちゃん。今度あたしんとこおいで。孫に会わせてあげる。

——それよっか、俺ん家《ち》に先に来いや。娘紹介すっからよ。

——何さ。娘ったってもう五十に近いだろ。

——あんたんとこの孫はまだ中学生じゃねえか。

何某かの出会いは難しく、色々あるものだ。

「観月さん」

少し奥から美和に呼ばれた。大河原も浜田も一緒ではない。観月一人だ。

そちらに行けば、まだ収穫していない区画だった。二十㎡ある。

幾つかの棚が吊られていた。まだ時期ではない野菜や果物もあったが、下段に茄子《なす》、上段にきゅうりがずいぶん出来ていた。

美和に収穫を指示された。

笊《ざる》に山盛りで収穫すると、要るならあげると言う。

そんな遣り取りを、大河原も浜田も何故か興味津々に見ていた。

「その代わり、この棚、ううん。この区画全部でもいいわ。あなたがやってみない？」

「なんです？」

よくわからなかった。そもそも笹塚から石神井公園は、乗り換えがなかなか面倒臭い。

美和が、茄子に落とした視線をきゅうりに上げ、そのまま深まりゆく秋空の遠くに移した。

「この棚はね。もう種を蒔《ま》く人も、収穫する人もいないから」

「それって」

「ここは、あなたが教えてくれた人の棚なの。棚だった、かな。もう還らない人。そんな縁」

観月が教えた人――。

「え」

桂林で死んだ日本人しか思い浮かばない。他にいない。

視線を地面に落とす。美和に上げる。

「林芳、さん」

「そう」

美和が頷いた。

「でも本名はね――」

余智成《あまりともなり》。

「余って、余巡査」

即座に警視庁の退職者名簿に繋がった。

余智成は、かつて冬木の部下だった男の名だ。

それで美和は、杉本や紀藤を教えてくれたのか。

納得だった。

余巡査は、人事考課になんのマイナスもない、優秀な捜査官だったようだ。そうしてある時期、あっさりとした一行書きの、ただ一身上の都合というだけで、警視庁を依願退職した男だ。

以来、住居も職歴も不明だったが――。

ここにいた。

ここで畑に、茄子ときゅうりを植えていた。

観月も胸に、少し熱が湧いたような気がした。

喜び、だったろうか。

様々な理由で警視庁を依願退職する者達はいる。杉本も紀藤もそうだが、願わくば、幸福で幸運な人生を送って欲しい。

本来なら警務部人事第一課は、そういった者達のアフターフォローまでを職分に含み、同監察官室はその職務に結果、寄与する部署だと観月は思っている。

「そうですか。余巡査の棚ですか」

「どう。管理してみる？」

「考えておきます。この茄子ときゅうりを味わってから」

その後、老若男女取り交ぜのバーベキューになった。

解散の後は、観月はこの日はそのまま笹塚の官舎に帰った。

官舎に辿り着いてシャワーを浴び、池袋三原堂《みはらどう》で購入した薯蕷饅頭を口に入れる。江戸川乱歩《えどがわらんぽ》も愛したというこし餡の、白く丸い素朴な饅頭だ。四個入りを二箱買ってきた。ひと箱食べた。

それでようやく人心地が着いた。

ベランダに出れば、風が心地よかった。

(それにしても、部長はずいぶん機嫌がよかったなあ)

大河原はバーベキューの間、終始、上機嫌だった。

出来れば露口参事官と並べてみたい、などと不遜なことを思ったものだ。

とにかくその後、酔った大河原は浜田と馬場に任せた。

今頃は二次会か、三次会か。

――色々、頼むぜ。なあ、小田垣。監察ってのは、死神じゃねえんだ。この世にあって地蔵菩薩《ぼさつ》は、閻魔《えんま》様の化身だって言うぜ。見抜いて裁いて。導くのは永劫《えいごう》の地獄じゃねえ。衆生の再生だよ。それが監察だぜえ。

とかなんとか。

大きな月が天に明るく、高かった。

大河原の説法、いや、説教を思い返す。

(余巡査は、幸せだったのかなあ)

ささやかな疑問が湧くが、聞けば美和は答えてくれるだろうか。

報酬無しじゃとか言って口を尖らせ、収穫した茄子ときゅうりを取り上げられるかもしれない。

などと思えば、なお胸中の熱は柔らかく身体の中に満ちた。

と――。

何故か、余巡査が観月の中で引っ掛かった。

何故か、なぜか、ナゼカ。

ベランダに吹く風が、観月の髪を揺らした。

「あっ」

田之上組の窪城、アップタウン警備保障の紀藤。

室内に取って返し、観月は名刺入れから二人の名刺を取り出して並べた。

すぐに腑《ふ》に落ちた。

浮かび上がるものがあった。

二人なら偶然、三人なら奇跡。

奇跡は必然に裏返ることもある。

「ふうん」

観月は冷蔵庫の扉を開けた。

いつ買ったか、誰が置いて行ったかは不確かだが、生ビールの缶が一本入っていた。

それをベランダに持ち出して開けた。

泡が出た。

「多くはわからない。でも」

観月は缶ビールを掲げた。

「竜胆、か」

花言葉は〈誠実〉、〈正義〉、そして〈悲しみに寄り添う〉。

「冬木課長。あなたは、ずいぶん慕われる人だったみたいね」

宵待の月が、上天でかすかに揺らいで見えた。

三

土曜の夜だった。

「ざけんじゃねえってんだ。あの糞《くそ》アマッ！」

千目連の竹中《たけなか》は、東五反田の組事務所近くにある、とある居酒屋の奥座敷で吼えた。スキンヘッドで眉毛もなく、堅太りの大男が吼えるとさすがに周囲は萎縮する。もっとも、周囲にいるのは竹中に頭の上がらない連中ばかりで、そういう連中ばかりが集う居酒屋だった。店の作りは細長く、手前にカウンター席が七席で、奥が十人規模の宴会に使える奥座敷になっていた。

竹中が近くの繁華街で気に入った女を見つけると、順繰りで女将《おかみ》を任せる店だった。〈そういう店〉として、界隈《かいわい》の水商売を生業とする連中に広く知れ渡っていた。

女将はある意味、女将の間は五反田の飲屋街に君臨する女帝と言えた。東五反田の繁華街を歩くと、〈ペリエ〉のママを除けば、そこで働く者達の誰もが頭を下げた。

そんな〈地位〉を狙って、竹中に〈肢体〉を売りに来る女が後を絶たなかったものだ。

——こっちの身体が保たねえよ。

そんな駄言を、竹中はあちこちで吹聴した。

——そうかい。そいじゃ、こっちにもちっと回せよ。

自分の上、沖田組組長の沖田丈一《じょういち》にそう言われ、実際に回したこともある。〈ペリエ〉のママ、沖田美加絵《みかえ》はこの丈一の妹だ。

竹中は旧沖田組系千目連の組長にして、沖田組の若頭補佐だった。ティアドロップの一件さえ上手く運べば、役職から補佐が取れ、沖田組の若頭に昇進することもほぼ決まっていた。我が世の春は、現実として手に届くところにあった。

それが、ティアドロップの売が組対特捜の化け物の手によって頓挫《とんざ》し、沖田組本体が組長の丈一の死と共に消滅し、竹中に春は永久にやって来なかった。

大阪からきた五条国光が東京竜神会を名乗り、沖田組に代わって関東全域を睨み始めた。沖田組は初めから、関西の広域指定暴力団竜神会系筆頭として存在した組だった。

竹中の居場所はなかった。そもそも竹中も、竹中が立ち上げた千目連も、腕っ節で鳴らし、沖田組組長・沖田丈一のボディーガードとしてのし上がった、ただそれだけの男で、それしかない集団だった。

——脳みそ筋肉は、今日ビ流行《はや》らんで。

東京竜神会代表、五条国光は耳障りな高い声でそう言って竹中を、千目連をあしらった。

「まったく。どいつもこいつもよ」

竹中は今、くすぶりの極みにあった。

かつては組事務所に、常時二十人以上の若い衆がたむろしていた。それが今では、全員を引き連れて繰り出しても、この小さな居酒屋さえ一杯にならない体たらくだ。

とある日の、斜陽の沖田組本部のように。

「ホントによぉ。どいつもこいつもよぉっ」

そんな中、この日、花園万頭の大袋を提げた小娘がやってきた。手足の長い、華奢《きゃしゃ》な女だった。頭に載せたようなショートヘアの、京人形のような顔をした女だ。

ただ、そんな形《なり》のくせに恐ろしく強いという話は聞いていた。

警視庁のキャリア、小田垣観月という女だった。

――ふうん。ここなんだ。広いわりに、田之上興業より全然人がいないわね。

組事務所に恐れげもなく、偶然に通り掛かったというような風情で顔を差し込んできた。

癪に障る女だった。

睨みつけていると、いきなり名刺を突き出してきた。わかってはいたが、受け取って警視庁ということに驚いてやった。

にも拘らず、聞いているのかいないのかわからない無表情で、空の手をひらひらさせた。

――んだよ。

――名刺。出したら交換が礼儀でしょ。いいオジサンが、そんなこともわからないの？

などとぬかしやがった。

だからテーブルに叩き付けた。

やけにでかい音がしたが、それにも動じなかった。かえってこっちの肝の据わらねえ若い衆が何人か飛び上がった。情けねえことだ。

それで余計、癪に障った。

小田垣はソファに座り、竹中の名刺を摘まみ上げて目を細め、捨てた。

——金山賢太はどこ？

そんなことを聞いてきた。

——知らねえよ。

実際に知らなかった。

金山は使い勝手のいい子分だったが、ストレイドッグに小田垣という警視庁の女キャリアを確認に行かせ、そのまま張り付かせた三日目のことだった。

——あの女にどう組長が引っ掛かってんのか知りませんがね。ありゃあ、凄《すげ》えや。魔法使いっすかね。いや、魔女か。へへっ。なんにしても、あの組対特捜の化け物並みだった。ありゃあ凄え。

小田垣に対する中華系マフィアの襲撃を、そんな印象で告げた後だ。母親が二世だとかで、金山は中国語が出来た。それも重宝だったのだが——。

一応、聞いてすぐに竹中は窪城に連絡し、同じ内容を告げた。そういう段取りになっていたからだ。

竹中のところの鈴木もストレイドッグに行っていた。どちらを動かすかで、まず張り付いたのが金山だった。それだけの話だ。

ただし、金山と鈴木は互いに敵対組織だということは弁《わきま》えている。顔を合わせる程度は日常にあっても、どうにか情報を抜いてやろうくらいにしか相手を見ていないだろう。

竹中と窪城の関係とは大きく違う。

もっとも、仲良くしろなどとは口が裂けても言わない。それではかえって、関係が破綻する。

――面白い。こっちもチャイニーズ・チンピラ第二段の振りをして、仕掛けてみるか。

窪城は軽くそんなことを口にした。元来、竹中より窪城の方が血の気は多かった。昔は、何かあるとすぐ腕力に訴える奴だった。

――とにかくよ。伝えたぜ。

窪城への連絡を終えると、まだ金山が近くをうろついていた。会話内で窪城とか田之上組とか、迂闊《うかつ》な言葉を口にしなかったか確認したほどだ。

――なんでぇ。なんか言いたいことでもあんのかよ。

動揺もあり、意味もなく凄む結果になった。

金山は肩を竦めるだけで、動じなかった。

――お許しが出たんでちょうどいいや。これ以上は付き合い切れねえんで、抜けます。

唖然《あぜん》とする竹中の前で頭を下げ、金山はあっさりと去っていった。

使える奴は使える順に組を辞める。そういうことだろう。

――近頃は警察ん中にも、そんなのがうじゃうじゃいるって。もう、切った張ったで渡って行ける世の中じゃねえってことですよ。

去り際に金山は、そんなことを口にした。抜けますとは、普通の組長なら激怒していい言葉だが、竹中はもう慣れていた。

これからどうすんだ、と聞いた。言葉は溜息の代わりに吐いたようなものだった。

――先に降りた連中が南の島で、こっちからの観光客相手にね。小金集め程度らしいっすけど、逃げも隠れも命の心配もなく、お天道さんの下で大手を振って歩けるってなあ、格別だって言うもんでね。

今頃はもう、金山は南国の空の下だろう。

――本当に。

小田垣の真っ直ぐな目が、またむかついた。

――諄いぜ。勝手に辞めやがったんだ。知らねえよ。

――辞めた？　破門じゃなくて？

――そんなんが通用するご時世だとよ。

――ご時世？　ふうん。ま、そうじゃなくてもあなた、そもそも人望はなさそうだものね。

——ああ？　もっ遍、言ってみろよ。

竹中は黒々とした声を出した。居並ぶ〈使えない〉連中は尻の据わりも悪いようだが、小田垣は身動ぎ一つしなかった。

かえって、

——冬木哲哉。知ってるわよね。冬木警部補。

と、鎌を掛けるように言ってきた。

——ふん。誰だそりゃ。

素知らぬ顔で、真っ向から見返してやった。

二日前の夜に、今度は窪城から掛かってきた電話で忠告を受けていた。そうでなかったら、多少の動揺はしたかもしれない。

窪城は昔から血の気が多い分か、血の巡りもよかった。機転が利いた。つまりは面倒臭い男だったが、それでも付き合ってきた。

長い年月だ。

——あら？

小田垣はかすかに目を見張り、口元をわずかに吊り上げた。

笑っている、のだろうか。

眼《め》の光が強すぎて表情が読めない。

いや、その前に表情自体が滅法薄い。

——ふうん。そっか。新宿から連絡があったものね。

ドキリとした。

——なんだ、そりゃ。

——うちの部下は優秀なんで。三十六時間くらいなら、準備無しでも平気で張り付くわ。

——だから、なんだって言ってんだっ。

——でもダメ。あなたはダメ。

まるで竹中を無視して、小田垣は頭に載せたようなショートヘアを左右に揺らした。

——あなたの前、自分の胸に手を当ててみれば？　あなたの前歴に。私は今、冬木警部補って言ったわよ。警視じゃなくて。

当てるまでもない。

——あ。

思わず声になった。

——思い出した？　あなた、チンピラだった三十一年と七か月前に、当時の冬木警部補に逮捕されてるわよね。

迂闊だった。迂闊に過ぎてぐうの音も出ない。

その代わり、喉が鳴った。

たしかに、沖田組の裏カジノを狙った捜四の手入れがあったときのことだ。冬木警部補に傷害で現行犯逮捕され、取り調べらしきものも受けた。

そのまま送致されて実刑判決を受け、五年の刑期を模範囚で三年三か月で出てきた。沖田丈一の目に留まり、出所後に身の回りの世話役になり上がったのはその後だ。

――うっせえな。そんな昔の、たかが一人のマッポの事なんざ、誰が覚えてるってんだっ。

――あら。たいがいは覚えてるでしょ。

――んだとっ。

――覚えてないなら、よっぽどの筋肉馬鹿ね。

恫喝しても気後れすることなく、それどころか表情一つ変えることなく、小田垣という女は平然として言った。

――また来るわ。それまでに思い出しておいて。思い出すまで来るから。

ソファから立ち上がり、

――ああ。そうそう。

お近づきに、などと言いながら、花園万頭の大袋をテーブルに置いた。

――けっ。お近付きもあるけえ。甘え物なんざ要らねえよ。

――何言ってんの。よく見なさい。

覗き込めば、万頭ではなく茄子ときゅうりが入っていた。

――馬鹿にしてんのか。

――誰が。

小田垣が腰に手を当て、仁王立ちになった。

――余智成。

刃《やいば》のような口調で、そんな名前を口にした。

心臓が大きく一つ、打った。

小田垣が口の端を吊り上げた。今度こそ本当に笑ったようだ。

――そういう名前の元巡査が、丹精込めて育てた野菜よ。ゆっくり味わうといいわ。

本当の置き土産は、この言葉だったろうか。

あの女のことを思い出すと、だからどうしようもなくむかついた。

「ざけんじゃねえってんだ。どいつもこいつも、馬鹿にしやがって。いいときだけ、ホイホイついてきやがってよっ！」

もう一度吼え、竹中は座敷のテーブルを蹴り飛ばした。

酒も肴も、盛大にひっくり返った。大いに散った。

手近に転がる徳利《とつくり》の一本を取り上げる。来たばかりの徳利だった。零れはしたが、半分以上は入っていた。口をつけて呑んだ。

「ったくよぉ。俺が、いや、俺らがよぉ、どんだけの思いして、今の暮らしにしがみついてると思ってんだっ」

呑んでも呑んでも、呑んでも足りなかった。

「それでもよぉ。しがみつくしかねえんだって。――へっ。こりゃあ悲劇だよなあ。喜劇かねえ」

畳の掃除をしながらの子分達は、聞こえているはずなのに竹中を見もしなかった。

そんな連中しか、今はいない。

昔はよかった。昔はまだ、赤心があった。

それが野心に変わったのはいつからだったろう。

「けっ。なんでもいいや」

竹中はまた酒を呷った。

空になった。次を探した。

「ただよ。このままには出来ねえ。このままにはしねえ。叩けばいろんなモンが出てくる、ゴミ箱みてえな倉庫もよ。そんなゴミ箱を漁《あさ》る、あのこまっしゃくれた女もよ」

三分の一ほどが残った徳利があった。それも呷った。

「人が捨てたモン漁ると、叱られるんだぜ。――なあ。冬木さんよぉ」

目は暗く、心は黒く、沈んでいた。

やおら、竹中は携帯を手に取った。

「——おお。俺だ。久し振りだな。まだ生きてたかい。西村《にしむら》、いや、北城《きたじょう》だっけか？　ええ？　浪岡《なみおか》？　なんでもいいや。北の爺いの名前なんざ。とにかく、すぐに花火売れや。時限式の強烈なやつだ。——ええ？　ねえって？　おいおい、知ってるぜ。国からちょろまかした分、まだ色々あんだろ？　たしか今年に入って、この国ん中で外国人に売ってたよな。リーなんて野郎には売れて、俺には売れねえってか？　それじゃあ、そんなんじゃあ、この先この国で、生きていけねえぜえ」

翌日の約束を取り付けて電話を切った。

高い買い物になるだろう。

だが、それでもブチ上げるのだ。

真っ赤な花火。

かつて冬木課長が守ろうとした、赤い心と同じ色の花火だ。

次の徳利も空になった。

その次の徳利も空になった。

この先どれほど呑めば、今日が終わるのだろう。

それは、竹中にもわからなかった。

四

曇天の、寒々しい日曜日だった。

この日、杉本はカウンターテーブルの奥でほとんど動かなかった。左耳にイヤホンを詰め、左手に持った競馬新聞と首っ引きだ。

土、日も店は開けるが、開けるだけで空いた席が埋まるわけもなく、いつもそんな感じだった。

今日もいるのは、伝言があって顔を出したとある常連の部下と、テーブルカウンターに寄り掛かる笠松と、いつもは陽溜まりの中で酒を舐める老人だけだった。ただし、今日はあいにくの曇り空で、陽溜まりはない。

開店から今まで他に出入りしたのは、どうにも真っ当ではない常連が三人だけだった。

いや、常連はみな、真っ当ではない生き方をしてきた真っ当ではない連中で、すなわち、杉本にとっては同志と言ってもいい者達ばかりだった。

冬木哲哉という男の侠気に救われ、今日を生きる者達だ。

杉本は冬木の前の四課長時代からの、大きく言えば捜四が闇社会に放つ、エサ、しかも撒き餌《まえ》の類だった。捜四における、代々の捜査手法だという。

〈段取り〉が面倒な潜入捜査ではなく、庁内にいながらにして〈魚〉を呼ぶ撒き餌になり、そこから〈食われていく〉手法だ。

――どうだ。やってみないか。いや、お前を見込んでいるんだ。だからこそ頼むんだ。

三十そこそこの巡査部長では、課長直々の〈提案〉には首を縦に振るしかなかった。逆らえるわけもない。〈見込んだ〉というひと言に、少しの誇りも赤心も間違いなくあった。その代わり、〈覚え目出度《めでた》ければ〉、あるいは〈あわよくば〉という、色気も邪心も芽生えたのはたしかだ。

撒き餌を承諾した最初は、本当にその捜四課長主導でただ本人、このときは杉本の悪評を流しただけだった。

だが警視庁内にこの効能は抜群で、一斉に誰もが杉本から離れた。警察学校の同期ですら、遠巻きにするだけで寄って来なくなった。

表裏を成す闇社会の人間は、その隙間を埋めるようにすぐに現れた。

そういう意味では本当に撒き餌だったろうか。このときばかりは、あまりに簡単で笑えたものだ。

ただ餌になって、相手に触れてみるとわかる。相手も本当に餌に寄る馬鹿な魚ばかりではなく、無能でもない。引っ掛けたと思っている方が引っ掛けられるのは、広く世の中によくある話だ。

杉本に食指を伸ばしてきたのは、万力会の笠松だった。触ってみれば度量は間違いなく杉本などとは彼我の差があり、前捜四課長と比べても雲泥の差ははっきり見えた。常に杉本を冷遇するのは庁内で、情を掛けてくれるのはいつも笠松だった。いつしか、杉本自身にもどちら側の人間かわからなくなった。

庁内から見てヤクザのような警官。

ヤクザから見て警官のくせにヤクザ。

醜いアヒルの子。

けれど、このままでは白鳥にも黒鳥にもなれないと悟ったとき、杉本を餌に撒いた当の捜四課長は、異動して部内にもいなかった。

苦しくて、苦しくて。

――正義はね。心の中にあるものだ。職業ではないよ。苦しかったら、警察なんか辞めればいい。

そんな因果を断ち切ってくれたのは、後任の冬木課長だった。

庁内でどう立ち回ってくれたのかは知らない。とにかく杉本は解雇ではなく、依願退職になった。

だが、課長が万力会とどう話を付けたのかは知っている。笠松に聞いたからだ。

――俺が指を詰めれば、杉本巡査部長を放してくれますか。

青い顔で声を震わせながら、それでも毅然と言い放った冬木に、惚《ほ》れたと笠松は笑った。

――おっかなびっくりに見えて、ありゃあ、やれって言ったら、躊躇いもなくその場でエンコ飛ばしたろうぜ。ああ。警察にも任俠がいたってよ。あんときゃ、そう思ったもんだ。

笠松は解放してくれただけでなく、行き場を失った杉本に生きる場所を与えてくれた。これも、冬木が頼んでくれたことだと後になって笠松に聞いた。

以来、杉本は冬木と笠松のハブになった。これはどちらから命令されたものではなく、杉本の意志だった。

言わばこれが、杉本の正義だ。

それから白石社長と知り合い、バグズハートの登録メンバーになった。

古い話だ。古い昔の話だが、呼び起こされた。

呼び起こしたのは、凛《りん》とした表情を崩さない警視庁の女だった。しかもキャリアだという。

だからといって、杉本は揺るがない。

バグズハートが白石の意志なら、ストレイドッグには冬木の意志が生きている。

紫煙の向こうに競馬新聞の文字を眺め、気が付けばこの日曜日も、午睡の頃に入っていた。

三人しかいない客の内から、とある男の部下が用事を済ませ、席を立った。

出てゆく男と入れ替わるように誰かが入ってきた。カウベルがリズムを乱して鳴った。

杉本は競馬新聞をカウンター内のローテーブルに投げ、顔を上げた。

「いらっしゃい。――って、なんだ」

「あら？　なんだって何？」

入ってきたのは、件《くだん》の女キャリアだった。

「あれか。今日もハイボールのウイスキー抜きか」

「ええ。勤務中のつもりだから」

言いながら小田垣は〈いつものスツール〉に座った。

「へえ。日曜日なのにな。旧態依然として、相変わらず警視庁はブラック企業だな」

「反論は無し。大賛成」

「で、今日はなんだい？」

炭酸水をカウンターに出した。

軽く喉を鳴らし、小田垣は飲んだ。

「色々わかったわよ」

よく動く目で、小田垣は周囲を見渡した。

「窪城、竹中。まずはこの二人」

「ああ？」

　思わず眉間に皺が寄った。

「鈴木と金山は、直接はどうかしらね。使いっ走りで、冬木さん本人との繋がりは案外、組長二人の方かしら」

「何言ってんだ？　おい。よくよく考えてものを言えよ」

「何がよ。さっきも言ったけど、だいたい私が初めてここに来たときの全員が、冬木課長と繋がりがあるんじゃないの？　いえ、あるわよね」

　杉本は無言で、煙草に火をつけた。

「冬木課長を知っていて惚《とぼ》けた竹中。その手下の金山と鈴木が繋がっているなら、竹中と窪城も同じ穴の狢で、さてあの日の他の客、あなたが常連だと言った客の中に、現役のヤクザ、元ヤクザ、同じ穴の狢は他に何人いるか。少なくとも前科・前歴で警視庁の膨大なデータに〈偶々《たまたま》〉触ったときに、現役のヤクザを三人見つけた。やっぱりいたかって。普通の生活の中には、普通一人だっていないわよ」

　そんなことを、小田垣は無表情に淡々としゃべった。

　聞きたくもない話は全部、立ち上る紫煙を揺らして杉本の頭の上を通り過ぎた。

「どうかしらね」

「――何が」

反応は少し遅れた。指に挟んだ煙草が、短くなっていた。

「ストレイドッグ。野良犬だけじゃなくて、捨て犬、迷い犬。そんな意味もある。色んな意味があるんだって、あなた、そう言ったわよね」

答えず、杉本は立ち上がって流し場に向かった。

「ここをハブにして、ヤクザがもう五人。いえ」

小田垣は一度、背後のカウンターテーブルに笠松を見た。

「あなたも入れれば六人ね。いろんなところの、いろんなストレイドッグが、みんな冬木課長と繋がりがあったのかしら」

笠松は何も言わなかった。

「一人ならわかる。二人でもあるかもね。でも六人まで揃えば偶然は奇跡を越えて、あっさり必然に終着するわ。しかもあの日の客、十五人のうちの六人って数字は、必然をもろに補完する。ねえ、だから――わかる？」

小田垣は杉本の方に向き直った。

「なんだよ、一体」

抵抗は、短い言葉にしかならなかった。

「ストレイドッグはここのこと。そして、あなたのこと。ハブはここじゃなくて、あなたのこと。あなた自身をハブにすれば、冬木課長と同期の、元捜三の紀藤係長もストレイドッグに繋がるかも。そうなら、あの日の他の客に、今度は元警察官が何人いるかしら。――どう？　いない確率の方がはるかに低そうだけど」

声になりそうだった。だから移動して、洗い晒しのグラスを手に取った。

拭いてみた。出来るだけ自然を装ったが、どうにも手元は落ち着かなかった。

「明日以降、そっちの方も確認してみるわ。こっちは〈偶々〉じゃなくて堂々と触れる。私の職分だから。そうして、また来る。もう一度来る。――冬木課長のこと、話してもらうわよ。いえ。話してもらわなくても、そのときはもう、私は大筋を理解していると思う」

「けっ。手前《てめえ》に、何がどこまでわかるってんだ。人の顔覚えるのは得意でも、それだけで手前ぇなんかに、何がわかるってんだっ！」

吐き捨てた。次第に声は声は大きくなった。止めて止まらなかった。

これは情の話だ。

情に照らして心に決めた、覚悟の話だ。

「竜胆」

小田垣は、凛と張る声でそう言った。

軽い眩暈がした。

ああ。

ああ――。

この監察官室の女は、長く皆が秘めてきたことを、本当に陽の光の下に引き摺り出すかもしれない。

「――わかったら、どうするってんだ」

自分の声が、陽に照らされた影に聞こえた。

「それはわからない。覚えた人の顔は、そこまでのことを思考させてくれない。いえ、思考するには私がまだ若いのか。未熟なのか。だから、聞かなければならないの。人の口から。人の話を」

「それで、どうなる」

「わからない。それもわからない。けれど、聞かないわけにはいかない。私は監察官室員で、とある人が言ったわ」

小田垣がカウンターに肘を突いた。

――監察ってのは、死神じゃねえんだ。この世にあって地蔵菩薩は、閻魔様の化身だって言うぜ。見抜いて裁いて。導くのは永劫の地獄じゃねえ。衆生の再生だよ。それが監察だぜえ。

誰かの真似だったようだ。似ているのかどうかはわからないが、染みる言葉ではあった。

「ま、今日来たのは、そんなとこ」

緊張の空気を巻き取るようにして、小田垣が席を立った。それだけで呼吸が楽になったような気がした。

これが監察。

いや、小田垣観月という、一孤の傑物。

バグズの久保寺も、たいがいな化け物を寄こしてくれたものだ。

「そう言えば、天皇賞はどうだったの？」

小田垣の声が頭上から聞こえた。

気が付けば、杉本の頭が下がっていた。

顔を上げた。

眩《まぶ》しい方に。

「ああ。お陰様でな」

「日本人的ないい言葉ね。で、結局どっちだったの」

「あんたが疫病神だってことがわかったよ」

「あら残念。――今週は？」

「あんたが知ってるようなＧＩはねえよ。次は来週のエリザベス女王杯だ」

「私も買ってみようかしら」
そのときはお願いね、と言って小田垣は五百円玉をカウンターに置いた。
そのまま表に向かい、一度足を止めた。
「あなたも、ストレイドッグなのかしら」
いつの間にか陽が差し、入口近くに陽溜まりが出来ていた。
「やあ。いいお日和になりましたな」
それが、陽溜まりからの答えだった。
カウベルを鳴らし、警務部の女は出て行った。
しばしストレイドッグの中を、マイルス・デイビスの調べだけが支配した。
やがて笠松がお代わりを注文した。
作ってカウンターに置いたところで、杉本の携帯が振動した。
竹中からだった。
気兼ねする誰がいるわけではないが、客席に背を向けて通話にした。
一応、バーテンダーのつもりはあった。
竹中とは、割りと長い話になった。とはいえ、ほぼ聞き役一方だ。
〈やめておけよ。それで今を生きてる人間の、誰が幸せになれるってんだ〉
と、途中で何度言ったかは知れない。

結局は竹中が言いたいことを言いたいだけ言っただけで、通話は向こうから切られた。

携帯を仕舞い、客席に向けて声を掛けた。

「おっさん。どうしようもねえ。任侠ってなあ、強情なもんだ」

笠松からの答えはなかった。

笠松はそこにいなかった。

いや、実際にも笠松からの答えを期待したわけではない。

（なあ。おっさん）

ただ車輪の軋みとカウベルが一度、風鈴のように鳴って外気を呼び込んだ。

五

月曜日、観月は桜田門の本庁に朝から登庁し、定時前に自分の席に納まった。

久し振りのことで、ブルー・ボックスにおけるすべてが順調だということの証《あかし》でもある。

どれほど順調かというと、この日の夕刻、定時に牧瀬が帰宅することになったというほどに順調だ。

観月は自分のデスクで溜まった書類整理をこなし、午後になってから警視庁全退職者リストのデータチェックを始めた。

常連ばかりの中に現役のヤクザ、元ヤクザを少なくとも六人数えたあの日のストレイドッグに、杉本以外の警視庁退職者の在りや無しや。

どちらかと言えば通常業務より、この日の登庁はこちらが目的だった。

犯罪歴や前歴ではなく、〈警視庁職員及び退職者〉に関するデータへのアクセスは警務部の本分で、監察官室としても業務遂行のために必須だ。

閲覧はどこまでも、警視・管理官である観月自身のアクセスコードだけですでに十分だった。それ以上も以下もない。

警視庁全退職者と言っても、定年退職がまず約千人規模で、そこに普通退職、勧奨退職、その他事由の退職まで含めると二千人程度が毎年増大する。勿論、比例するように新たな職員が採用されて全体のバランスに歪みはない。

ちなみに前年度、平成二十八年度は〈東京都人事行政の運営等の状況〉の公表に拠れば、警視庁の採用人数は二〇九〇人、そして退職者は定年で一一九六人、その他の退職者で五八四人の計一七八〇人に上る。

そんなリストの内から全退職者を、冬木課長の死んだ十五年前を芯に、その前後をそれぞれ十年で浚《さら》う。

総数で三万数千人。

溜息が出るほどに膨大な数ではあった。

普通の人間が触ろう、調べようとするならば、の話だが——。

観月の超記憶にとっては、特に問題のある数ではなかった。

「んじゃ、やりますか」

首を大きく一度回す。それだけで準備は終了だった。

そもそも、二十年を超える辺りから先は顔写真すら、その有無は適当だ。入職から退職までの人事記録が残るばかりの人も多かった。脳内に押さえなければならないデータは覚悟した容量より大分少ない、それが実感だったろう。

後でしっかりした分類・分析をするとしたら、加賀美なら後々の昇進レースの武器に使うかもしれないと思えるほど、特にデータの中で軽い扱いを受けているのは、〈寿退職〉で締められた女性警官に多かった。

そんなことも一度に万を操ろうとする観月なら、万を操りながら考えることが可能だった。

WSのモニタを滲《にじ》むだけのようにスクロールされてゆく情報に、

「ふわぁっ」

「スゲッ」

と横内班の馬原や久留米などは驚嘆の声を上げるが、本人に大して凄いという自覚も自負もない。

いつものことでいつもの作業で、こういうとき決まって欲しくなるのは手伝いの猫の手ではなく、甘味だ。

今の作業には、監察官室の冷蔵庫にある残っている虎屋のひと口羊羹なら、十個もあれば事足りる。

「ふうん」

チェックを終えた観月は、椅子の背凭れを軋ませながら目を閉じた。

手が届いた深部、届かなかった暗部。

光を差せた暗部、もっと深部。

それでもストレイドッグで杉本に大見得を切った通り、大筋では理解した。

あの日、観月が初めて訪れた日のストレイドッグに、杉本以外の警視庁退職者はやはり複数人いた。

定年のOBから勧奨や一身上の退職者まで、チェック出来た限りで五人いた。杉本を入れれば六人だ。

十五人と杉本で十六人の店内に、最低でもヤクザ関係と警視庁関係だけで都合十二人いた。

ストレイドッグは、ヤクザと元警察官の坩堝《るつぼ》だった。

「そして、竜胆か」

観月は呟いた。

そこに、増山の執務室で警視庁のデータベースにアクセスして垣間見た、逮捕・前歴・前科の照会の一部をスパイスとして振り掛ける。

思考は、芳醇な香りとともに煮詰まった感があった。

目を開けた。

室内がいつの間にか、茜《あかね》色に染まっていた。

奥まで差す夕陽の先の、手代木と目が合った。

手代木も、茜色の中にいた。

「監察官。私達の仕事って、なんでしょう」

何気なく聞いてみた。何気なくだが、聞かずにはいられなかった。

「正義の執行だ」

理由も聞かず、手代木の答えは打てば響く速度でしかも、簡潔だった。

「正義の執行が人を不幸にしても、ですか」

「正義は人を不幸にしない。言い換えるなら、不幸にするものは正義ではない」

「なら、正義って何ですか」

「前にも話したが、正義は法だ。法が正義だ。そのときお前は、どんな悪法でもか、と聞いた。私は、法として存在する以上は、それが社会のルールだと答えた。だが、小田垣」

　手代木はデスクで両手を組んだ。

「この前、池袋の組対特捜で東堂警部補に監察官聴取をしたとき、同じような話になった。私はお前の話を例に出したが、こうも続けた。――ただし、東堂。間違えるな。悪法は必ず民意に依って正されると、私は同時に、このことも信じている。悪法が改正されれば正義も改正される。それでいいのだ、とな」

「民意、ですか」

「そうだ」

「民意とはなんですか」

「民の想い、ということになるか。――そう。お前の望む答えに近付けるなら、心、情に照らすということも含まれるかもしれない」

　ああ。

　たしかにかつて、手代木に下らんと切って捨てられた答えだ。

「えっ。それって」

「二枚舌、ではないぞ」

　手代木が笑った気がした。

「民意が正義を形作る。その正義を粛々と執行するのが監察官だ。だからこそブレてはいけないのだ」

常に揺るがない。

それが警視庁の自浄の要だ。

頼もしくもあり、怖くもある。

「わかるか」

「わかろうと思います」

と、観月の携帯が振動した。

牧瀬からだった。

出ると、五時過ぎたら上がります、とやや腰のない声が聞こえた。

牧瀬にして、だいぶお疲れのようだった。

無理もない。夜勤明けに仮眠を取らせた木曜の昼から、三十六時間ほど田之上組に張り付かせたら、牧瀬はそのまま夜勤に突入することになった。明けてブルー・ボックスの仮眠室で〈普通〉に寝て、午後には〈普通〉に化学防護服を着たと思われる。

この日だけは、午後九時からの〈夜間〉作業の禁止を解除した。安全確認作業の終了に目途が立ったからだ。それで牧瀬と森島の二人で、夜間は化学防護服を着続けたはずだ。

日曜日の朝になって、借り受けの化学防護服はようやくその役目を終えた。

そのまま牧瀬と森島は仮眠に入り、時田が返却を担当した。馬場はいつも通りデータの入力作業に精勤した。

そんなふうに、監察官室は一班を常に最少人数で回している〈部署〉だ。

加えてこの月曜日は朝から、本来なら夜勤明けの牧瀬と観月が交代のはずだったが、本庁に目的があったから無理を聞いてもらう格好になった。

その代わり、今日から暫くは牧瀬は日勤オンリーで、観月が夜勤を買って出た。

オン・ザ・ジョブで身を以て示すのも、上司の大事な役目ではある。

「お疲れさま。ゆっくり休んで」

――言われるまでもありません。今すぐにでも寝られます。

「そう。じゃあ、車は無理ね」

――端《はな》からそんな気はありません。

「今そっちにいるのは誰だっけ」

――トキさんと馬場です。

「ああ。主任がいるのね。わかった。じゃあ早く帰りなさい」

――そうします。

通話を終え、手早く身支度を整える。

手代木がまだ見ていた。

「今の電話は、牧瀬か」

「はい」

観月は立ち上がった。

「では、行ってきます」

「ん？　どこへだ」

「ブルー・ボックス。今夜は当番なので」

「これからか」

「はい。というか、このところ部下達に任せ切りだったので、暫くは寝泊まりしようかと思います」

「なんだ？　寝泊まりだと」

「あ、ご心配なく。大丈夫です。新宿署の業務監察の最終報告書や、メールで問題ない書類は、向こうで仕上げて今夜中に送りますから」

「そういうことではない。いや、そうか。そうだな。そう、たしかに正義の常なる執行は、昼夜に関わりなく監察官の業務だが」

うぅむ、と唸って手代木は腕を組んだ。

「何か？」

「ブラックであってはならんと、特にお前のような女子は。これは私も、露口参事官に大いに賛成でな」

観月は片頬にかすかな痙攣を覚えた。

電気的信号の伝達。

つまりは、苦笑。

「お気に留めて頂きまして」

頭を下げ、やおら、観月は監察官室を後にした。

終章

一

観月がブルー・ボックスに到着したのは、午後六時半を回った頃だった。警視庁本庁社を出たのは五時前だったが、銀座あけぼの本店を回ってから来たので少し遅めになった。

この日は、名物〈白玉豆大福 こしあん〉の十個入りを、ちょっと多めに五箱買ってきた。生地にもち米の最高峰、みやこがねの白玉粉を使った、ずっしりとした豆大福だ。見るからに重そうな紙袋を提げ、観月は裏ゲートから敷地内に入った。

真紀の部下に当たる工事主任が警備事務所にいた。ちょうど、一階のドアから安全靴を突っ掛けにして出てくるところだった。

時刻と格好と様子から言って、コンビニに夕飯でも買いに行くところのようだ。

「あら？　今日は上がりじゃないの？」

「職人はね」

四十代の主任は、ブルー・ボックスの工事関係となると必ず責任者になる人物だ。そういった意味ではもうだいぶ気心も知れた感じだった。慣れたものだ。

「伝票やら諸官庁申請の書類作成やら、図面の直しやら、その日の作業が終わった後じゃないと進められない仕事が結構あるんすよ。それに、なんたってこれまでが突貫だったんで、明日が提出期限なんて申請物が溜まっちまって。で、今夜は覚悟を決めて徹夜ですわ」

「そうなんだ。大変ね。まあ、私も同じようなものだけど、後で差し入れするわね」

「おおっと」

工事主任は、背後のドアにぶつかるように後退《あとずさ》った。

「結構っすわ。少しばかり糖尿も気になりましてね。女房子供もありますし。工事も順調なんで、せめて五体満足で、無事にここから出させてもらえませんかね」

「――別にここ、強制就労所じゃないけど」

何を言っているのかはわからなかったが、工事は順調だった。それはたしかだ。

場内の安全チェックもなんとか、ギリギリで工事に追いつかれることなく終えられた。

二階一番リフト側の〈第一工区〉は、この日の日中で新規キャビネットの設置だけでなく、ほぼ同時に進められた監視カメラの取付並びに配線も含め、すべてが終了だった。

つまり、工事は目に見える形で、全体の七十五パーセントが完成したことになった。

明日からはいよいよ二番リフト側の、最終〈第二工区〉の工事が始まる。

この夜は、そんな晩だった。

「じゃあ、何もしないけど。頑張ってね」

そんなひと言を残し、観月は工事主任と別れて表ゲート側に向かった。

二階へのエントランス前に、アップタウンの警備員が二人立っていた。

この入口も二十四時間警備ではあるが、午後七時で立ち番は終了する。

その後、夜間の全体管理は中二階の管理室と二階の総合管理室に移り、警備員は一階についてのみ、決められた時間間隔での巡回が主な作業となる。二階以上はそもそも、カード・キーがなければどこからも侵入出来ないシステムなだけに、定期的な巡回さえない。これは、かえって巡回そのものが隙になる可能性まで考慮してのことだ。

一階場内も定期巡回はあるが、業務はそれだけで、搬入搬出などの人員や物品に関する夜間の出入りは原則として許可していない。

ということで、裏ゲート脇の警備事務所に詰めている人員も、夜間には一階巡回要員のみで極端に少なくなる。五人だ。

表裏のゲート脇の守衛詰所にも人員は二人ずつ配されているが、夜間は、諸々に想定される緊急事態に備えて、取り敢えず人が〈存在する〉ことが重要だった。目的は、警視庁が各所に構える交番と同じだ。

ゲートで四人、巡回で五人の総勢九人。

外部アップタウン警備保障の管轄は、これで今のところ、全体に問題は何もなかった。

「お疲れ様」

エントランス脇の警備員に言葉を掛け、観月はカード・キーを使用して中に入った。

この日の中二階は中田巡査部長一人で、二階は観月と馬場が担当だった。

中二階に顔を出し、中田と簡単な話をする。

ここでも差し入れを渋られたが、中田は馬場と大して変わらない若い身空で、もう工事主任のように糖尿の気でもあるのだろうか。

聞くのも憚られたので、ひとまず差し入れは止めにして二階の総合管理室に向かう。

「お疲れ様でぇす」

馬場がいた。すでに虎屋の羊羹を食べていた。

それだけでもずいぶん、観月は安心を得るものだ。

人が気兼ねなく甘味を食べていると、自分も気にしないで好きなだけ口に出来る。

特にこの夜は、久し振りに場内を走り回るつもりもあったから、甘味の補給は大事だった。それで銀座あけぼのの〈白玉豆大福〉を、ちょっと多めに買ってきたのだ。

「じゃ、やるからね」

淡いピンクのトレーニングウェアに身を包み、足下は同色にそろえたジョギングシューズ姿で観月は三階の場内に立った。

食事も作業前の糖分補給も終えた、午後九時過ぎのことだった。

恒例の場内視察だが、まだ本式ではない。外からの新規分の搬入物が納まったエリアだけだ。三階全体の五分の一もない。

それでも、特にカメラシステムも稼働前の現場では、その分だけでも超記憶に収めておくに如くはなかった。馬場のデータ管理は単に、ブルーボックス内に収蔵された物品の〈所在地〉を管理するに留まる。

逆に、〈クイーンの城内巡察〉が再開されたということだけでも、地震の惨劇からはだいぶ遠く、取り戻すべきブルー・ボックスの日常は近いといえた。

これまでなら、約一時間半前後で一周した。それよりも棚列が少なくなっていることにより、走破距離は一周したとしても以前よりは少ない。しかも今回は五分の一だ。

けれど、見た目の〈量〉は五分の一であっても、〈上書き〉の作業には、やはりだいぶ時間は掛かった。

観月の超記憶は消去が不可能な分、言えば〈上書き〉とは、新たなフォルダを脳内に追加し、強引に旧フォルダの前に置く、そんなイメージだ。

これらの作業に二時間と、作業後の糖分補給に〈白玉豆大福〉がふた箱必要だった。

甘味と仮眠で、純粋に肉体的な疲労と〈脳疲労〉をどちらもクールダウンする。

常態に復したのは、午前零時を大きく過ぎた頃だった。

すべてにおいてオールクリア、今のところはなんの問題もなかった。

今のところは――。

やがて、午前二時になろうとする頃だった。

間もなく、草木も眠るだろうとする頃合い、丑《うし》三つ刻《どき》というやつだ。

人という生き物の体内時計が、完全な休息を要求する時間でもある。

「静かなものね。眠くなるわ」

ジャージ姿で観月は独り言《ご》ちた。

「あれで眠くなるって、ある意味さすがですよね」

馬場が椅子の背を鳴らした。場内のカメラはすべてダウンしているが、場外は総合管理室内のモニタに生きていた。

馬場はそちらのチェックをしながら、身体ごと観月の方に捻った。

「なによ。あれでって」

「夕飯の後でひと箱でしょ。んで、場内巡察の後でふた箱、さらに夜食だって言ってさっき四つでしたっけ？　豆大福」

「五つよ。足りなかったから。――で、だから何？」

「普通なら、胃が重くて眠れませんって」

「そう？　でもクールダウンに必要な分ってことは、オーバーヒートしたってことよ。熱が上がったってことは、そんなのに使う分は全部蒸発よ、蒸発。残らないわ。水と一緒」

「――それ、本気じゃないっすよね」

「まあね」

そんな会話も出ようとする時刻だ。感性も眠る。

「あれ？」

さらに、十分ほど過ぎ、二時を少し回った頃だった。

馬場の不思議そうな声に、観月は日誌を記入する手を止めた。

手代木に口約した、新宿署の業務監察の最終報告書を作成中だった。

「何？」

顔を上げれば、馬場の目はモニタの方を向いていた。

「いえ。でも、――あれぇ？」

「だから何」

「裏のハイフラップが、青く点灯したような気がしたんすけど」

馬場が首を傾げながら言った。

「どういうこと？」

「見間違いでなければ、人が通ったってことなんでしょうけど」

歯切れはどうにも悪い。

ハイフラップは、徒歩での来場者用の自動開閉門扉だ。専用のＩＣカードやブルー・ボックス本体のカード・キーに二十四時間対応する。非接触でもブルーのＬＥＤランプが点灯してレスポンスよく開き、一定の時間間隔で閉まる高性能門扉だ。

それが青く点灯したということは――。

「煮え切らないわね。で、通ったの？　通らなかったの？」

「それが、よくわからないんです」

暗くて、と馬場は続けた。

「暗い？」

「ええ。守衛詰所前は大丈夫ですけど、どうやらゲート脇の照明、切れてるみたいっす」

「切れて？　あそこって、ＬＥＤのダウンライトよね。１５０ワット相当の」

「そうっす。管理官が１０００ワットどーんとか言って、明る過ぎは近隣に迷惑ですって係長にダウンサイズさせられた」

「新品よね」

「まあ、早川さんが狡《ずる》くなければ」

「そこに自信は持てないけど。とにかく、それが切れてるの？」

「みたいっす。それでハイフラップの点灯が見えたって言うか。見間違いでなければですけど、わかりません。暗過ぎるくらい暗いんで、外の道路をトラックか何かが通った反射かもしれませんし」

「守衛詰所に連絡入れて」

「やってるんっすけど繋がりません。表ゲートもです」

「えっ。じゃあ、警備事務所は」

「待ってください」

馬場はマウスを忙しく動かした。

「駄目です。LANが潰れてるみたいです。アクセスポイントが故障とか」

聞きながら観月も近くに寄った。

場内の監視カメラは工事完了までダウンしたままだが、クワッドモニタの端の方に、わずかに光を感じる画面が一つあった。

それが、ハイフラップ門扉に近い場所の監視カメラ映像だった。本来なら煌々《こうこう》とした明かりに照らし出されているはずの画面だ。

「えっと」

観月は手近なキャスタチェアに深く沈み、思考した。

復旧出来るかなあ、と馬場が呟きながらキーボードを叩いた。

夜に響くリズミカルでリアルな音に、観月の脳が活性を上げるようだった。

閃《ひらめ》きがあった。

「ねえ、馬場君」

声を掛けてみた。

「今日、何か変わったことがあった？」

「いえ。別に」

馬場はまだキーボードと格闘していた。

「なんでもいいわ。誰か来たとか」

「特には。――まあ、あるとすればアップタウンの、ほら、あのクソ忙しかったときに、重慶飯店の月餅持ってきた所長」

「紀藤さん？」

「あ、そうです。その所長が昼前に来て、工事の現状を視察というか、場内を回りながら、工事責任者に結構質問してたみたいですね。それくらいですか。ああ。こっちにも顔出して、管理官の所在も尋ねられましたけど」

「――なるほどね」

そのとき――。

馬場がまた、同じような音色の声を出した。

「あれ？」

「今度は何？」

「あれです」

馬場がとある画面を指差した。

映っているのはD‐2とD‐3シャッタの間に作った警備員用の通用口、通称〈バックドア〉の前だった。

そこに――。

迷彩服に同色のヘルメット、目出し帽に重量感のあるナップザック。

そんな連中が、軒下ライトの下に立っていた。

二

四人いた。その内の三人がまったく同じ格好だった。最後尾の一人にだけはヘルメットとナップザックが見当たらなかったが、迷彩服と目出し帽は同じだった。

背格好からするに全員が男で、正体に目星はついていたが、さて、何をするつもりだ。モニタを注視していると、先頭の男が胸ポケットからブルー・ボックス本体のカード・キーを取り出し、〈バックドア〉に使った。

ハイフラップ門扉を通過したのだから、暗唱番号かICカードか、カード・キーのどれかだ。その後の目論見《もくろみ》、目的までを考えれば、十中八九カード・キーを所持している。

間違いなく、警備事務所に預けた予備の一枚だ。

ついでに言うなら、LANのアクセスポイントに細工をし、裏ゲート脇の照明までご丁寧に潰す。

易く推測も断定も出来た。

なにしろ先頭は、昼前に現れたというアップタウン警備保障の紀藤なのだから。

おもむろに先頭から三人が、ヘルメットに取り付けられた何かを顔の前に降ろした。

「あれって、暗視ゴーグル？」

呟きは疑問形になったが、間違いはない。知識の中にあった。

第三世代型双眼式の、ニューコンオプティックのナイトビジョン。イルミネーターから照射される赤外線により、真闇《まやみ》の中でも使用が可能な優れ物だ。

躊躇なく三人が一階場内に入った。最後尾、四人目は手にハンドライトを持って続いた。

「馬場君。一階の場内って」

「ええ。現在、明かりはついていません」

観月の意を解して馬場は即答した。さすがに緊張感が滲んでいた。

一階のライトコントロールは中二階と一階分電盤にそれぞれ必要回路のスイッチがある。足元灯と揚重類の電源は一階の分電盤内で、その他はすべて中二階だ。

非常灯を除き、当日の作業が終わった段階でアップタウンの一階作業員が揚重機と足元灯の主電源を落とす。その後、最後に中二階の当直が一階全体を目視で確認し、ライトをオフにして仮眠に入る。

これが当たり前の流れで、当たり前の省エネだった。

「そうよね」

観月は思考した。——といって、一瞬だ。一瞬が千変万化の予測を立ち上げては消し、立ち上げては消す。

連中の目的はなんだ。

一階の何か。

そんなわけはない。

二階、三階。

ブルー・ボックスの心臓部なら二階であり、観月だ。

その二階に上がるなら、なんのためのナイトビジョン。

一人のハンドライトは何故。

いや――。

入ってすぐのところに、人の出入りに必要な玄関灯程度のダウンライトがあり、スイッチがある。そのまま左手に進めば、角にブルー・ボックス全体のキュービクルがあり、大型の分電盤がある。

そこで足元灯の主電源を入れれば、歩行に支障はなく明るい。だから足元灯なのだ。

ここまでならハンドライト一本で済む。進入と歩行にナイトビジョンなど要らない。

ならば、ナイトビジョンこそ何故。

そこから二階、三階に上がるならそれこそ明るい。ＬＥＤライトの光量設定をナイトモードに落としてはいても、それでも曇りの日中とさほど明るさは変わらない。

ナイトビジョン。

暗闇で自在を得る物。

アドバンテージ。

ナップザック。

「まさか――」

天啓は、ありとあらゆる試行錯誤を経た者にだけ降るものだ。

ただしこの場合の天啓は、大吉であるわけもない。〈嫌な予感〉に限りなく近い。

「馬場君。今のうちに一階に。ああ。携帯でインカム、ブルートゥース。私と繋ぐわよ」

観月は椅子から立ち上がった。

「えっ」

急《せ》かされても、馬場はすぐには動かない。いや、動けない。わからないからだ。

「時間が惜しい。行く間に話す。ああ。ハンドライト持って。予備室から警棒もね。でも、気を付けて。けど、急いでっ！」

「は、はいっ」

部下を語気と気合いで動かす。

馬場が慌てて準備を始めた。

「先に出るわ」

待つことなく、観月は場内に飛び出した。

そのまま二階の階段側、ＹＯ‐01からＤシャッタ側に続く周回路に足を踏み出す。

歩きながら、携帯とペアリングさせたインカムを右耳に装着した。

急ぎはしなかった。

いや、正確には急ぐことは観月をして出来なかった。

一歩ごとに周辺、まだ手付かずに等しい第二工区の様子を超記憶に収めてゆく。

一か八か。

MRIのように。

いや、この場合はメリットデメリット共に、CTスキャンが妥当か。

やがて、インカムに一瞬のノイズが入った。

「どう？」

――OKですっ。

鮮明な馬場の声が右耳から聞こえた。

すぐに、奥の予備室に向かって場内を走る足音が左耳にリアルに響いてきた。

聞こえたのはそれまでの並びで言えば、YO－90を過ぎた辺りだ。

状況と推論の説明は始めていた。

――中二階の中田も起こしますか。

馬場は言ったが、観月は良しとしなかった。

これから始まるのは、おそらく死闘だ。中田は自身で断言するが、腕に覚えはまったくないらしい。

足手まといはこの場合、命の危険もあるものだった。これは馬場も同様だ。

――じゃあ、せめて係長には。

「そうね。任せた」

――了解です。なら後で、こっちで繋いどきます。

馬場の足音が、観月を追うように背に聞こえた。予備室で支度を終えたようだ。

――降りますけど、管理官も、くれぐれも気を付けてください。

と心を伝える声と足音とともに、馬場はすぐに階段に消えた。通話も一旦切れた。

観月はYO-175の辺りに進んでいた。

正面、二番リフト室からかすかな物音が聞こえた。

もう少し前進したかったが、予測通りだった。

そして、予測通りなら――。

リフト室のカードリーダーが電子音と共に青色に光った。

果たして、ナイトビジョンの男達が姿を現した。視認して初めてわかったが、全員が腰元にホルスターを付けていた。見るからに、携帯しているのは伸縮警杖《けいじょう》だった。

全員がLED照明の下でナイトビジョンはそのままだったが、問題はないはずだ。第三世代型ともなれば、視認に影響を及ぼす光量は自動的に上限でカットされる。

男達の中に、ハンドライトの一人がいなかった。

いないのも、いないということですなわち、これから起こることとの観月の推測を補完するものだった。

観月はその場で仁王立ちになった。

それ以上進めなかったことは悔やまれるが、弱みを見せたら付けこまれる。

ここが地獄の一丁目か。

気負いも衒《てら》いもなく、ただ覚悟だけを深く沈めて観月はそう判断した。

三途《さんず》の川の幅、男達までの距離は約二十メートル。

男達にも、観月の姿を確認しても特に動じる様子はなかった。

土壇場、修羅場には慣れた男達。

そういうことなのだろう。

「これはなんの真似。まさか男三人で夜這いはないわよね。ねえ、紀藤さん、窪城さん、竹中さん」

「ほうっ。これはこれは」

肩を揺らしたのは先頭の紀藤だった。笑ったのだとしたら、苦笑の部類だろう。

「へえぇ。さすがに、キャリアは伊達《だて》じゃないってか」

次いで言葉にしたのは、紀藤の右脇に出てきた窪城だった。

「けっ。小娘が。こんなんで手前ぇ、いい気になってんじゃねえぞ」

吐き捨てたのは左に立つ竹中だ。

「そう馬鹿にしたもんじゃないわよ」

観月は腰に手を当て、一同を睥睨《へいげい》した。

「竜胆」

それで先手を取るつもりだった。

「竹中富雄《とみお》の富、余智成の成、紀藤雄三の三、窪城啓太郎の郎。なら、残る洋は誰？」

だが――。

不用意だったかもしれない。

いきなり吹き付ける殺気が渦を巻いた。

三人から吹き付ける、さすがの殺気だった。

窪城が目出し帽の頭を掻いた。

「やれやれ。そこまで知られてんなら、こりゃあ、竹中の言う通りだな。たしかに余計なモンの詰まったここも、余計な詮索をするあんたも、このままには出来ねえってもんだ」

観月はゆっくりと後退った。

「そんなことをして、誰が喜ぶの？」

「いや。誰も喜ばねえさ。わかってんだ。そんなことは。なあ、竹中」

窪城はナップザックを床に下ろした。

「ただで済まそうなんてもな。思ってねえよ。んなこたあ。――狂気。ふん。そんなもんだ。俺らぁ。もう三十年以上も狂気ん中で生きてきた。なんも怖くねえ」
言いながら、竹中も窪城に倣った。
重い音がした。中身の推測は出来た。
――ここも、このままには出来ねえ。
つまりはそういうことだろう。
紀藤に目を向けた。
「あなたも、それでいいのね」
無言で紀藤もナップザックを下ろした。それから携帯を取り出し、どこかに掛けた。
「落とせ。落として帰れ。――気を付けてな」
それだけを言った。
観月は速度を上げつつさらに退いた。
「おいおい。なんだよ」
追うように竹中が前に出てきた。
ホルスターの伸縮警杖を握り、振り出した。金属音がして三段に伸びた。
次いで窪城も誘われるように続き、紀藤も動いた。
(来た)
観月の狙い通りではあったが、さらに警杖の長さが確認出来たのは幸運だった。

四十八センチ。

いや、強気でいい。四十七センチ。

そのときだった。

天井のLED照明が一斉にダウンした。

いきなり二階は真闇に落ちた。

月齢十七日の月は中天にあるはずだが、ブルー・ボックス内には届かない。窓が無いのだ。

ただし——。

観月は動じなかった。それどころか、照明がダウンした瞬間から超記憶を発動させた。

一気に脳内が活性化する。ボルテージが跳ね上がる感覚だった。

直前に見て記憶した断層のような場内の一枚一枚を、無数に重ねて3Dに立ち上げる。

そうすれば真闇でも、観月は昼間と同様の景色を獲得する。

今までやったことはなかったが、やるしかない場面だった。感覚としては可能なはずだった。そう踏んだ。

加えて観月は、照明がダウンした瞬間からさらに速度を上げて退いた。

「おいおい。逃げたってしようがねえぜぇ」

竹中の下卑《げび》た声が聞こえた。

ナイトビジョンには見えているのだろうが、気にしなかった。

退いて退いて、退いたところで止まり、目を閉じた。開けていたところで、余計なエネルギーを消費するだけだった。

ＹＯ－１２２列のセンターから１２１列方向に六センチ、キャビネットから外壁方向に一七八センチ離れたポイント。

燃え盛るように熱を帯びた脳内に、場内の様子が立ち上がった。

観月は自分が立つ、ただ一点を獲得した。

（出来た）

それからゆっくりと左足を引いて半身になり、小さく一つ、呼気を吐いた。手足を大きく動かす。

関口流古柔術の基本にして、深奥に至る型だ。

吐いて吸い、吸って吐き、ゆっくりとした動きから山をも響動《どよ》もす雷《いかずち》、逆巻く怒濤《どとう》を現し、やがて母なる紀ノ川の流れに静まる。

それで観月は、形より入り、形を修めて形を離れた。

静中の動、動中の静を自得し表す、即妙体の完成だった。

三

風なきブルー・ボックス二階の場内に、観月は大気の流れを感じた。

三人の気配も手に取るようにわかった。

即妙体を得た状態なら、組対特捜の東堂ほどではないだろうが、観月もそのくらいは可能だった。

ただし、3Dに立ち上がった場内に、三人をポイントする。これは東堂をしても、間違いなく不可能な技だったろう。

「へっへっ。怖くて固まったかい？　ええ。キャリアの姉ちゃんよぉ」

竹中の声が真正面にあったが、その騒々しさは陽動だったろう。

三人の気配はそれぞれ、別のところにあった。

かすかな軋みが左方からした。

十メートル斜め前、MU-132のキャビネットがMI-131に乗り上げていた。

音から判じる重量、気配の質からして窪城が走ったのだ。

そちらから瓦礫《がれき》のようなキャビネットと収蔵物の隙間を通り、まず窪城の警杖が唸りを上げた。

躊躇は一切感じられなかった。殺気こそ有り有りとしていた。昇華すれば純粋な殺意となる類のものだ。遊びでは有り得ない。間違いなく、必殺の一撃だったろう。

ただし、観月がいたならば、だ。

目を閉じたままだが、観月の動きは自在だった。昼間と変わらなかったろう。無人の野を行くが如くだ。

窪城が振り出す警杖の下を斜めに抜け、そのまま前方の竹中に自分から迫った。

見るからに躊躇いもなく無造作だ。

けれど、無造作であって無造作ではない。緩急と斜の歩行こそ、関口流古柔術玄妙の技だ。

人の意識の隙、死角から死角に自在を得る。

窪城の一撃は触れることさえなく観月の背に抜けた。驚愕《きょうがく》の気配だけが伝わってきた。

竹中が自分の警杖を頭上に差し上げる。

こちらも、塊のような殺気が振り上げた腕から先に鮮明だった。

となれば――。

待ってやる気も義理も観月にはなかった。

踏み込み、振り上げられた腕の脇と肘を左右の手でつかんだ。

一瞬で持ち替え、そのまま肩に載せるようにして反転した。

山嵐、もしくは跳腰の変形だ。

「せっ」

観月の周囲には大気さえ巻き込まれて、渦が出来るようだった。

投げた竹中がキャビネットの中に突っ込んだ。

派手な音がした。

YU-139の、傾いたキャビネットが竹中と共に倒れ込み、辺りのキャビネットを派手に散らした。

その、それぞれの新たな位置、角度まで3Dに再構築する。

瞬時に出来上がった。

出来上がったが、するには脳が熱かった。

投げた竹中がすぐに瓦礫の中で動いた。

投げ技の威力は、竹中を気絶させるまでには至らなかったようだ。

だが、わかっていた。想定内だ。

なにしろ、竹中を担いだ瞬間、通路に紀藤の気配が近かった。

それで投げの軸が少しぶれたのだ。

だが、結果としては重畳だった。

投げの終《しま》いに拘泥《こうでい》せず観月は斜め後方、横倒しになったＹＯ－１４８のキャビネットの上に飛んだ。

鼻先をかすめるほどの空間を、警杖の形をした紀藤の殺意が真一文字に通過した。風を感じるほどの近くだった。

あと一センチ近かったら――。

鼻骨は粉砕されていたことだろう。

(怖がったら負けっ)

観月は瞬転してキャビネットの上から紀藤に飛んだ。

渾身《こんしん》の力で警杖を振り、まだ体勢が整っていない一瞬の胸を掌底で突き抜いた。

突き抜いて飛び退る。

「ぐほっ」

よろけつつ、紀藤は尻から落ちた。

肋《あばら》の一、二本は仕留められたか。

竹中がキャビネットを蹴散らして通路に出てきた。

「ちっ。なんだってんだ。化け物かよっ」

吼えた。

「あら。有り難う。褒め言葉として取っておくわ」

余裕は見せたが、実際には観月をして、余裕などまるでなかった。

始めに竹中の脇と肘をつかんだときから、やはり少しずつズレがあった。ズレを感じた。

それらを修正しようと試みるが、限界は近かった。

脳が燃える。

いや、脳が焦げる。

（何よ。これ）

偏頭痛の域を超えた痛み、初めての強烈な感覚。

３Ｄを立ち上げるだけでも相当な消費だということは間違いない。

そこに、相手の動きをトレースして常に落とし込み、なおかつ随時、自身のポイントを当て込んでゆくのに、一体どれほどのエネルギーが必要なものか。

脳が消費されてゆく。

どこまで、いつまで。

立ち位置を入れ替え、いつしか観月がＤシャッタ方向にいた。

脳疲労を超え、すでに脳過労の状態は近いようだった。

焼き切れる寸前、ということだ。

砂漠で水を求めるほどに、無性に糖分が欲しかった。

脳内の３Ｄで、少しずつ全体の景色がぼやけ始めていた。

ただし、これは脳の悲鳴からではない。

三人と位置を入れ替えなお退がれば、観月の背後は五メートルほどでＹＯ－１７５の列だった。

そこから先は、３Ｄを立ち上げるに足る記憶情報がなかった。

第二リフト室から紀藤らが姿を現し、最後まで辿り着けなかったのだ。

押されてこれ以上退がったら、すぐに無の空間に投げ出されることになる。

（背水の陣、ってやつかしら。前進あるのみ、ね）

死生の水際。

観月は全身に不退転の猛気を蓄えた。

と、そのときだった。

インカムに微細な着信音があった。

――管理官。

すぐに馬場の声が聞こえた。

ずいぶん久し振りな気がしたが、おそらく十五分も経ってはいなかった。

――分電盤に辿り着きましたぁ。

まさに、天佑神助《てんゆうしんじょ》とはこのことだったろう。

「大丈夫だった？」

荒い息、頭の痛みを強引に抑え込む。

――はい。そっちはどうです？

「最悪。ブレーカーを見て」

――見てますけ、あ。に、二階の照明、ブレーカーが落とされてます。

「上げてっ」

――上げます。

水銀灯などと違って、遅滞が無いのがＬＥＤ球のいいところだ。

馬場の返答とほぼ同時に、二階に曇天の光が戻った。

三人の姿が肉眼に鮮明だった。

脳の負担が一気に減った。割れんばかりの痛みは、ひどい偏頭痛程度に減った。

これなら――。

耐えられる。

リアルであれば、即妙体を得た観月の柔術の前に、たかが三人の男など物の数ではなかった。

かえって目出し帽とヘルメットにナイトビジョンの姿が、照明の下で哀れにも不格好だった。

ここからは観月の手番だ。

なんと言ってもブルー・ボックスは観月が、アイス・クイーンだけが君臨する城だった。

三人が不要を悟ってか、ほぼ同時にナイトビジョンを捨てた。

まず最初に殺気をぶち当ててきたのは竹中だった。

「おるぁっ」

先の攻防と違い、竹中の一撃を掻い潜《くぐ》ると今度は、正面に窪城がいた。

真っ向から唐竹割りに、窪城の一閃《いっせん》が観月の頭上に降ってきた。まるで雷光のような一撃だった。

観月は恐れげもなく二歩踏み込んだ。それで窪城の懐の中だった。

背を返し、落ちてくる窪城の右腕の半ばを、落ち切る前に捻って担いだ。

「ぐわっ」

悲鳴と鈍い音が重なった。どちらも窪城が発するものだった。

鈍い音は、窪城の右肘が逆くの字に折れた音だった。

その手から落ちた警杖を拾い上げ、踵を支点に身体を背後に回した。

鞭《むち》のようにしなった腕を高く振り出し、見もせず袈裟《けさ》斬りの軌道に乗せる。

竹中がいた。その右肩に落ちた警杖は、竹中の鎖骨を粉砕した。

音もなく声もなく、竹中がその場に崩れて両膝を突いた。

残心の位取りを以て、その場から観月は窪城を睨んだ。

およそ五メートル離れた、ＹＯ－１４２に近い通路にうずくまり、紀藤は胸を押さえてただ、観月に燃えるような目を向けていた。

右手の人差し指に闘う者の気を乗せ、紀藤を指し、牽制する。縫い留める。

紀藤が大きく息を吐いた。

それだけでもう、紀藤の目から剣呑な光は失われた。

竹中も窪城も、すぐには立てないようだった。

観月はふらつきながらも、三人が床に置いたナップザックに近付いた。窪城の近くだった。

身体はどうということもなかったが、脳神経の消耗はやはり激しいようだった。

ナップザックの一つを開けた。

案の定、中に入っていたのはいくつもの、小型の時限式爆薬だった。

三つをひとまとめにしてつかみ上げた。

ナップザック自体に、重さはさほどなかった。軽いものだ。

三人の脇を抜け、総合管理室方面に移動して、キャビネットの傍《そば》に置いた。

溜息をついた。

いや、最初は溜息しか出なかった。

「ブルー・ボックスをぶっ壊す気だったの？　でも、おあいにく様。こんな玩具《おもちゃ》みたいなのじゃ、いくつ使ったってここはビクともしない。絶対にね」

誰にというわけではない。見上げた天井に向かって観月は言い放った。

「管理官っ」

ちょうど階段室からのドアが開き、馬場が二階に飛び込んできた。

馬場がさらに何か言おうとするが、観月は手を上げ、それを制した。

背後を振り返れば、紀藤が胸を押さえながら、上体を起こしていた。

苦鳴を発しながら片膝立ちになり、それから左手でヘルメットを取り、投げるように捨てた。

乾いた音が床から響いた。

ヘルメットは三度バウンドして、観月の前に転がった。

三度その場で空回りし、それでもう、動かなかった。

四

紀藤は肩で大きく息をついた。

「――ぶっ壊す？　そうじゃない。そこまで、無謀な馬鹿じゃ、ないですよ」

殺気はもう微塵《みじん》もなかった。滲むような邪気さえない。

「全部など、外壁など、どうでもいい。必要はありません。ただ、この二階と、三階は要らない。命を懸けて守ろうとしたもの、墓場まで持っていくと決めたもの。そんなものまで、出てくる。この先も、何が出てくるかわからない、この、誰のか知らない、玩具箱は要らない」

そのまま藻掻《もが》くように立ち、手近で斜めになっているキャビネットに寄り掛かった。

呻き声を上げつつ、そこで目出し帽も取った。

汗と脂の浮いた、疲れた顔が現れた。髪も乱れている。

前回会ったときより、確実に老けて見えた。

青が勝った白いLED光のせいではないだろう。

観月は寄ってきた馬場に、ナップザックをまとめて渡した。

一つを覗き、うわっ、と馬場は顔をしかめた。

「要らないかどうかを決めるのは、あなたじゃないわ。それより、どうして？　あなただって元警官でしょ」

「――かつて、警官だったことがある。それだけですよ。それだけ」

「わからない。理屈に合ってない」

「私は――」

紀藤は大きく息をついた。

熱が出始めたのか。

全身が震えていた。

「冬木の罪、知ってますか。悪徳と、一般に言われるもののすべて」

「ええ」

観月は列挙した。

紀藤は頷き、その動作だけで呻いた。

「それ、辰門会との関わり以外は、全部、私なんです」

「えっ」

「落ちるところまで落ちて、落ち過ぎて、泥の中を泥だと思わなくなっていた、私のしたことなんです。そのときは、冬木が死んだときは、自分の所業だともわかりませんでしたよ。冬木もやっていたのか、そんな風に思ったくらいです」

さすがに意外だった。言葉はない。

馬場も同様だった。ナップザックに触ったまま、固まっていた。

「冬木が死んだ後、生前のあいつから手紙が届きました。書いてありましたよ」

〈これ以上落ちるな。目を覚ませ。リセットしろ。今までの分は、俺が持って逝ってやる。その代わり、後を頼む〉

そんな内容だったという。

「涙が出ました。それで、手を引きました。だから、辞めたんです」

何からで、何を、という疑問は観月の口から出なかった。

前に聞いた紀藤の言葉に、今の言葉を合わせればわかる。

手を引いたのは悪事からで、辞めたのは因果な商売、つまり警視庁だ。

紀藤は警察に絶望したのだ。

そして、冬木の命と引き換えに、それまでの自分と決別した。

事の良し悪しは別にして、ここまでは自明の理だった。

質問を変えた。

「それで、冬木課長に何を頼まれたの？」

「さっき、言いましたが。――冬木が命を懸けて守ろうとしたもの。そのすべてを、ですよ」

「だから何？」

紀藤はおそらく、笑った。

「それこそ、私が墓場まで持っていくと決めたもの、です」

堂々巡り、千日手というやつだ。

紀藤達三人の向こう、Dシャッタ側の二番リフト室から、またかすかな物音が聞こえた。

いつの間にかリフトが階下に降り、誰かがまた上がってきていたようだ。外部操作用のコントロールスイッチがある、一階からならそれが可能だった。

集中すれば、かすかな気配がそちらに感じられた。

おそらく二人だ。

普段なら逃すはずのないものだったが、このときは直前までわからなかった。

観月をして、神経が疲れ切っていた。

リフト室のカードリーダーが青色に光り、スライドドアが音もなく開く。

すぐに車軸の軋みが聞こえた。

「俺だよ。俺が、元凶なんだ」

そう言ったのは、ボルサリーノの老人だった。

もう一人、車椅子を押しているのは笠松だ。

「お、オヤジっ」

叫ぶような声を上げたのは、身を捩るようにしてヘルメットと目出し帽を投げ捨てた窪城だった。

折れた右腕を左手で庇いつつ、手近なキャビネットに背を擦るようにして立ち上がった。

オヤジ。

このひと言で、ボルサリーノの老人が誰だかは観月にもわかった。

初代、ではなくオヤジ、と窪城は叫んだ。

それで、窪城の驚愕の度合いも明らかだった。

「オヤジ。ど、どうしてここにっ」

「へへっ。そりゃあ、このヨシさんによ。ああ、外で、帰り掛けのマスターにも手ぇ貸してもらったよ。なぁに、お前ぇらに出来ることぁ、たいがい俺にも出来んだ。こんな身体になっちまってもよ」

ボルサリーノは右手で膝を叩いた。

「そ、そうじゃねえ。なんで、こんなとこにって聞いて」

「馬ぁ鹿」

滋味に溢れた言葉だった。

親と子。

たしかに、そんな会話だったろう。

田之上はボルサリーノの縁に右手をやり、

「ヨシさん。すまなかったな。もういいよ」

と、背後に穏やかな声を掛けた。

そうかい、と答える笠松の言葉が、やけに遠くに聞こえた。

車椅子から手を離し、笠松は何も言わず真っ直ぐ二番リフトの方に向かった。

呼び止める声は誰からも上がらなかった。

物語の本筋がそちらでないことは、誰の目にも明らかだったからだろう。

「可愛らしい管理官さん。俺がね」

田之上はボルサリーノを取り、膝の上に置いた。

半白頭は綺麗に整えられていた。ボルサリーノの跡もない。

「俺が、冬木課長を殺したようなもんなんだ。いいや、手を出さなかっただけで、間違いなく殺したんだ」

「オヤジ、違うっ。そいつぁ、違う」

「そうだおっさん。違うぜぇ」

いつの間にか顔を晒し、身体を起こしていた竹中も声を揃えた。

敵対するはずの辰門会系の組長と竜神会系の組長が一堂に会し、一事に手を染め、一人を庇って声を揃える。

なんとも、浮世離れした光景だった。

「殺したのはオヤジじゃねえ。俺だ。俺なんだっ」

「窪城ぉっ。そうじゃねえだろっ。俺らだろうがっ。おっさんを巻き込み、冬木課長を巻き込んだなぁ、俺らだっ」

窪城と竹中が吼えた。

田之上は二人の様子を眺め、目を細めた。

「おいおい。お前ぇら、いつまで経っても餓鬼だなあ。静かにしろよ。ここぁ俺の、一世一代の見せ場なんだぜぇ」

ああ。

竜胆。

この者達は仲間なのだ。

観月は一歩前に出た。

脳内に熱は籠っている感じだったが、少なくともふらつきは収まっていた。

「田之上さん」

そう呼んだ。

「おう」

なんの衒いもなく、田之上は返事をした。

「下のお名前、聞いてもいいかしら」

田之上は微笑んだ。

「洋二《ようじ》」

観月は頷いた。

富成洋三郎。

これで、竜胆の送り主は完成だった。

「可愛らしい管理官さんよ。遠い遠い昔、俺もな、警視庁にいたことがあるんだぜ」

「うえっ」

馬場の声が聞こえた。

観月は動じなかった。

「ふっふっ。肝が据わったことだ。さすがだねえ」

田之上は楽しげに笑って、そう言った。

竜胆の仲間達には共通点があった。冬木だけではない。

全員が元警官かヤクザ、あるいは元ヤクザ。

杉本というハブを介し、つまり、ストレイドッグに繋がる者達。

そう考えれば、得られる答えはそう多くない。

百から十を選り、十を一桁に絞る。

そして、腑に落ちる答えは一つだけだ。

ストレイドッグは、〈潜入捜査〉が強く匂う店だった。

どんなに薫り高い酒よりも。

「ま、そんなあんただから話せる、いや、話す気になったんだけどよ。――遠い遠い昔だよ。そう、もう、誰も知らねえほど昔でねエ。パソコンなんか、その辺じゃあ見掛けるわけもない昔のことさ。それこそ、携帯電話でさえ、とてもとても」

そんな頃に俺は潜ったんだなあ、と田之上は言った。

「所属は？」

観月の問い掛けに、

「聞くだけ野暮ってもんだけど、捜四だよ」

と田之上は答えた。

車椅子の背に寄り掛かり、田之上は青白い照明の天井を見上げた。

それからは暫く、この老人の独白に近かった。

閑話

《潜ったのは冬木さんの前の前の、もう俺ですらわからない、ずっと前の課長の指示だったかなあ。苗字《みょうじ》を変えてよ。あの頃ぁ、それだけで別人になれたもんだ。そんなのが何人もいた。今もいるんじゃないのかい？　え、よくは知らない。そうかい。ま、陽の下に生きるあんたにゃあ、関係のない世界かね。

あの頃は、そうそう、ただ間違いなく、七〇年安保の頃だった。大阪から下ってきた沖田剛毅《ごうき》が、本当にイケイケの頃でよ。辰門会がターゲットだった俺ぁ、最初は錦糸町でずいぶん苦労したもんだ。

えっ。なんで錦糸町かって？

そりゃあ、言い方は変だが、俺の〈先輩〉が独立独歩の組を張ってたんだ。そこで身体に泥付けてから新潟へってわけでな。俺だけじゃねえ。ずいぶんたくさんの奴が、そこで警官からヤクザに摺り替わったもんだ。

時代、だったかな。それにしても、沖田剛毅って男の勢いは、大変なもんだった。そんな剛毅との敵対が功を奏して、俺ぁこっちの辰門会系の連中とすぐに馴染んで、すんなり新潟に潜り込めた。向こうじゃ、だいぶ日本海の荒波に揉まれたもんだ。それから、昭和五十年代の真ん中くれぇだったかな。戻ってきたのが新宿だった。田之上組なんて金看板掲げてよ。

もっとも、新宿署にも近場の所轄にも、俺の顔をわかる奴はもう一人もいなかった。俺のことをわかってんのは、警視庁では本庁のひと握りだけだった。ヤクザの社会の中での方が、もう顔も名前も通ってた。

国際捜査課の鳥居さんと知り合ったのもこの頃だったかな。いや、もう少し後か。けど、間違いなく平成にはなっちゃいなかった頃だ。あの人も、俺のことを単純にヤクザだと思ってたはずだ。エス、情報屋の真似事で、ずいぶん色んな遣り取りをしたさ。そんでずいぶん、いい目も見させてもらった。

だからこそなあ、いつも後ろめたくてな。

公安畑だろうに、あの人はいい人でよ。けど情報は全部、新潟にも捜四にも筒抜けだった。俺が上げたからな。

バーターは、良いも悪いも行って来いだろうが、俺ぁ間違いなく、あの人のお陰で新宿に根を張れたんだ。沖田組系の金松《かねまつ》リースなんてのがデンと構えてたが、屁《へ》でもなかった。

いい時代に生きたと思う。これぁ真面目な話だ。刑事もヤクザも、俺の頃は同じような生き物だった。そんな時代だった。

それが、高々十四、五歳若えってだけで、窪城や竹中の頃はもう、窮屈なもんだった。パソコンはあるし、携帯はあるし。なんたって、俺みてぇに苗字を変えるだけじゃあ済まなくなってた。戸籍から何からよ。そういう規則だって、潜ってきたなぁ全然別からだったが、二人とも言ってたことは同じだった。

だから、可愛らしい管理官さんよ。窪城も竹中も、親に貰った下の名前以外、生まれも育ちもぜぇんぶ嘘なんだぜぇ。

俺が二人を知ったなあ、新宿に入ってすぐのときだった。鳥居さんと知り合う前だったな。

竹中ぁもう、沖田の末の組に入り込んでた。それがそのまま、後に竹中が跡目を取って千目連になった。――そうそう。竹中は三十年以上前、当時の冬木警部補に逮捕されたっけな。あれも出来合いだったたっけか。まあ、なんにしろ、それで沖田丈一の懐に入れたんは間違いねえ。

そんで窪城ぁ、その当時北関東一円にのさばってた一鉄会《いってつかい》系の、池袋の組に潜らされるところだったっけ。それを俺が引っ張ったんだ。引っ張って俺の肝煎《きもい》りで、新潟に送った。

ええ？　なんでだって？　そいつぁ、今を見りゃあ一目瞭然ってもんだろうぜ。かたや辰門会は一時期ほどじゃねえが、暴対法にも耐え竜神会にも併呑《へいどん》されることなく、こなた一鉄会は、時の波間に沈んじまって跡形もねえ。

けど、そうだ。一鉄会が危なっかしいってなあ、おう、竹中、あの頃にお前ぇが入れてくれた情報だったかかな。――え、古い話でわからねえ？　ふっふっ。そりゃあそうだ。

それにしても、なあ、可愛らしい管理官さんよ。俺らぁ、必死でやってきたんだよ。

こっちの泥水を飲むまでは、みぃんな任務だって、上司の命令だってわかってんだ。そんな辞令も、制服着てよ、ちゃんと受けてよ。

それが、泥水飲んだ途端、景色が変わるんだ。色や配列が変わるってわけじゃねえ。けど、そう。遠くなるんだ。何もかも、それまで触ってきたもの、目の前にあったもの、隣にあったものが、いきなり遠くになるんだ。

それが潜るってことだと、潜ってみて初めてわかるんだ。

身分を偽った刑事。正義の執行のための、かりそめの姿。

ふっふっ。違うんだなあ。そんな小ギレイなもんじゃねえんだ。

正真正銘のヤクザだよ。潜った瞬間から、正義を振り翳す連中は、誰も俺らを助けちゃくれねえ。潜った警官はよ、そんときから正真正銘のヤクザになるんだ。クズの中でしか生きられねえ人間になるんだ。

それでも人間でいられるかどうかは、細く細く、かろうじて繋がった警視庁ってえ蜘蛛の糸の先に、誰がいてくれるかだ。誰が見ていてくれるかに懸かってんだ。

代々の捜四の課長は、まあ出来た男達ばかりだった。そんな中でも、冬木課長はピカ一だった。その代わり、同じ時期に刑事部長だった津山ってのは、本当に駄目だったねエ。こっちの世界に来ても、誰にも引けを取らないくれぇのクズだった。

そんな奴にも当たっちまって、時期が悪かった。運が悪かった。言っちまえばそういうことだが。——俺だ。俺が冬木課長に辰門会の、しかも大嶺滋の泥をかぶせちまったんだ。

ちょうど刑事部から捜四が独立して、組対に再編されるってぇ噂が流れ始めたときでな。津山ぁ捜四に、つまり冬木課長に、膿《うみ》を出し切れってよ、鬼の形相で厳命したんだそうだ。

自分が刑事部長のときの汚え話、鼻摘まみな話は、それだけで、あっただけで自分の失点になるって、クズはクズらしく影にも怯《おび》えたんだってよ。なんでも、津山のライバルだっていう、津山と同じようなクズがいてよ。真新しい部が出来るんなら頭を狙おうって男が、このライバルだってぇクズの子飼いだったらしくてな。捜四をそのまま移して、本当にこの子飼いが部長に収まったら、津山ぁ、どんな膿を〈ネタ〉にされるか、わかったもんじゃねえってな。そんなことに怯えたんだ。

えっ。膿は何かって？　そうさな、自分で言うのもなんだが、俺らのことだろうな。いや、俺らってえか、潜ったこと、警官を暗い所に潜らせたって事実だな。それを、切り捨てろってことさ。悪く言やぁ、葬り去れってことだったんじゃねえかな。

こりゃあ、課長にしてみりゃ、きっと爆弾みてぇな命令だったろうぜ。俺らぁ全員、れっきとした〈潜入捜査官〉だったんだ。実際、情報の遣り取りもしてたしよ。持ちつ持たれつだ。助けられもしたし、助けもしたさ。

俺らがどう思ってるかはまあ、人に依っただろうがな。ヤクザに染まる奴ぁ、知らねえうちにきっちり染まる。任務はいつしか仕事《ゴト》や売買《バイ》で、真っ赤な正義は燃え尽きて真っ黒な炭だ。――おっと、こいつは俺の愚痴に近いかね。

代々、潜入した連中と繋がってたなあ、捜四の課長だ。情報漏洩《ろうえい》や異動のことも考えて、代々で引き継いできたようだ。言わばよ、課長はこのシステムの要なんだ。

その要が〈潜入捜査官〉をいきなり切り捨てるってこたぁ、捨て犬、迷い犬を作るってことだ。野良犬になれる奴ぁまだいい。牙も持つだろう。けど、狼狽《うろた》えるだけの迷い犬ぁ、迷って下手を打つかもしれねえ。それで飼い犬だったってバレたところで、もう後ろ盾はねえしよ。

俺らみたいに、長ぇ時間が経ってるのはまだしも、潜ったばっかのも大勢いただろうに。

津山の命令は、そんな真っ当な潜入には、死ねってことと同意だったかもしれねえ。ま、課長はそんなこたぁ、俺の前で一度も言わなかったけどな。課長は現職だ。すぐにそういうことだとわかったに違いねえ。俺らは、特に俺がよ、そんなことを理解したなあ、課長が死んだ後だった。――実際、俺ぁそれどころじゃなかったんだなあ。自分のことばっかりでよ。ふっふっ。呆れるくれえ、俺が一番のクズだったんだ。

えっ。違うって？　おいおい。竹中ぁ。そうでかい声出すなよ。聞こえてるってんだ。

そうだ。なあ、可愛い管理官さんよ。笑い話に聞いてもらおうか。ちっとばかし悲しい笑い話だが、あんたの無表情にならら、なんか安心して話せるってもんだ。

冬木課長が生きてた頃だ。この竹中が一番調子に乗ってた頃でよ。こいつぁ、〈カフェ〉とかってぇコールガールクラブの、とある女に入れ込んだ。それが選りによって、東京でフロントを切り盛りしてたうちの本部長、大嶺英一《えいいち》の女だったんだ。〈カフェ〉は、北の集金組織だって、俺も知ったのはつい数年前、そう、鳥居さんから預かった、下田《しもだ》一隆《かずたか》ってぇこれからの男が死んだ後だった。うちの本部長、英一は九〇年代からブラックチェインとは繋がってたが、北とはどうだったかな。おそらく、知らずに入会していたんだろう。竹中ぁ、知ってて入ったんだよな。沖田組はうちと違って、北に禁忌はねぇからな。

ま、うちの本部長と知っても竹中が張り合うくらいだ。〈カフェ〉ってな、よっぽどいい女が揃ってたんだろうぜ。

とにかく、英一は竹中に激怒した。沖田組と知ってなおさらだ。そんで、弾けって指示が出たんだな。そう、あろうことか、その当時は新潟にいた、窪城によ。

何故って？

こっちでは無名に近く、にも拘らず東京の地理に明るいってことで選ばれたんだろうよ。表向きはな。俺がもともと、本部長が手ぇ出してた臓器売買ってのがどうにも気に入らなくてな。それで、目ぇ付けられてたってのもあるんだろう。

窪城ぁ、俺が肝煎りで送ったんだ。弾けば竹中が消える。失敗すれば窪城と俺が消える。どっちに転んでも本部長に損はなかった。——ふっふっ。そんな両天秤を、簡単に考える男だったよ。やっぱり本気になったら怖エや。窪城も竹中も、どっちも青くなって俺に泣きついてきた。その頃は竹中だけじゃねえ。俺もずいぶん、調子ん乗ってたんかな。新宿に田之上組有りってなもんでね。長く長く潜ってた。もう刑事だかヤクザだかはどうでも良かった。新宿にいるってことそのものが生業だったかね。

好事魔多しってよ。

去年、卒中やってこんな身体になっちまったが、これだってそうだ。健康診断じゃ、なぁんもなかったんだぜ。そんときゃ七十五だったが、歳の割に健康そのものだってよ、医者だって驚いてたくれえだ。それがよ——。

そんときの件も、それと同じだ。俺ぁ大して考えもしねえで、課長に捻じ込んだ。ちょうど、うちの会長が息子の様子を見に東京に出てきてた。竹中の、沖田組からの情報を摑《つか》んだって態《てい》で、英一を素っ飛ばして、課長から会長に手打ちを持ち掛けてもらおうと思ってよ。いい案だと思ったんだ。そんときゃ。

——やあ。馬鹿をしたもんだね。わかった。俺で出来ることなら。

ってよ、課長は快く引き受けてくれたよ。

――本来、潜入は脆弱《ぜいじゃく》なシステムだ。ない方がいいとさえ俺は思ってる。蟻《あり》の一穴から崩れる、襤褸《ぼろ》が出る、犠牲者も出る。それだけは勘弁だ。他にも、色んなとこに大勢が潜ってるんだから。

ってよ、そうも言ってたな。ただ、そんときの俺ぁ、気にして聞いちゃいなかった。偶然を装って、会長と課長の出会いをセッティングしたのも俺だ。それで万事、上手くいくと思ってた。なんたって、そこまでの俺の人生は順風満帆だった。苦労と呼べるのは、そう、錦糸町時代くらいか。それで、今も錦糸町に住み暮らし、錦糸町が好きなんだけどな。

それにしても、好事魔多しってな。――えっ。さっきも聞いた？　けっ。年寄りんなると、繰り返しと繰り言が多くていけねえや。

端折《はしょ》るがよ。結局、冬木課長は手打ちを餌に、うちの会長に捉まっちまった。会わせちゃいけなかったと後悔したときは、もう遅かった。後悔先に立たずだ。――ただよ、俺が本当に後悔しなきゃいけねえのは、そこじゃなかった。

大して考えもしねえで課長に竹中のことを捻じ込んだなあ、大して考えもしねえで呼び出しちまった、新宿駅近くの喫茶店だった。――見られてたんだなあ。後で思えばよ。津山のライバルの、クズの子飼いによ。捜四が組対にってぇ話の本決まりになる前だったが、権力争いってえか、足の引っ張り合いはもう始まってたんだろうな。

俺ぁ、それからも暫く、課長とはいつも通り、何度か遣り取りした。まったく気づかなかった。

あとで思やあ、課長はもうその頃には、津山からは俺らの始末を言われるわ、うちの上からはだんだんと色んなことで雁字搦《がんじがら》めにされていくわ、津山のライバルのクズどもからはそのことで脅されるわで、相当に参ってたんだと思う。

そんな綻びを、ヤクザと警官の癒着発覚って話で、どこぞのブンヤが嗅ぎつけてよ。記事にもなった。――冬木課長が死んだなあ、その直後だったかな。

課長が守ろうとしたなぁ、間違いなく警視庁の未来だ。守ってくれたなぁ、俺達潜入全部の、命と未来だ。

死んだ後でわかったって仕方ねえが、わかった。ようやくわかったんだ。

俺ぁ、その訃報を錦糸町の自宅で聞いた。聞いたとき、電話を取り落として、声も出なくって、一歩も動けなかった。

一歩も動けなかったまま、そのまんま、俺ぁこんな身体んなっちまって、そんでも、今でも錦糸町で、たまにこいつらと会って、のほほんとよ、暮らしてんだなあ》

五

田之上が話を終え、身動ぎをした。車軸が軋みを発した。

その車椅子を押してきた笠松は、二番リフト室に消えた。

田之上の独白中、リフトの稼働音も聞こえた。今頃はもう外だろう。

紀藤を始めとする三人は、それぞれの場所でキャビネットや壁に寄り掛かって座っていた。

座っていたが座っていただけで、全員がただ項垂《うなだ》れていた。ヘルメットも目出し帽も、被っている者はもう一人もいない。

静寂が降り積もった。

馬場も観月の背後に控え、声もない。

「ま、俺の話はそんなところだ」

田之上のやけにさばさばとした声が、ブルー・ボックスの二階に響いた。

「さぁて、可愛らしい監察の管理官さん。あんた、この全容を聞いて、どうする？　あんたが知りたがってた、冬木課長の死に犯罪はない。けど、その死の動機には闇がある。監察ってなあ、こういうとき、さて、どうするんかね？」

声は不思議な律動を伴って、観月の中に染みた。

何をするべきか。

何が出来るのか。

何かをしたら、どうなる。

何もしなかったら、どうなる。

私は、警務部監察官室の管理官。

私は——。

「なあ。可愛らしい管理官さん。こいつらが隠そうとしてるものは、冬木課長が守ろうとしてたものだ。そんで、俺が守ろうとしてんのは、こいつらだ。それじゃダメかね」

隠す、守る。

守る、隠す。

善と悪。赤と青。昼と夜。白と黒。男と女。

無色と透明は、同じではない。

死生の間《あわい》、分水嶺《ぶんすいれい》。

中庸、中道。

ああ、またそこに行き着くのか。

眩暈がした。

「ふっふっ。ただでとは言わないよ。ただほど高い物はないからね」

田之上の声が頼りだった。

夢と現《うつつ》。

田之上の声がリアルであり、観月を現実に繋ぎ止める。

「けじめはつけるさ。けど、俺ぁもう、根っからのヤクザになっちまったからよ。けじめの付け方なんざ、一つしか思いつかなくてなあ」

田之上が、何かを言い始めた。

普通に生きる者には遠い何かの話だろう。

だから、わからなかった。

観月も馬場も、暗夜の先には近い夜明けを見てしまう。

田之上は間違いなく、明けない夜に生きてきた男だ。

「ただ、鳥居さんにだけぁ、心残りだ。俺がもともと潜入で、鳥居さんと関わってからも、三重、四重のスパイだって。これぁ、いつも心苦しくは思ってたんだ。特に前橋《まえばし》のよ、天神組《てんじんぐみ》の下田の動き、あれぁ、俺が新潟に流した。それが間違いなく外に回った。それで、なんたら言うヒットマンに弾かれちまった。──預かってたのにな。結局はあれも、俺の迂闊だった。いや、俠《おとこ》を殺す、俺の業だ。それだけぁ、未練だ」

窪城と竹中が呻き始めた。すぐに紀藤が混じった。

負傷を押して、迷彩服の三人が藻掻き始めていた。

呻きの中に、いけねえいけねえ、そればっかりはいけねえと声が重なった。

重なったが――。

田之上は自由の利く右手を、ハンカチでも取るような軽さで内懐に入れ、ボルサリーノを被るかのように、簡単に上に上げた。

手にしていたのはベレッタBU9ナノだった。

ストライカー式の、9㎜ポケット拳銃だ。

「可愛らしい管理官さん。後は、あんたに任せた。ただ鳥居さんにはよ、くれぐれもよろしく」

そして田之上は男臭く笑い、笑った口中に無造作に、本当に無造作に銃口を差し入れた。

躊躇も逡巡《しゅんじゅん》も、一切がなかった。

パンッ。

笑えるほど軽々しい音だった。

けれど、そんなもので人は死ぬのだ。

血肉と脳漿《のうしょう》が霧のように散った。

車椅子はそのままだったが、膝に置いたボルサリーノは床に落ちた。

「うわぁぁっ」

悲鳴に近い慟哭《どうこく》は、窪城のものだった。

けれど気配でわかった。

三人の侠達は皆、それぞれに哭《な》いていた。

背後の階段方向から、誰かが入ってくるのがわかった。

振り返って、観月は眉をひそめた。

立っていたのは牧瀬と、今、話に出たばかりのJ分室の鳥居だった。

牧瀬は携帯を手に持ち、鳥居は牧瀬のインカムを付けていた。

「あ、係長」

馬場が場所を空けた。牧瀬が駆けてきて、観月の前で頭を下げた。

「すいません。遅れました」

「何も言ってないわ。遅いも早いもないわよ」

「いえ、聞かなくても動かなきゃ。それが俺の役目ですから」

心の奥が、微動する感じだった。

まったくどいつもこいつも、誰も彼も——。

みんなが、自分の心に従って生きている。死んでゆく。

私の心は、どこ。

「よう」

鳥居が寄って来て、片手を上げた。

「俺こそ、情報が遅くてこんな時間になっちまった。カード・キーも何もねえからよ。帰ったってぇ牧瀬を巻き込んで、そんでこっちに来ようと思ったが、車がねえときたもんだ。うっかりしてた。そんで、遅れた」

いつもの洒脱《しゃだつ》さが影を潜めていた。

鳥居も鳥居なりに、哭いているのか。

「どうして、ここへ」

自分の声が、驚くほど喉の奥に絡んだ。出てこない感じだった。

鳥居は一度も立ち止まらず、観月を過ぎ、前に出た。

「千目連の竹中が物騒な物を値切って買ったたって、うちの理事官が北の親分からね」

ちょうど、竹中の近くだった。

「ああ?」

焦点の合わない目を、竹中は上げた。

「――しゃべった、のかよ。あの二枚舌の、クソ爺いが」

「そういうことだ。値切られた分の埋め合わせだってよ」

鳥居は答えた。

「もう、あんたから取れる物は何もなさそうだからって話だぜ。ま、賢明だよな。まだまだ呆《ぼ》けてねえや。あの爺さんもまた、ここの管理官やうちの理事官に負けず劣らず、一孤の化け物かもしれねえよ」

答えながらも、鳥居の足は止まることなく竹中も過ぎた。

紀藤も窪城も過ぎ、止まったのは田之上の、床に落ちたボルサリーノの前だった。

拾い上げ、鳥居は車椅子の前で片膝をついた。

爆《は》ぜた頭部を隠すようにボルサリーノを載せ、馬鹿だなあ、としみじみとした口調で言った。

「知ってたぜ。そんなことはよ。だから、あんたに下田を預けたんだ。だから、下田ぁ組長にもなれたし、辰門会の副理事長にもなれたんだ。あんたなら、最後の最後で悪さしねえ。そう知ってたから預けたんだ。あいつの不幸は、時の運だ。あんたのせいじゃねえ。──けど、まあ。なんだ」

鳥居は胡麻塩の頭を掻いた。

「シノといい、下田といい、あんたといい。周りからよ。どんどん先に、俠が死んでいきやがる。辛《つれ》えもんだ」

そう呟いて背を伸ばし、鳥居は立った。

天井に顔を振り上げ、ひと息ついた。

振り返り、観月を見た。

「へへっ。電気が止まると、ここもただのでっけえ箱だな」

もういつもの鳥居だった。

「こっちで、何から何まで引き取るぜ」

「えっ」

思わず聞き返した。

だが、言葉遊びのようだが、考えれば考えなくとも自明の理だった。

何もなく、J分室が動くことはない。

公安とはそういう部署で、J分室の理事官は特に輪を掛けて、無駄な動きも情に流されもしない男だ。

「何から何までって、鳥居主任。どこからどこまで？」

「全部だよ、今晩あったことの全部。あんたが見聞きした全部。こいつらの全部」

「それって」

なおも言い募ろうとすると、鳥居は緩く首を振った。

「何か言えば言うほど、自分自身に絡まるぜぇ。——これは皆川《みながわ》公安部長判断だ。いや、公安部長判断にするって話を首席監察官にしたって、うちの分室長が言ってた。ややこしいが」

首席監察官。

警察庁の長島警視監のことだ。観月の遠い監督官でもあり、ブルー・ボックスで言えば直属の上司だ。

観月は黙って頷いた。

鳥居がどこかに電話を掛けた。

公安部管理係。

聞いたことがあった。様々な〈後始末〉を請け負う部署だ。

（ああ）

牧瀬がいた。馬場もいた。

二人が真っ直ぐに観月を見ていた。

肩から力が抜けた。

長い今日が終わったのだと、観月は実感した。

六

田之上の死から二日経った、午前九時過ぎだった。

正確には前日のことだったが、どちらでもいい。

なんにせよ、観月にとっては未《ま》だ生々しい出来事だった。超記憶だから、というわけではない。

いや、それもあるが。

映像の3D化によって、脳が初めてと言っていいほどに疲弊した結果、観月は爆睡した。

詰め込めるだけ甘味を、それこそブルー・ボックスにあるだけの物を全部詰め込んで仮眠室のベッドに倒れ込んだら、丸一日以上が過ぎたと、そういうことだ。

その代わり、いつになく脳も気分もクリアだった。

起きて、生々しく受け止めて、けれど三十時間以上という時間経過も、日中であるということも幸いだった。

すべてが、普通に動いていた。

ブルー・ボックス二階、第二工区の工事も二日目に入り、総合管理室前も作業員が行き交って騒々しい感じだった。

新規分の搬入も、一階と三階でずいぶん慌ただしいようだ。

日中の日常、その一分一秒が、田之上の死をはるかな遠くに流してゆく。

この日は、工事に真紀が立ち会っていた。

近付いて何気なく聞いてみた。

「ああ。ちょうど今日、夕方には横浜に回る予定になってるけど、いないって話は聞いてないね」

肋骨《ろっこつ》の痛みも熱もあるだろうが、紀藤は普通に出社していたようだった。

一事が万事、推して知るべし。

かりそめにも、すべては元通りということか。

とはいえ、本当に何もなかったというわけにはいかないだろう。

これは時の魔法ではない。人騙《ひとだま》しのマジックだ。

マジックには種がある。

間違いなく紀藤も竹中も窪城も、今ではJ分室の操り人形だ。

(ま、それはそれで、私の知ったことじゃないけど)

ただ、わかっていることはあった。

これからも冬木哲哉の祥月命日や月命日には、竜胆の季節は竜胆が、他の季節には、季節ごとに相応しい花が、必ず送られることだろう。

(それで、いいのよね)

シャワーを浴び、身支度を整えたところで、観月は携帯を手にした。

電話の相手は、冬木妙子だった。

——はい。

「警視庁の小田垣です。あの、ですね」

口に出来ることは、そう多くない。

——はい?

胸を開くように、大きく息を吸う。

清冽《せいれつ》な気を、言葉に乗せる。

届け。

「冬木課長は、ご自分に恥じることのない生き方をされた、と思います」

妙子からの返事はなかった。

「あの、警務部監察官室の管理官として、私は今度課長の墓前に、この言葉を添えたいと思います。——お疲れさまでしたと」

妙子の息遣いが聞こえた。

——なによりです。有り難うございました。

その後、観月は警察庁に長島を訪ねた。それが昼前だった。

もうすぐ終了するブルー・ボックスの再生工事の報告に、冬木のことはひと言だけ添えるつもりだった。

〈誠実〉、〈正義〉、そして〈悲しみに寄り添う〉、竜胆の花のように。

ただ、長島の顔がやけに神妙だった。

報告を終え、辞去しようとすると長島の声が掛かった。

「小田垣」

光と闇を分けるな。

そんなことを長島は口にした。

「光から闇を見る。普通のことだ。だが、光に慣れた目に、闇はただ闇だ。同じように、闇から光を見る。目が眩《くら》むばかりで、おそらく光はただ光だ。——さて、小田垣。お前は今回、ヤクザの死に何を見たか」

デスクに上げて組んだ手の向こうで、長島の目が鷹のようだった。

「ヤクザ？　首席は、言い切りますか。ヤクザと。あの人を」

胸の奥がざわつく感じだった。

長島はかすかに頷いた。

「そう。ヤクザだ。同化しなければ生きられない世界に生きたのだ。あの組長は確固としたヤクザだ。竹中も窪城もな。——繰り返すが、さて、小田垣。お前はヤクザの死に何を見た。ヤクザにも、一点の任俠はある。徒花《あだばな》の光。消え残る線香花火の最後の一閃のような」

「光、ですか」

「そうだ。いいか、小田垣。お前がこれからしなければいけないことは、光にいて光の中の闇に目を凝らす。闇に入って、闇の中に一瞬の光芒《こうぼう》を見逃さない。そんなところだろうか。それが経験を積むということ。大人になるということ。大人の警察官僚になるということだ」

「わかりません」

「わかれ」

「命令ですか」

「年の功だ」

「——善処してみます。有り難うございました」

それで、観月は警察庁を後にした。

どうにも、釈然とはしなかった。

わかるがわからない、ということは青いのだろうか。

感情は表情にまだ遠いが、情を解する心に疎いわけではない。

わからないのにわかる、というほどには世慣れていない。年の功には、まだまだ到底行き着かない。

などという気持ちを抱えたまま、観月はＪＲに乗り錦糸町に向かった。

ストレイドッグに回る。

「おう」

相変わらず、杉本は競馬新聞を読んでいた。

「おやおや。勤務時間ではないんですか」

笠松もいた。

相変わらずの日常があった。

けれど、どこか嘘っぱちだ。

今日は昨日とは違う。

——やあ。いいお日和で。

陽溜まりの中に、車椅子にボルサリーノの田之上がいない。

観月はスツールに腰掛けた。

「あの夜。ブレーカーを落としたのはあなたよね」

「さてな」

「迷彩服、全然似合ってなかったけど」

「そんな服、持ってねえし」

杉本は空っ惚け、アンダーカウンターにグラスを置いた。製氷機からクラッシュアイスを出す。

「あら?」

カウンターの奥にポリバケツが置かれていた。色取り取りの花束が見えた。

「珍しいわね。誰かの誕生日?」

「けっ。そんなんじゃねえよ」

背後から、

「明日ぁ、冬木課長の命日だよ」

笠松の声が聞こえた。

「ああ。そうなんだ。——そうだったわね」

明日、あした……。

十一月九日。

観月の中で何かが引っ掛かった。

何かが——。

四十九日。

「あっ!」

突然、どうしようもなく声になった。

慌てて席を立つ。

すると、

「おい」

杉本に呼び止められた。

「何？」

「急ぎかよ」

「えっ」

「そうでもねえんなら、食ってけよ」

花束の奥の冷蔵庫から何かを取り出し、杉本は炭酸水のグラスと一緒にカウンターに置いた。

「まっ」

チョコレートサンデーだった。

「悪戯心《いたずらごころ》でメニューに入れてみた。あんたが煩かったからな。味見くれえしろよ」

口では雑に言うが、杉本の気遣いだったろう。

「どうせ、普段は酒呑みしか来ねえからよ。ま、注文ったってあんたくらいだろうと思ってたんだ。そしたらよ——」

取り敢えずスツールに座り、観月は柄の長いスプーンを取った。

「そしたら、何？」

ひと匙掬《さじすく》って口に運ぶ。

冷たい甘さが広がり、心地良かった。

「そしたらよ、バカ売れだ。来る奴来る奴、みんな頼みやがる。お陰でバリエーションまで増える始末だ」

「へえ」

だからよ、と言って杉本は煙草に火をつけた。

「ここはこれから、酒と煙草とパフェの店になる。だからよ。これからも偶《たま》に、顔くらい出せよ。ストレイドッグは、野良犬、捨て犬、迷い犬。そこに甘いもんも加えて、飼い犬も歓迎だぜ」

「あら。聞き捨てならないわね。——私は飼われない。私はクイーン。覚えといて」

「おいおい。人のこと、長えスプーンの先で指すんじゃねえよ」

杉本が笑った。

観月もおそらく、笑ったはずだ。

煙草をくわえ、杉本は背を向けた。競馬新聞を広げる。

いつもの杉本。

そこに嘘はない。
お代わり、と背後から笠松の声がした。
「そうね。私はお代わりは要らないけど、これくらいは、残さず食べて行こうかな」
慌ててはいたが、急がなくてもいい。
新幹線は、チョコレートサンデーを堪能しながら予約することにしよう。
有給の申請は直前でいいか。
それでも明日は来る。
明日は、逃げない。
喜びも悲しみも、繰り返し繰り返す。
それが、観月が生きてゆく日常だった。

翌日、七時半の新幹線で観月は和歌山に向かった。
新大阪でJR特急くろしおに乗り継ぎ、和歌山についたのは十一時過ぎになった。
花と線香を買い、タクシーに乗り、新堀にあるとある霊園の名を告げた。
霊園は駅から近く、和歌川《わかがわ》を越えた高台にあった。
和歌浦を望む、いいところだ。
――そこに井辺新太さんは眠っている。

ブルー・ボックスの見学に訪れた日、小日向純也は真新しい霊園のリーフレットと共に、そんな言葉を観月にくれた。

昨日まで失念していたが、この日はちょうど井辺新太、新ちゃんの四十九日だった。

総合案内所で聞いた限りでは、現在分譲されている一番上の段の、一番和歌浦に近いところが新ちゃんの眠る場所だった。

山の手に三筋伸びた石段の、向かって左を上った先の、杉の木の向こう側になるという。

花を抱え、線香を握り、観月は緩やかな石段を上った。

「あれ」

石段の途中で、杉の木の裏側の辺りから立ち昇る線香の煙が見て取れた。

最上段に辿り着くと、およそ十五メートルほど先に、誰かが蹲っていた。

まさに、新ちゃんの眠る墓前だった。

老人だ。それは間違いない。

ボルサリーノを被っていた。

観月の心臓が大きく打った。

「あの」

声を掛けてみた。

上がる顔に、一瞬だけ田之上が重なった。

だが、ほんの一瞬だ。

田之上よりもっとごつく、逞《たくま》しい老人がそこにいた。

身体が震えた。

「桃李に聞いたんだ。新ちゃんの四十九日だってな。そしたらよ。へへっ。なんかどうしても、線香が上げたくなっちまってな」

老人のよく陽に焼けた笑顔が、真っ黒だった。

和歌浦の香りとは別に、錆《さび》の匂いがするようだった。

なんといっても、叩き上げの鉄鋼マンだ。

声にならず、観月は取り敢えず辺りを見回した。

他に感じ取れる気配はなかった。

「ああ。桃李ならいねえよ。ってえか、俺ぁ、勝手に帰ってきちまったからね」

老人がボルサリーノを取った。

ビックリするほどの白髪は、かつて磯部桃李から送られた写真に見たままだった。

「おっちゃん」

「あいよ。――ずいぶん久し振りだ。お嬢も、紀ノ川も、和歌浦も」

そう言って観月越しに周囲を眺め、関口のおっちゃん、関口貫太郎《かんたろう》は目を細めた。

警視庁監察官Q《けいしちょうかんさつかんキュー》　ストレイドッグ　朝日文庫

2021年９月30日　第１刷発行
2021年10月30日　第２刷発行

著　者　鈴《すず》峯《みね》紅《こう》也《や》

発行者　三宮博信
発行所　朝日新聞出版
〒104-8011　東京都中央区築地5-3-2
電話　03-5541-8832（編集）
03-5540-7793（販売）

印刷製本　大日本印刷株式会社

ISBN978-4-02-265006-1